鉄火場の批評

――現代定型詩の創作現場から

原　詩夏至　Hara Shigeshi

コールサック社

鉄火場の批評——現代定型詩の創作現場から

目次

Ⅱ 短歌時評 社会・思想哲学

Ⅲ 短歌エッセイ

Ⅳ 歌集評・解説

第2部　俳句

Ⅰ　俳論・句集評

Ⅱ　俳句エッセイ

Ⅲ　俳誌「花林花」一句鑑賞

鉄火場の批評

――現代定型詩の創作現場から

原 詩夏至

序にかえて

男の眼

2012年に亡くなった母の若い頃の歌に、こんなのがある。

ぎらぎらと野望を語る男の眼に点景として我も立たさる

当時、父は急逝して間もなかった。とすれば、誰なんだろう、この「男」は。やっぱり、生前の父だろうか。そう思って尋ねると、違うと言う。何と、息子であるこの私だと言うのだ。仰天した。当時、私はまだ中学生。知らないうちに、こんな「男の眼」で母親を見ていたのか。全く、何と言う少年なのだろう。それとも、そもそも「少年」というのは、本来このような存在なのだろうか。とはいえ、母の方も母の方だ。何も、まだ中学生の息子に、こんな「肖像画」を見せなくても……。それとも、それが「表現者」というものであり、母はそれを、「お説教」ではなく「実作」を以て——つまり「身を以て」——私に教えてくれたのだろうか。

春の船ゆつくり母を置き去りに

後年、私が作った俳句だ。もう1句。

若かりし母と花野を行く如く

第1部　短歌

I

短歌時評

作歌・歌壇

「歌会」という鉄火場

朝のNHK連続テレビ小説「マッサン」に、こんな場面があった。日本初の本格ウィスキーの製造を夢見る主人公マッサンが、同じ思いを持つ社長・鴨居と、ウィスキー製造工場の立地について議論を戦わせる。一途な職人気質のマッサンは、当初、ウィスキーの本場スコットランドと気候風土の似た北海道案を強く主張。だが、天才的経営者・鴨居は、地元・大阪に近い山崎での工場建設を推進。実際、現地調査に赴いてみると、そこが意外にもウィスキー作りの好適地あることが判明し、不服顔だったマッサンも最後は「灯台もと暗しやった……」と承服する。だが、本当に面白かったのは、その先だ。

「なあ、マッサン、儂《わし》が山崎を選んだ一番の理由――それは何やと思う?」――手描きの地図を前に、そう、鴨居がマッサンに謎をかけるのだ。

「えっ? それは、勿論、自然環境ですやろ? 湿気があって、水が綺麗で……」

「それもある。けど、それだけやない。実はこれや」

そう言って、鴨居は、工場建設予定地の前に、1本の横棒を引く。線路だ。つまり、予定地のすぐ近くを鉄道が通っているのだ。

「ははあ、なるほど。交通の便ですか。確かに、鉄道の側やったら、原材料や製品の輸送に便利ですな」――そう頷くマッサン。だが、鴨居の答えは、こうだ。

「それもある。けど、それだけやない――ここやったら、工場、お客さんに見て貰えるやないか」

「えっ？　それはつまり、列車が通るたびに窓から工場が見えるんで、それが宣伝になる、と……？」

「それもある。けど、それだけやない。お客さんに、工場に来て、中を見て貰うんや。ウィスキーが、どんな所で、どんな風に、どんな人らの技術や働きで作られて行くんか、その全てを見て知って貰う――ほんまの意味でウィスキーが日本人に受け入れられるようにするためには、まずはそこから始めななならんのや！」

「そうか！　これだ！」と思った。思えば、元々所謂「現代詩」を中心とする「コールサック」の誌上に今回新設されたこの「短歌評」欄――その読者に、所謂「短歌プロパー」の書き手や読み手は、現状、そう多くはないだろう。むしろ「何で、今、ここで、わざわざ短歌なの？」という当惑を覚える方々もいるかもしれない。とすれば、そういう方々に「そうか、なるほど。そういうことなら、なかなか面白いじゃないか、短歌も――〈詩〉として」と思って貰い、更には「よーし、それなら俺（私）も、一丁、やってみるか！」という気になって貰う――そのためには、一見迂遠なようでも、まずは短歌という文学的営為が創作・批評の両面において最も激しく火花を散らす「現場」を知って貰うことから始めなければなるまい。

では、その「現場」とはどこか。「歌会」だ。

例えば、私が所属している同人誌「舟」。その2014年11月の歌会に出詠された、次のような歌。


円形に交尾しているシオカラの眼球にワタシうつっているか　阿部節子

歌会の運営の仕方はグループにより様々だ。「舟」の場合、事前に司会担当者のもとに集められ作者名を伏せた形で印刷された出詠歌を参加者がプリントで受け取るのは、当日。それを、「まず一人が、口火を切って論評。その後、それを受けた全体のフリートーク」という手順で、全ての作品について検討する。作者名は、会の最後に明かされるので、討議中は誰がどの作品の作者か、作者本人と司会者以外は誰にも分からない。

その日は、私が前掲歌の論評の口火を切る順番に当たった。そこで、私は、次のように述べた。

「シオカラ――これは、勿論イカの塩辛ではなく、シオカラトンボですね（笑）。そのシオカラが、今、あの細長い尾を円形に丸めて、つるんでいる。彼らは、自分たちのセックスがこの私に見られているのを知っているのだろうか。何だか、私など眼中にないように、奇妙にアクロバティックな体位で、飄々と繋がっているけれど……。1首の意は、そんなところでしょうか。でも、正直、私には、よく分からない歌でした。歌の内容が読み解けない、というのではなく、どうしてそういう歌がわざわざ歌われなければならなかったか、その動機みたいなものが捉え難いんです。実際、交尾と言ったって、相手は蜻蛉です。一種の針金細工みたいなもので、何か『見てはいけないものを見てしまった』という生々しさなんて、特にはない。それとも、この『ワタシ』は、たかがムシにムシされることにすら『存在の不安』を覚えてしまう繊細な自意識の持ち主なのか。或いはそれほど『承認されること』に餓え切っているのか……」

　これに対し、「いや、そういうことではないでしょう」と直ちに異論が出た。若手の論客・加部洋祐さんだ。「どうも、原さんの読みはこの『ワタシ』に過度のウェイトを置き過ぎている気がします——勿論、『私』ではなく『ワタシ』とわざわざ異化した表記がそのような読みを誘発した点はあるとは思いますが。でも、恐らく、ここでの『シオカラ』と『ワタシ』の間には、そんな『人間様ＶＳ虫けら』みたいな序列意識とか『承認か、然らずんば死』みたいな対決意識なんか、ないんですね。むしろ、『シオカラ』にとって自分たちの交尾が『ワタシ』に見られているかどうかなど、本質的に全くどうでもいい——それと同じように、『ワタシ』にとっても『シオカラ』が自分の視線を意識しているかどうかなど、実はやっぱりどうでもいいんです。そんなお互いにどうでもいい両者が、序列も対決もなく、と言って別に殊更な一体感もなく、ただ何となく見たり見られたりしている。そんなふうに『世界』が構成されている。この歌はいわばそういう『世界観』に基づいた『世界』のある日のある一コマなんです。しかし、これは、我々東洋人にとっては、実は、却って深い所でしっくり腑に落ちる自然な『世界観』ではないかと思うんですが……」

「なるほど。とすれば、加部さん、この歌の最後が『うつっているか』という問いかけで終わっているのも、いわば一種の『形式疑問文』に過ぎず、別に語り手はその答えを本気で知りたがっているわけではない――つまり、そういうことですよね」

「そうですね。確かに、うつっているのかいないのか、はっきりどっちかとはわからないけれど、うつっているなら、それはそれでよい。うつっていなくても、それはそれでよい」

「だったら、例えば、いっそのこと、こんな風でも良かったわけですよね」

私は、そう言って、次の代案を示した。


円形に交尾しているシオカラの眼球にうつっているワタシ　（代案1）

「もちろん、歌としてよくなったかどうかは別です。でも、こうやって作者の決断でどっちか一方に決めてしまえば、少なくとも形ばかりの疑問形が齎すミスリーディングな曖昧さは避けられる」

「うーん……いや、でも、曖昧さって、そう悪いとばかりも言い切れないのでは……」

「そうかな。でも、私としては、実はこれでもまだ曖昧さが払拭され切れていないと感じるんですね。つまり、『うつっている』という語の語感に、何か湿度過剰で心理主義的なぬるさみたいなものがあるような……。とすれば、例えば、こんなのはどうでしょう」

私は、そう言って、更に一つの代案を示した。

円形に交尾しているシオカラの眼球に反射しているワタシ　（代案2）

「うーん、どうなんだろう……。確かに、一面、或る種の明晰さ、シャープさは増したと思いますが……」

「そうかな。ところが、加部さん、私としては、実はこれでもまだ明晰さ、シャープさが足りないように感じるんです。というのは、最後が『ワタシ』である点に、何かまだ湿度過剰で心理主義的なぬるさ、詰めの甘さを感じるんです。言い換えれば、加部さんの言う、『シオカラ』も『ワタシ』も何の隔てもなく対等なその構成要素であるような、東洋人の心に親和的な『世界』――その当の『世界』にその当の『ワタシ』がまだキレイに馴染み切っていないような……。つまり、ここは、いっそ――例えば、次のようであってはならないんでしょうか？」

私は、そう言って、最後の、第3の代案を示した。

円形に交尾しているシオカラの眼球に反射している世界　（代案3）

「いや、でも、それじゃあ、この歌から『ワタシ』が消失してしまうじゃないか……」

会場の誰かが、そう呟いた。その通りだ。「ワタシ」は、歌の表面上からは、かくして完全に姿を消した。しかし、その「『ワタシ』のいない世界」――まるで天動説から地動説への変換が完膚なきまで終了した後の、無限の宇宙に寄る辺なく浮遊する青い地球のイメージのような、明晰だが慄然とするほど不安な世界――それこそ、逆に却ってその隅々にまで「消えたワタシ＝一旦死んだワタシ」が溶け込み遍在している「『ワタシ』の世界＝『ワタシ』の作品世界」であるとは言えないだろうか――逆説的なようだが？　だって、例えば、かの「私小説論」で、小林秀雄は言っていなかったか？――「フランスのブルジョアジイが夢みた、あらゆるものを科学によって計量し利用しようとする貪婪な夢は、既にフロオベルに人生への絶望を教え、実生活に訣別する決心をさせていた。モオパッサンの作品も、背後にあるこの非情な思想に殺された人間の手に成ったものだ。彼等の『私』は作品になるまえに一っぺん死んだ事のある『私』である」と。

勿論、以上の私の議論は、問題を可視化し明確化するための一種の「敢えてするやり過ぎ」――いわばプロレスの「悪役《ヒール》」みたいなものだ。賛否は、双方それぞれにあろう。だが、それにしても、このやりとりには、例えば「短歌における『私』性の問題」等々と、折に触れ繰り返し漠然と唱える、それだけの怠惰な「呪術」では絶対に開かない扉を、開くまで飽くまで叩き続ける、熱気と気迫のようなものがないだろうか。

「鉄火場」――それは俠客がめいめいの「掛金＝争点」を巡って火花を散らす「賭場」だ。そして「歌会」はそんな「短歌の鉄火場」であり、またそうあるべきだと私は思うのだ。

手羽先の数、チキンの骨

――田中有芽子と岡野大嗣の1首

「短歌を読んで共感することがある。その気持ちわかる。僕も前からそう思ってたんだ。問題は、その歌に出会う前と後で、読者である私は全く変化していないことだ。だって、『前からそう思っていた』んだから。共感は心地よいけれど、それは今の自分自身の考えや感じ方に仲間がいたことを知る喜びだ。だから、それ以上深く考えることはない」――穂村弘「共感とは別の『衝撃』」（朝日新聞「朝日歌壇」2015年3月16日）より。これに対し「短歌から共感とはまったく違ったショックを与えられることがある」として、穂村は、例えば、次のような作例を引く。

奇数本入りのパックが並んでる鳥手羽先の奇数奇数奇数　　田中有芽子

「なにこれ。なんか凄く怖い。特に『奇数奇数奇数』ってところ。」――そう感じた穂村は、その「怖さの正体を知りたくて何度も読み返」した結果、「手羽先」が「もしも偶数ならここまで怖くはない」ということに気づく。何故か。それは、「おそらく生きている時の鶏の羽根が二枚つまり偶数だから」だ。「それが『手羽先』になることで我々人間にとっての食料に変わる。この『奇数』は、鶏から生物としての尊厳が決定的に奪われたことを象徴している」。

これは、なかなか鋭い分析だ。とはいえ、穂村自身がまた一方で慎重に留保している通り、「作者がそこまで理屈っぽく考えたどうかはわからない」「たぶん、スーパーなどの店先で閃いた直観だと思う」。というのは、この歌には、何というのか、例えば坂道の途中で駐車した車が、折角ここまで登って来た道をまたズルズル滑り落ちて行ってしまうのを防止する「サイドブレーキ」みたいな「装置」がないからだ。

つまり、こういうことだ。例えばここに、「天才的直観」でも「ただのまぐれ当り」でも何でもいい、ともかく何らかの仕方で、「その気持ちわかる」「僕も前からそう思ってたんだ」的な微温的な「共感」の「引力圏」を突き破り、読み手の「世界観」に真の「衝撃」を与えた1首があったと想定してみよう。その1首は、「共感」の心地よさにどっぷり浸って際限なく「ダス・マン」(ハイデガー)的な「お喋り」に打ち興じている「サロン」に、或いは「サロン的歌人共同体」に、一瞬、居心地の悪い「沈黙」を走らせる。勿論、それは決して「悪い」ことではない。ただ、少なくとも「居心地」は悪い。そこで、今度は、その「居心地の悪い沈黙」を打消し、吸収し、全てを「心地よい共感共同体に『衝撃』の不快な鋳が入る以前の状態」に復すべく「ダス・マン的なお喋りの逆襲」が始まる。「…そうね、確かにそう言われてみれば、ちょっと怖いわね、この『手羽先』って」「そうそう、その気持ちわかる」「うんうん。僕も前からそう思ってたんだ…薄々は」「ははは…」「ははははは…(汗)」「はははははは…(ほっと一息)」。かくして、読者を、もしかしたらとてつもない「マトリックスの外側」へ連れ出してくれたかもしれない「世界の亀裂」は埋められ、後にはまたいつもと同じ、内閉した「共感天国」の平和が蘇る――或いは、今は亡き寺山修司なら、それを「学校地獄」や「おでん屋地獄」と並ぶ「共感地獄」と名づけたかもしれないが。

しかし、だ。もし、その「衝撃の1首」の放ち手が真に「まずい！　それでは困る！」と感じる志向性や価値観の持ち主だった場合――言い換えれば、「ちょっとばかりスパイスの利いた一言で、ともすればマンネリに陥りがちな会話を活気づける、単なる才気ある『サロンの人気者』」というより、むしろ「『サロン』そのものを木端微塵に破砕して、人々を危険と冒険に満ちた『外の世界』へ連れ出そうとする『海賊王』」みたいな手合いだった場合――、その放ち手は、1首の中に、そのような「元の木阿弥」的な「逆戻り」を防止するための何らかのギザギザした「歯止め」を予め仕込んで置かねばならない――或いは、少なくとも仕込んで置く方が賢い。先に「サイドブレーキ」と言ったのは、そんな「歯止め」のことだ。それが、この田中の歌にはないのだ。これは、例えば、同文中で穂村が紹介しているもう一つの作例と比較すると分かりやすい。それは、こんな歌だ。

骨なしのチキンに骨が残っててそれを混入事象と呼ぶ日　岡野大嗣

ここで「サイドブレーキ」の役割を果たしている語は、私の考えでは、二つある。まず一つ目は「混入事象」。「鶏には骨がある。でも食料としての『チキン』に骨があったら、それは『混入事象』なのだ」

――これが岡野のこの歌に寄せた穂村のコメントの全てだ。だが実際、それ以上の贅言は無用だろう。「混入事象」――この文脈でこの語を選択し使用したということは、それだけでもう、この1首に体現されている「アイロニー」が「ただのまぐれ当り」ではなく、冷徹で、殆ど底意地の悪い、自覚的な「批評意識」の産物であることの立派な証左であり、その「醒めた」「手強い」感じが、いわば「笑って、拍手して、肩をポンポン叩いて…そのまま、一種の『気の利いた冗談』として、この話題は終わりにしてしまおう」とする「ダス・マン的なお喋りの逆襲」の企図を予め凍らせ、萎えさせてしまう。それから、もう一つの「サイドブレーキ」は「日」だ。私は、この「日」に、何というのか、一種の「黙示録的」な響きを感じる。「この世に非道や悪は昔から満ち満ちていたけれど、それでもなお、神は持ち前の愛と忍耐強さでじっとこらえていた。だが、とうとう今日、人類は越えてはならない最後の一線を越えてしまった。元々は二個セットである『生物』としての鶏の羽根を――あたかも『神の創造の御業』を一々否定し冒瀆しなければ『食品』としての『手羽先』は完成しないのだとでも言うように――『奇数奇数奇数』とパック詰めする、そのことさえ許し難い罪なのに、今度は、本来『骨』がある鶏から、単なる『食べやすさ』という自分勝手な目的のために、わざわざ『骨』を抜いておきながら、にも拘らず健気に、真っ当に『骨』のある己本来の姿を貫く鶏肉を、言うに事欠いて『混入事象』などと口走ってしまったのだ。もう駄目だ。神の最後の堪忍袋の緒は、今日、遂にブチ切れてしまった。これからいよいよ『最後の審判』だ！」――例えば、こんな感じだ。この「日」を境に、その前と後とで「世界」の時間は完全にひび割れてしまった――あたかも「ＢＣ」と「ＡＤ」みたいに。

なるほど、それでも日々は過ぎていく――一見、何事もなかったかのように。しかし、それは一種の錯覚だ。人類がもはや取り返しのつかない曲がり角を破滅の方向に曲がってしまったことは、これから追い追い明らかになるだろう……。そう、確かに、1首を締め括るこの「日」の「体言止め」には、そんな、「ダス・マン」の安易な「逆襲」を許さない、不吉できっぱりした響きがあるようだ。

とはいえ、私は、この岡野の1首にも、必ずしも十全には満足していない。というのは、この1首の齎す「恐怖」が、やはりまだ、どこか「よくよく読めば怖い」という、いわば「恐怖をこちらから迎えに行かなければならない水準」に留まっていて、一読、一瞬で、問答無用にこちらを叩きのめす「奇襲」感、或いは、足元の大地がいきなり口を開けて、無間の奈落へ吸い込まれていくような「世界それ自体の崩壊」感みたいなものが希薄であるように思われるからだ。つまり、ざっくり言えば、問題はこうだ。田中の歌も岡野の歌も、実は、私は、それほど怖くない。もちろん、穂村の分析は買う。「外れている」とも「針小棒大である」とも思わない。だから、これらの歌は、本当なら、もっと怖くていい――理論上は。しかし、それにも拘らず、これらは、少なくとも、そこまでは怖くない――私には。どうしてなんだろう。かくして、私は、最後に、これらを、穂村とは丁度反対側から――つまり「その怖くなさの正体を知りたくて」――「何度も読み返す」羽目になる。

「その結果、気がついたのは」、例えばこういうことだ。便宜上、ここでは岡野に絞ろう。この歌、確かに「少しは」恐ろしい。先にも述べた通り、一方では、本来なら「生物」として「骨がある方が当り前」である筈の「鶏」の「身体」を、無理くり「食べやすい骨なしチキン」という「ヒット商品」

へと「解体＝加工」し、稀に、あたかもその理不尽な行程に対する反逆か、または天からの警告のように「骨のある骨なしチキン」が出現しても、それを「混入事象」と名づけて坦々と除去する、そのメカニズムの「グロテスクさ」に対する透徹した認識。それはいわば、――問題の根の深さを浮き彫りにするため、敢えて激烈な「プレ南北戦争」的比喩を用いるなら――①本来なら「人間」として「骨（＝例えば「気骨」「土性骨」といったような）がある方が当り前」である筈の「黒人」の「精神」を、無理やり「扱いやすい骨なしの（＝「奴隷根性」しかない）奴隷」という「ヒット商品」へと「解体＝加工」し、②稀に、あたかもその理不尽な行程に対する反逆か、または天からの警告のように「骨のある奴隷」が出現しても、それを「混入事象」と名づけて坦々と除去する、そのメカニズムの「グロテスクさ」に対する透徹した認識と同質なものと考えてもいいだろう。但し、それはあくまで、自分自身がその当のメカニズムに1個の「フライドチキン」として巻き込まれる可能性など想像したこともない「善意の白人奴隷主」としてのそれだ。

　或いは又、一方では、自分がその非道なメカニズムの「受益者」であることを認識しているが故の、いつか必ず到来するであろう「主の怒りの日」に対する微かな「不安」。これは、例えば、己の所業の非道さを自覚している「敬虔な白人奴隷主」が感じる「天罰＝奴隷反乱」への「不安」に対応する。だが、ここでも、私に言わせれば、彼らは、自分が、他の「共犯者」諸共、皆で一緒に、「白人」らしく、一定の「尊厳」を守って死ねるだろうことを、どこかで漠然と信じている。つまり、或る日突然、自分が、一人だけ、その「メカニズム」の中に放り込まれ、「骨なしチキン」として「解体＝加工」され、しかも、そのまま「最後の審判」など来ず、世界は坦々と回り続ける——そんな「より悪夢的な結末」など考えてもいないように思えるのだ。

岡野の歌は、確かに、或る「亀裂＝深淵」を覗き込んでいる。だが、それを覗き込む語り手の「足場」——それは、究極的には、世界を「辻褄の合ったもの」として語り得ると信じる、語り手の「私」だ——それ自体は、「亀裂＝深淵」に飲み込まれることなく、奇妙に安定している——少なくともそう見える。これは、田中の歌にも該当する。恐らく、この辺りが、彼らの歌が「それほど怖くない」一応の理由と言えるだろう。

いや、それとも、彼らは自分が「骨なしチキン」でもあり得ること——それどころか、もうとっくに「骨なしチキン」になってしまっているかも知れないことを、実は了解しているのだろうか。又、逆に、だからこそ、彼らの「私」は、この「悪夢」を前に、なお一応の「安定」を示せるのか——まるで「他人事」のように。とすれば、これはやはり「凄く怖い」。何故なら「まるで主人が奴隷を見るように奴隷である自分自身を見る」ことこそ正に「奴隷教育」の終着点なのだから。

「批評」と「詩」、「エスプリ」と「野性」

――北神照美と「罠」

「短歌研究」2015年7月号に、「短歌の時評を考える」という特集が組まれている。新参の一時評子として、私も、興味深く読ませて頂いた。以下、些か駆け足だが、個人的に大いに共鳴した諸氏の文を引く。まず、総論「危機意識と、外部への窓」（吉川宏志）中の、例えば次のような一節――「時評は、論争的なものを内部に秘めているほうが、スリリングでおもしろい。もちろん、穏やかな時評もあっていいし、無理に喧嘩しなくてもいい。ただ、現状に対する危機意識や批判が根底にないと、その場かぎりの文章になりやすいのだ。（中略）いま生きている時代の本質を手づかみしたいという意欲が、最も大切なのではないか」「河野裕子が言ったように、『結論』つまり安易な答えを出してしまっては、つまらないのだ。時評を書いてみると分かるのだが、読者からいろいろ言われることを怖れて、つい無難な『結論』を出してしまいやすい。それを振り切って書くのは、そうとうな胆力が必要なのである」。或いは、「主要結社誌へのアンケート分析」における、次の諸誌からの回答の一節――「『流行』に足場を置いた視点のとりかたから生まれる発言の方向は、できる限り少数派に与したものであることが望ましい。あるテーマに対して、肯定するにせよ否定するにせよ、すでに大勢が決まっていることを追認したり、他者の意見を賛否それぞれ紹介して、自分の結論を語らないといった姿勢は私の考える時評には遠い」(「短歌人」藤原龍一郎)「(前略)お互いに気をつけていることは、われわれは『時評』を文学と位置付け、作品を鑑賞するための手引きや説明であってはならないということである。(中略)まさに批評とは思索であり、かつ分別的なものではなく、無分別な知であるのだと言われるゆえんだと思う」(「日本歌人」仲つとむ)。更に、これに、一種の「特別参加」として、「短歌」(中部短歌)編集委員・菊池裕の引用する、オクタヴィオ・パスの次の一節を加えてもいい——「われわれの時代においては創造と批評は同一のものである」。

とはいえ、「創造」が「批評」であり「批評」が「創造」である、という(パスによれば)優れて「現代的」な一事情は、もちろん、「時評」だけでなく、「時評」が真摯に切り結ぶべき1首1首の歌においても、また然りだろう。例えば、私の所属する歌誌「舟」の2015年4月の例会(題詠「鍵」)に出された、次の歌。

鍵穴からみえるぐらいがちやうどよい　かぎ開けて見る真実はわな　　北神照美

私見では、この歌の「批評」性は、3句目の後の「一字空白」を挟んで、一種の「二段ロケット」を構成している。つまり、こうだ。まず、前半部の「鍵穴からみえるぐらいがちやうどよい」——これは、単独でも、一つの傾聴すべき「見識」だ。ただ、これだけでは、この「ちょうどよい」が何に関する「よさ」の話なのかがイマイチ曖昧だ。というより、「鍵穴から覗く」というやや隠微な(?)

シチュエーションから、これを「エロス」的な意味での「よさ」と読む解釈が、当日の会場ではなかなか優勢で、毎回独特の切り口を見せてくれる若手の論客・加部洋祐さんが、「直接的な性交渉に必ずしも帰結・解消されない『覗き』という自律的なエロス的営為」の意義と構造について、熱く持論を展開する一幕もあり、歌会は、一時、本題からはやや脱線気味の、いわば時ならぬ「覗き」談義で大いに盛り上がった程だったのだ。そこからはまた、以上のような「読み」を前提として、「書き手の見識はこの第3句までで過不足なく言い表されているのだから、それ以上の抽象的陳述は、1首の中では冗長で蛇足だ」という意見も派生した。「むしろ、下句では、実景であれ想像であれ、何らかの『景』の叙述に徹した方が、1首としてはバランスも良く、情感もしっとり行き渡って、それこそ『ちやうどよい』のではないか」というわけだ。

しかし、恐らく、この歌における「批評」の本領は、むしろ下句——或いは、上句から下句へ移行する際の、鮮やかな「どんでん返し」——にこそあるのだ。そして、敢えて言えば、その「やり過ぎ感」「ちやうどよくなさ感」の方にこそ。「だって、そうでしょ?」と私は主張した。「この上句から下句への転回において行われているのは、いわば、読み手へのちょっとした『背負い投げ』です。つまり、『覗き』の場面なんか匂わせるから、こっちはてっきり、ここでの『よさ』をエロス的なものと受け止め、受け入れ（かけ）ていたのに、あにはからんや、ここで問題になっていたのは、実は『真実』であり、『真実の認識』に関する『ちやうどよい』と『わな』との関係だったわけですよ。しかもね、私の思うに、この下句で開陳されている、第二弾の『見識』——これは、なかなか、『言わないでも分かる』『省略した方が余情が出る』という言い方で片づけてしまえるほど、陳腐でもありふれたものでもないですよ。というより、逆にこれほど味わい深い含蓄に富んだ『思想』を、よくもこれだけ平易で簡潔な表現に結晶させたものだと、正直、唸りました。例えば、昔、或る種の個人的必要から、精神医学や臨床心理学関係の本を読み漁っていた時期があったんですが、その頃出会って衝撃を受けた記述に、こんなのがあります。今で言えば『妄想型の統合失調症』とでも言うんでしょうか、当時はまだ『妄想型精神分裂病』という表現が普通に用いられていましたが、その『前駆症状』と本格的な『発症』との間には、こんな関係がある、と言うんです。例えばです。まず、患者さんは、自分を取り巻く『世界』の様相が、最近、何となくおかしいという不安に駆られる。自分の私生活は、実は、何者かに密かに盗聴されているんじゃないだろうか、『世界』はまもなく滅びるんじゃないだろうか、自分は、『世界』を滅亡から救うために何か特別な使命を帯びていて、この盗聴も、それを助けるために、または阻止するために、どこかの巨大な組織が仕組んだ秘密の作戦の一環なんじゃないだろうか、等々…。しかし、この段階に留まっているうちは、まだ、本当の意味での『発症』とは言えない。彼（又は彼女）が決定的に一線を越えてしまうのは、むしろ、或る日或る朝、それまで不気味な霧に閉ざされていた視界が一遍にぱーっと晴れ渡って、『世界』に天からの神々しい光が差し、それまで自分を苦しめていた全ての謎が余す所なく氷解したと感じる、まさにその瞬間らしいんですね――例えば『そうか、これまで俺をこんなに雁字搦めに監視していたのは、太古から陰で人類を支配していた緑色の悪者エイリアンたちだったのか！　とすれば、俺は、やつらの陰謀を全人類に知らしめ、地球に自由と解放を齎す、選ばれし正義の戦士だったというわけか！』みたいに。つまり、その人は、『鍵穴』からちらちら垣間見える『真実（らしきもの）』の影に苛立って、到頭『かぎ』を開け『室内』に踏み込んでしまった。そして、そこで本当の『真実』を摑まえた……と思った瞬間、『狂気』という、恐ろしい『わな』に陥ってしまった、というわけです。あ、でも、そう言えば、確か禅にも『魔境』という概念がありましたね。座禅の途中で、修行者が、不意に、輝くばかりの極楽浄土や、感動的な仏たちの来迎のヴィジョンに包まれる。だが、それを真に受け『遂に俺は悟りの境地を得た！』と狂喜してそれに囚われてしまうと、もうそれっきり、こっちの世界には帰って来られなくなる。『祖に遭いては祖を殺し、仏に遭いては仏を殺せ』という一見逆説的で残忍な教えは、実は、そういう恐ろしい『わな』から弟子たちを守るための、極めて実践的な戒めなんだとか……」。

しかも、だ。この1首の余りに高度な「批評」性に新鮮なショックを受けた私が、たまたま順番で次回の例会の「お題」を決める係だったのをいいことに(?)、半ば挑戦的な気持ちで「じゃあ、5月は、いっそのこと『罠』にしませんか?」と言った時、同じ作者が「それなら…」という感じで、出詠して来たのが、次の歌。

罠でなくまつすぐなものだつたけど真つ直ぐなゆゑわれはかかりぬ　　北神照美

これには、「この人、一体何者だ…?」と、さすがに少し怖くなってしまった。「炯眼なんか、それほど怖くない。そんなものなら、私も持っている。それより、本当に怖いのは、穏やかな目だ――一体、何を見られているか、分からないから」――確か、小林秀雄が、どこかで、そんな意味のことを書いていたが、ここで述べられているのは、いわばその「裏面」だ。例えば、恋愛なら恋愛でもいい。海千山千の「恋のつわもの」同志の、丁々発止の「手管」や「駆け引き」――なるほど、その種の「恋の香港カンフー映画」も、それはそれなりにスリリングだろうし、危険な「罠」にも満ちているだろう。しかし、だ。結局、そういう局面で「人為的」に仕掛けられる「罠」など、所詮は「恋愛（遊戯）」という一定の「リング（＝約束事）」の中で戦われる「知恵比べ」「狐と狸の化かし合い」に過ぎないので、その「危険」など、いわば、こちらに、相手以上の知恵と経験があれば、どうとでもなる――その意味では「たかが知れている」わけだ。むしろ、本当に恐ろしいのは、相手が（少なくとも「意識的」には）無邪気で善意に満ち、それが却って「無意識」レベルでの「危険」のとめどない増幅に繋がっている場合だ。「天性の妖婦」「生まれながらの女たらし」といった所謂「魔性系」は、恐らく、実はそういうタイプなのだろう。この種の、「罠でなくまつすぐなもの」に、にも拘らず、しかも「真つ直ぐなゆゑ」――まさにその故に、「われはかかりぬ」と茫然自失して呟かざるを得なくなる局面――それは、実際、恋愛以外にも色々あるので、例示すれば、その一つ一つが十分「小説」にでもなり得る程のものだ。だが、それにしても、そんな微妙な「人生の機微」を、こんなに簡潔に、こんなに平易に、しかも味わい深く、言い得てしまうとは……。私は、例えば、こういう文体に、「批評」が即「創造」であり「創造」が即「批評」であるような「詩精神」の一つの典型を見る。ここには、術学的な哲学用語も、殊更な思想的苦悩のポーズもない。しかし、にも拘らず、ここでは、確かに、「知性」が「詩」という「舞い」を舞っているのだ——いとも軽やかに。「分かった！　負けましたよ、北神さん」——会場の皆の前で、そう、私は叫んだ。「俺には、こんなものは……書けません！」

とはいえ、一方で日夜こうしたスリリングな「ぶつかり稽古」に明け暮れつつ、また一方で、最近、私が強く感じているのは、例えば、こんなことだ——「詩とは——とりわけ『批評的』な詩、言い換えれば、批評することが即詩作することであり、詩作することが即批評することであるような、真の意味でのエスプリに満ちた詩とは（それこそ『出物腫れ物ところ嫌わず』じゃないが）結局、こんな風に、思わぬタイミングで、思わぬ文脈から、一瞬、思わぬやり方で煌めき出て、そのまま、その、無形の、忘れ難い印象だけを置き土産に、またどこへともなく立ち去ってしまう、というのが本来の在り方なんだろうな——まるで、『人工的な郊外の住宅地に出没する野生動物としてのタヌキやイタチ』みたいな」。つまり、例えば、それを横から見ていた誰かが「あっ、これは行ける！」と「功利的に」判断して、「人為的に」「巧みに」その真似をしても、結果は民話「瘤取り爺さん」や「屁っこき爺様」に出て来る「隣の欲張りお爺さん」みたいな惨憺たるものに終わらざるを得ない——そういう容易ならぬ何かを、この種の「詩＝批評」は孕んでいるのではないだろうか。つまり「罠でなくまつすぐなもの」だが、その「まつすぐ」さを「まつすぐ」に共有できない者にとっては、普通の「罠」以上に恐ろしい「罠」にもなり得るような「何か」を。

「人工的な郊外の住宅地に出没する野生動物としてのタヌキやイタチ」——そう、「詩＝批評」とは、元来そういうものだ。つまり、「消費者」や「生産者」の「需要（＝都合）」に合わせて自由自在に「品種改良（＝奇形化）」していい「家畜」「ペット」であってはならないし、また、最終的には、そういうものへと「馴致」「調教」出来る何かでもないのだ。「詩＝批評」という「野生動物」には、元来、「自然」から授かった素晴らしい「英知」が宿っている。だが、それは、その「野生動物」にとっての本来の「自然」「生態系」の中でこそ、真に潑溂と躍動出来るのものだ――つまり、例えば「動物園」の檻の中で、人間が、己の「嗜好」に合わせてどんな「利口な曲芸」を演じさせようとも、それは彼らの本来の「英知」とは全く似て非なるものなのだ。

「多くの現代詩人たちは、現代世界が彼らの前に置いた虚無という障壁を乗り越えようと願って、失われた聴衆を見出そうとした、つまり、民衆のもとに赴こうとした。ところが、すでに民衆は存在せず、あるのは組織された大衆のみである。かくして〈民衆のもとに赴く〉ことは、大衆の〈組織者たち〉の間に席を占めることを意味する。詩人は役人になり下がったのである」（オクタヴィオ・パス）。とすれば、「詩＝批評」とは、元来、その「組織された大衆」を「民衆」へ、「役人」を「詩人」へと再び引き戻す、一筋の遥かな「野性の呼び声」ではなかろうか。

「木馬の顔」を見る、ということ

――第58回短歌研究新人賞「さなぎの議題」の講評をめぐって

「文献的・記録的には必ずしも正確ではないかも知れませんが、少なくとも私の記憶や実感では、穂村弘にせよ、或いは俵万智にせよ、現在所謂『口語短歌』とか『ライトヴァース』とか呼ばれているものの基本的な骨格が定まったのは、一般的には、バブルの全盛期。善くも悪くも、今よりはずっとお気楽で能天気な時代でした。もちろん、当時の若者たちにも、その時代なりの痛みや悲しみ、さらには絶望さえ、しっかりありました。例えば、穂村の『シンジケート』は、まさにそれらを驚くべき斬新な感性で捉えていたからこそ、私を含む同世代の読者の大きな共感を呼び得ていたのです。しかし、時代は移り変わります。今、君たちが置かれているのは、あの頃とは、もう、色々な意味で、比較にならないほど厳しく息苦しい、いわば『煮詰まった』時代の状況です。少なくとも、私の目にはそう映ります――そう、例えば『古今和歌集』の時代に対する『新古今和歌集』のそれくらいに。とすれば、その今の時代に固有の痛みや悲しみ、絶望やその先の希望のようなものを表現するのに、私たちの（と、敢えて言いましょう）時代の『古今集』的文体――つまり、『明るさ』や『軽さ』や『透明感』や『青春』や『恋愛』や『遊び心』等々に極めて大きな価値を置く、善くも悪くも『バブル期』的文体――が、そのままの形で果たして何処まで、或いは何時まで、その有効性を維持できるか、私が時に不安を感じても、それは決して杞憂ではないでしょう――もちろん、そこにも、決して安易に手離されてはならない、一種の不滅の成果のようなものはある。そう、個人的には信じているのですが……」

以上は、最近、私が浮島（安井高志）さんという若い歌友（約20歳年少）に送った手紙の一節（但し、一部推敲）だ。とはいえ、「次に来るべき『文体』」について、私に確たる展望があるわけではない。当り前だ。そんなもの、分かるくらいなら、まずは自分が書く。別段、次世代に俟つまでもない。ましてや、既に「時代」の――ということは、即、その「時代」をリアルタイムで生きる「自分自身」の――寸法に合わなくなっている先行世代の「喜怒哀楽」や「希望」や「絶望」、「祈り」や「叫び」や「うめき」のかたちを、わざわざ先行世代の「規範」に合わせて「プロクルステスの寝台」よろしく器用に切り貼りしただけの「次世代の歌」など、そもそも、読んで何になるのか。そんなものなら、こっちの方が、まだ「『生のかたち』と『文体』の幸福な一致」という本質的な意味での「ホンモノ」が書けるに決まっているではないか。

その意味で、「短歌研究」2015年9月号に掲載された「第58回短歌研究新人賞」の受賞作・次席・候補作の数々と、選考委員（栗木京子・米川千嘉子・加藤治郎・穂村弘）による詳細な「選考座談会」は、共感・反感こもごもひっくるめて、私には大いに読み応えがあった。「選後講評」の栗木の言にもある通り、「実体験かどうかは別として、生きるか、死ぬか、人間の尊厳のぎりぎりの切実なテーマの歌が候補に挙がって」来たこと、「技巧的な軽やかさや、巧みさ、情感だけでなく、こうした深刻な要素が入ってきたのが今回変わってきたところかと思いました」という「潮目の変化」が、私にもはっきり感じ取れたからだ。

例えば、今回の受賞作「さなぎの議題」(遠野真)。作者は25歳の男子大学生だが、選考段階ではそれらの書き手の個人的情報は伏せられている。そして、当該作を上位に推した選考委員2名(穂村1位・栗木3位)が、共に書き手を女性と推定した上で、鑑賞を進めている。もちろん、そのこと自体をどうこう言う気はない。こっちは初読の段階で既に情報を明かされているのだから、結局は「後出しじゃんけん」になってしまう。ただ、だ。例えば、次のような歌。

夜のこと何も知らない　でこぼこの月にからだを大人にされる
ノックせず会いに来る虫　横たえたわたしから湧く水はきれいで

穂村が1次選考後の短評で取り上げ、「いずれも現在の描写の中に、未来の性愛のイメージが織り込まれているようだ」と高く評価している2首だ。確かに、例えば「応募作30首中からベスト2を挙げよ」と言われてこれらを挙げ、その詠み手を女性と推定したとした場合、それは、その限りにおいては、別段不自然とは言えない。しかも、そのような「覗き窓」から見えて来る光景が、いかにも穂村らしい異常な「純度」と「想いの強度」とに支えられた、一つの「詩的世界」であることを誰も否定できないだろう。つまり、例えば「でこぼこの月」や「ノックせず会いに来る虫」が暗示する、「夜のこと何も知らない」無垢な「わたし」の目には何やら不気味で恐ろしげに見える「性愛」的なるものの切迫。或いは又、「性愛」的なるものをそのように不気味なものとして感受してしまう、そのことによって却って逆照射される、「からだを大人にされ」ようとも、その過程で身体から「水（＝体液）」が湧こうとも、「心」は——いや、それどころか「わたしから湧く水」さえ——どうしようもなく「きれい」なままに留まらざるを得ない、いわば「絶対少女」の「絶対的聖性」……。そう、言ってみれば、これは、穂村自身が歌集『手紙魔まみ、夏の引越し（ウサギ連れ）』で見事に造型した「まみ」という「絶対少女」の「みことば（？）」としての1首1首として読んでも何ら違和感がない——というより、そのようなものとして見ることによってこそ初めてその真価が輝き出る——そんな歌だ。穂村は、恐らくそう主張しようとしている。或いは、少なくとも私は、そう思う。

一方、栗木は、遠野のこの連作を、「肉親との軋轢、自殺願望、孤独といった重いテーマ」を、にも拘らず「被害者意識を過剰に先立てることなく」詠んだ「静かな覚悟を感じさせる歌」として評価する。つまり、「〈生〉の悲惨とそれに対峙する〈個〉の意志」という、いわば穂村とは全く異質な評価軸から一連を俯瞰しているわけだ。私も、公平に言って、栗木の読み方は、穂村のそれより遥かに妥当だと思う——つまり、穂村という特異だが輝かしい一つの「個性」に、特異だが輝かしい一つの「夢」を見させる、その単なる一つの「素材」に過ぎないものとしての「さなぎの議題」ではなく、その特異さと輝かしさにおいては穂村に仮に一歩を譲るとしても、とはいえやはり単なる一「素材」には還元できない、己独自の「声」と「表現意志」とを具えた一つの「個性」としての「さなぎの議題」を論じようとする場合には。というのは、そこには、前掲の2首と共に、例えば、次のような歌が並んでいるからだ。

肉親の殴打に耐えた腕と手でテストに刻みつける正答
ガンジーが行進をする映像で笑いが起こる教室　微風
「誰だって悩みはあるし孤独だよ」地学教師は石を見たまま
夏《か》期《き》講《こう》習に物理を学ぶ横顔のこれ以下はなく冷めた真剣

これらの歌から私が感じ取るのは、やはり、どうしても「少女」ではない。まして「まみ」的な「絶対少女」ではない。むしろそれは一個の「脱・性的」な「社会的人格」であり、己を無理にでもそのような「石」――或いは、もはや痛みも悲しみも感じない「機械」みたいな何か――に還元し、そうすることで辛うじて「世界」に氾濫する「暴力」から身を守ろうとする一種痛ましい「意志」だ。「でこぼこの月」や「ノックせず会いに来る虫」は、そうした文脈内に置かれている。とすれば、ここに「未来の性愛の予兆的イメージ」ではなく、むしろ「いじめ」「家庭内暴力」等々といった「社会問題」の一環としての「性的虐待」の影を見る栗木の鑑賞は、やはり説得的と言わざるを得ない。

（ちなみに、付言すれば、私個人は、「さなぎの議題」におけるこうした「暴力」「性的虐待」は、この一連における「リアルタイム」、つまり「高校時代」ではなく、むしろ遥かな幼年時代に起源を持つものだと考えている。その根拠は、例えば、連作の最末尾に、それまでの抑制された文体を内から突き破るようにして置かれた、次の歌だ。

おかあさん白線ちゃんとわたろうとしたよ白線わたろうとした

そう、この幼い語り手は「白線ちゃんとわたろうとした」――つまり、「おかあさん」から課された意味不明だが厳格な或る「ルール」を、ちゃんと守ろうとはしたのだ。だが、出来なかった。そして、恐らく、そのことが「おかあさん」からの凄まじい「暴力」の引き金になったのだ。時は過ぎ、高校生になった「わたし」は、今、表面的にはそれを乗り越え「肉親の殴打に耐えた腕と手」でテストに「正答」を刻みつけられるまでになっている。だが、その板子一枚下では、やはりその「世界が崩壊した瞬間」の衝撃に打ちのめされ続けていたのであり、この連作の歌い手にとって作歌とはいわばその「トラウマ」への「迂回しながらの回帰の旅」だったのだ。とすれば、そのような文脈で歌われる「ノックせず会いに来る虫」の原型とは、何か?――恐らく、「ノックをせずに子供部屋に入って来る権限を初めから持っている者」(恐らくは、母親)ではなかったか。そして「横たえたわたしから湧く水」とは、例えば床に水平に広がる「おもらしされたおしっこ」であり、それへの迫り来る「罰」を前に、「わたし」は、それでも「水はきれい」だ、と必死の言い訳をしていたのではなかったか――そう、ちょうど前掲歌の「白線ちゃんとわたろうとしたよ」という悲痛な絶叫のように…。)

とはいえ、穂村が、選考会の討議の進行に伴い、一定程度は栗木に譲歩しつつも、だからと言って、本質的なところで己の「読み」を最終的に撤回したとは私は思わない。例えば、作者が明かされた後の「選後講評」で、穂村はなお、次のように述べる――(1)「議論の中でも出たように、『さなぎの議題』は現実に寄りかかった表現が少なくて、背後にあるものを感じさせながらも表現としてはポエティックな独立性と多義性を維持した一連でした」(2)「連作として読み進めながら浮かんできた『わたし』像は女性でした」(3)「性別が二択でもなく異性愛とも限らないといいつつ、男女間で非対称という感覚は厳然としてあるから、性のモチーフに触れる歌は『わたし』像によって捉え方が変化しそうです」(4)「表現の多義性を読みの側でフィルタリングする場合、詩的な価値としての正解を探りながら読んでいく面白さと難しさを感じます」(5)「散文的なフィルタリングを排除して韻文の多義性をそのままで受容できればいいんだけど、選考の場で話し合う場合は特にむずかしいですね」。抽象的な表現が多いが、これは、要するに何を言っているのか。(1)「『さなぎの議題』には、確かに『多分、こう読むのが妥当なんだろうな』と思わせる『読み筋』みたいなものはある。しかし、表現が曖昧というか多義的なので『必ずこう読まねばならない』というまでの拘束力はない」(2)「だから、作者が実際は男性だったとしても、作中の『わたし』を女性と見た私の読みが、それによって根こそぎその有効性を失うことはない」(3)「『わたし』が男性か女性か。これは小さな、どちらでもいい問題ではない。言い換えれば、『わたし』を女性と見る私の『読み』は、一つの大きな詩的決断だ」(4)「かつ、様々に可能な詩的決断の中でどれが『正解』であるかを決める基準は、ただ一つ。その『読み』がどこまで対象作品に高い『詩的な価値』を付与出来るか。ただそれだけだ。また、だからこそ『歌を読む』という営為は面白く、かつ難しいのだ」(5)「だから、本当は『多分、こう読むのが妥当なんだろうけど、それでは散文的でつまらないな』と感じられるような『読み筋』は出来れば無視してしまいたい。だが、それでは『読み』が自分一個の『創造行為』としてのそれに傾き過ぎ、『自分とは別個の個性を持つ優れた新人を世に送り出す』という社会的付託には必ずしも十分応えられない。そこが、別の意味で難しい」――つまり、そういうことではないのか。

断っておくが、私はここで必ずしも穂村を非難しているのではない。実際、このような信条によって見出された「でこぼこの月」「ノックせず会いに来る虫」の歌の「読み」は、それこそ「詩的な価値としての正解」と言っていい程、高度な達成を見せている。とはいえ、一方では又、こうも思う。確かに、穂村の「読み」は美しい。だが、「さなぎの議題」という遠野のこの一連には、その「美」によってめでたく救済され迷わず成仏してしまうには、それに頑なに抵抗する「暗さ」「重苦しさ」「濁り」があり過ぎる。とはいえ、それこそが、実は却って「次なる反乱の狼煙」でないと誰に言い切れようか、と。「はしゃいでもかまわないけどまたがった木馬の顔をみてはいけない」(穂村弘『シンジケート』)――だが、その「木馬」は、実は「白線ちゃんとわたろうとしたよ」と絶叫し続けているのではなかろうか?

「寂滅」と「銀銭」、「沈黙」と「批判」

――吉川宏志の『斎藤茂吉伝』評を読む

「短歌研究」2016年4月号の特集「評伝を考える」に吉川宏志が「痛切な公正性」と題して柴生田稔『斎藤茂吉伝』（正・続）に関する論評を寄せている。これが、なかなかいい文章だ。例えば「柴生田の冷静な文章は、「アララギ」内部の複雑な人間関係を描いていくときに、最も力を発揮する。茂吉と島木赤彦、古泉千樫の間の競い合いや嫉妬、そして師である伊藤左千夫との反目を、柴生田はとてもフェアに再現してゆく。詳細を省くけれども、次のような記述には、読者の心を静かに打つ力があるだろう」として、吉川がまず紹介するのが、伊藤左千夫の「今朝のあさの露ひやびやと秋草や総べて幽けき寂滅《ほろび》の光」を、茂吉が、あれは実は自分の「わがまなこ当面に見たり畳をばころがりゆきし銀銭《ぎんせん》のひかり」の影響を受けたものだと柴生田に話したというエピソード。これについての柴生田の論評は「この茂吉の歌は、大正元年10月号の「詩歌」に載ってゐるもので、茂吉みづから『赤光』にも入れなかった程度の作であるが、かういふことまで茂吉は考へてゐたのであった」云々というものだが、これに対して吉川は、更に、以下のように、自分自身の論評を付け加える――「「寂滅の光」は左千夫の代表歌の一つで、茂吉の「銀銭のひかり」の影響を受けていたとしても、取るに足りないことである。柴生田は、茂吉にじかに接した人でなければ得られなかった言葉を紹介しつつ、茂吉の心の狭さを批判的に見ている。「かういふことまで茂吉は考へてゐたのであつた」という言い方には、冷ややかなニュアンスが込められているのだろう。柴生田は茂吉の弟子であるけれど、盲目的に尊敬することはない」「ただ、そのしばらく後に、「私は前項で、左千夫との闘争において茂吉らは何を報いられたかといふやうなことを言つたが、左千夫の封建家長的な圧力からの脱出といふことは、当時の茂吉らに取つて万難を排すべき緊急事で、せいいつぱいの努力であつたといふことは認めなければならない」と書き、別の角度から「闘争」を見つめようとする。同じ資料を多角的に見ることは、批評を書くときの基本なのだが、実際は、文章がくどくなりがちで、なかなか難しい。しかし、柴生田は簡潔な文体によって、流れが停滞することを回避している」。まさにこれ自体、「文章がくどくなりがち」なところを「簡潔な文体によって、流れが停滞することを回避」することに成功している、平明にして達意の一種の「名文」だ。この件りに関して、私が更に付け加えるべき論評があるとすれば、それは結局、次の諸点だけだ——つまり、(1)ここに引用された左千夫と茂吉の歌を、今、暫く、一方は「代表歌の一つ」であり、他方は「みづから『赤光』にも入れなかつた程度の作」である云々の事情をカッコに入れて虚心坦懐に見比べてみた場合、私には、それでもやはりどうしても左千夫の「寂滅の光」より茂吉の「銀銭のひかり」の方がスケールが大きく面白く思えてならないこと。(2)それにしても、「寂滅」という或る意味宇宙的な宗教用語を中心に据えた左千夫の歌より「銀銭」などという卑小な対象にかかずらっている茂吉の歌の方が却ってスケールが大きく見えるというのは思えばかなり異常な事態で、それが何故かを解明することは、仮令両者の先後関係や影響関係を喋々することが「取るに足りないこと」だったとしても――またそれは実際そうに違いないと私も思うのだが――それでもやはり、必ずしもそう「取るに足りないこと」とばかりは言えないのではないか、ということ。この2点だ。とはいえ、これは別段吉川を非難して言っているわけではない。「同じ資料を多角的に見る」という、吉川の所謂「批評を書くときの基本」――そしてそれは全く的確な指摘だ――の、やや極端な一つの「サンプル」を、話の種に提示したまでだ。

或いは又、後年、一門人としてナマの「リアル茂吉」に接するようになって以降の柴生田のスタンスに関する、吉川の次のような論評――「永井ふさ子との恋愛や、敗戦後の虚偽的なふるまいなど、認めがたい茂吉の言動も増えてくる。尊敬と苛立ちと悲しみが入り混じった複雑な思いで、柴生田は晩年の茂吉を描写している。しばしば沈黙を選びつつも、「やはりこれは言訳の歌なのだ、卑怯な言訳の歌なのだといふ結論に、私は行きついたのだつた」といった厳しい批判を記している。こうした痛切な公正さから、『斎藤茂吉伝』の濃厚な信頼感は生まれてくるのである」。正にその通りだ。ちなみに、ここで言う「沈黙を選」んだ場合とは、例えば永井ふさ子の一件だ。柴生田は言う――「それから後の痴愚を極めた茂吉の恋愛（?）について本書に詳述することを、私は欲しない」。他方「言訳の歌」とは、歌集『白き山』の昭和21年の部に収録された「軍閥といふことさへも知らざりしわれをおもへば涙しながる」だ。柴生田は言う――「あの五・一五事件の時、茂吉は、「おほつぴらに軍服を著て侵入し来るものを」云々と歌つた。そこには、「軍閥」といふ言葉が巧妙に隠してあつて、隠した結果がかへつて批判の力を倍加した。そこに私たちは一層刺戟されたのであつた。それを今になって、「知らざりしわれを思へば」とは何事か」。尚、「おほっぴらに」云々とは「アララギ」昭和7年7月号発表の次の歌だ――「おほつぴらに軍服を著て侵入し来るものを何とおもはねばならぬか」。

「物語」は「定型」の余白に兆している

――斉藤斎藤「⑨について語るときに③、④の語ること」を読む

（抜けたか、遂に…。だが、険しい道だったな…）

そんな奇妙な感銘に打たれながら、今、「短歌研究」2017年7月号掲載の、とあるテクストを読み終えた――溢れんばかりの詞書と絡み合った斉藤斎藤の30首連作「⑨について語るときに③、④の語ること」だ。

全体は5章。まず「Ⅰ　①②③のためのエスキス」7首。

もうふたり私がいればうまいバウムクーヘン屋②①の弟子

①は仕事に厳しいあまりコンビニの店員さんや②にも厳しい

みがき終えたトイレに座り「プロフェッショナルとは、」の答えをあたためる①

店のトイレを毎朝みがく経営者そういう①に②はなりたくない

しかし①がまわし焼きするクーヘンは全自動のより切実にうまい

②は女。けれども①②はくっつかない気味悪いどっちも③だから

切実に②が噛みしめる味の違い③にはわからない程のほんの

残業です食べて帰るからてきとうに済ませてと④のメールが届く　（以下、1首略）

「何のこっちゃ？」――そう、まずは思うだろう。それが次第に「なるほど、そうか」に変わっていくのが、このテクストを読む楽しみの一つでもあるのだが、紙幅の関係上、ここは結論（と私が思うこと）から行く。まず、「私」は、己が唯一絶対の「私」で出来ているとは感じていない。例えば①気難しいが腕の立つ「名人気質の親方」が「内なる師匠」として内面化されたもの、②一定の違和を覚えながらも①を目指して日々精進する「内なる弟子」、③そのどちらにも完全には同化・吸収されることなく曖昧な日常を生きる「生活者としての主体」、④その「生活上の伴侶（恐らく妻）」――「私」とは、ここでは、これらが入り混じり合いながら織りなす一つの「場」だ。もちろん、ここでの各項は、通常の分類に基づけば、例えば「①②は内面的存在、③④は実在」「①③は男、②④は女」「①～③は自己、④は他者」というふうに、決して均質ではない。だが、斉藤は、そこを敢えて、分け隔てなくフラットに並べている（煩わしい「番号化」は、実は、そのための戦略だ）。

とはいえ、ここまでは、読者にそういう思考法・文体に馴染んで貰うための正に「エスキス」。本番は、この先だ。

「Ⅱ　④は⑤と⑥がわからない」6首。

④は③と食後のニュースをながめてる

できてたことができなくなるの　かなしいね　待合室がまたこなごなだ
⑥と⑤を踏みまちがえる　運転手の⑦は呆然としていました
④は右と左がわからないということがどういうことかわからない③は
④が免許を取れているのが③はこわい
④は⑤か⑥かがわからなくなるとすこし考えて⑥が右とわかる
三本足が三脚のように生えている人類をいま仮に⑦とする
⑦の世界は⑤⑧⑥に分かたれて　すこし考える⑦もいる
わたしのわたしの⑧は～（ドン　ドン）⑥⑤きき～
カール・⑦・シュミットによると政治とは友⑧敵の区別だそうな

ここでの「食後のニュース」は、恐らく、「認知症を患った高齢者ドライバーがブレーキとアクセルを踏み間違えて待合室に突っ込んだ」みたいなものだったのだろう。⑤（ブレーキ＝左）と⑥（アクセル＝右）を瞬時に区別できること――それは安全運転のためには必須であり、「すこし考え」なければわからない「④が免許を取れている」のは「こわい」。だが、⑦（「運転手」）が「呆然として」いたのは、実は認知症だったのではなく、⑤（「左」）でも⑥（「右」）でもない⑧（第三の選択肢）について想いを巡らせていたからではないのか――そう考えてみることも可能だ。物事を何でも「右か、左か」「友か、敵か」に峻別し、曖昧な中間を許さない「政治」の思考――ナチスの思想的支柱ともなった政治学者カール・シュミットの「友敵理論」は、その一つの極致だ。だが、混沌たる今の時代、両者の違いは、果たしてそんなに明確なものなのだろうか？　ここで、一見ふざけ散らしつつ、同時に「できてたことができなくなるの　かなしいね」と呟きつつ、斉藤が問うているのは、そんな問いだ。

次、「Ⅲ　⑨は『やなこと』がわからない」5首。

「いっつもそう。ずうっと繰り返し」と④をまたも失望させている⑨

④をなだめる⑨の努力は、全くの的外れだ。

悲しむ④に固まる⑨よ、とりいそぎ台所に歩いて水でも飲め

④の⑨に対する不満は
「『やなこと』があったら、その場で言ってほしい」なのだが、
ちょっと何言ってるのか⑨はわからない。

溜めこんでいるとかじゃなく、⑨は⑨の「やなこと」が何かわからないのだ　（以下、2首略）

「わからない」繋がりで、今度は、恐らく、いつもの夫婦喧嘩。だが、ここで④を苛立たせ悲しませているのは、③（生活者）ではなく、といって①②（職業人）でもない、初登場の⑨だ。この⑨（トラウマ？抑圧された何か？）が、基本的には円滑な③④の間に異物のように挟まって、途方に暮れている。そして、その困惑の根にあるのは「自分にとって『やなこと』が何かがわからない」ことなのだ。

「Ⅳ　③はよくコップを落とす」３首。

③は⑩時から歯医者の予約だ
いつもよりあわてていねいに右奥歯を磨こうと③はマグカップ落とす

③がコップや皿を床に落とすと、割れても割れなくても
④は「だいじょうぶ?」と聞きにくる
しばらくすると、③が一人でコップや皿を落としても
③のなかの、④が「だいじょうぶ?」と聞きにくるようになる
③は、④に「だいじょうぶ」とおもう
育ちがいい、ってたぶんこういうことだろう　③は内側からすこし　わかった

もしも④がいなくなって
しばらくして、④もいなくなっても　③は「だいじょうぶ」とおもうだろうか
と、③はしばらく考えてやめる

常に自分が「だいじょうぶ」かどうか気遣ってくれる「他者（例えば④のような）」に守られて育ち、その当の「他者」がいなくなってからも「内面化されたその面影（例えば、④のような）」によって常に守られているように感じる――そのことを「育ちがいい、ってたぶんこういうことだろう」と③は

思うに至る。ということは、これまで、③の「育ち」は、恐らく、よくなかったのだ。自分が「だいじょうぶ」かどうか当り前のように気遣ってくれる「他者」など、なかったのだ。

そのことに気づいた③は、⑨（心の傷）を連れて、海に行く。最終章「V　③は⑨と海を見に行く」9首だ。まず、前半。

③は海を、海の上の空を見に行く。

怒ったように電車すれすれを歩くひとを窓すれすれの顔から見てる

⑨は、空ばかり見てる子どもだった

クラスの子にはさみを貸すのいやだった　のりはよかった　はさみやだった

やな理由は⑨にも説明できなかったが、説明する必要はなかった。

誰も説明を求めなかったし、はさみを貸すのをいやがっている⑨に誰も気づいていなかった。

返してもらったはさみを、⑨はかえりの川に捨てた。

プリントを爪で切るのがじょうずになる　そのように⑨は「やなこと」を捨てた

⑨は⑨の「やなこと」をかんがえるのをやめ、

⑨は⑨の「やなこと」をかんじるのをやめた。

しばらくすると、⑨の「やなこと」はなくなった。

いわゆる「きょうがっこうでやなことがあった」と
いわゆる「きょうえんそくですごいあるいた」は、
⑨にはおんなじ「(つかれた)」になった。
つかれてるのに気づいてくれる④も、④も⑨にはいなかったから、
⑨は二つの「(つかれた)」を分ける必要がなかった。
「(つかれた)」ら⑨は、あまいものたべてはやめにねて
つぎの日もまだ「(つかれた)」らねた。
というのが③が、④に語る、⑨についてのお話である。

そのような仮説が立った瞬間に、⑨は③になり⑨を見ていた

ここで、⑨は己が「やなこと」を抑圧し、単なる肉体的な「(つかれた)」とごっちゃにして誤魔化していたことに思い当たる。そして、その瞬間、異物としての⑨は③へと統合され、新しい③はかつての⑨を「お話＝歴史」として相対化する視座を獲得する――、④への「語り」を通して。続いて、後半5首。

世界には二種類の人間がいた。
⑪⑨をつかれさせる人、⑫⑨を少しつかれさせる人。

トンネルを抜ける電車はすかすかの中吊りが駅に着いてなびいた

短歌における〈私性〉というのは、作品の背後に一人の男の
——そう、一人で大きくなったような男の顔が見えるということです。——隆井岡⑦

川と海へだてるそっけない橋はひかりでとけてひとつに見える
⑨は〈私〉だった。
けもののようにまじりっけない、
一人っきりの〈私〉だった。

海の向こうはこんもりまるいからっぽの、⑨が見ていたなけなしの空
③は⑨にかける言葉は特にない　⑨は⑨なりに生きていたから

〈生きているとよいことがある　それも⑨の「よいこと」よりも少しよいことが〉
④もむかし、⑬だったりしたのだろうか。

⑨に出会う前から④は④だったのかな　それはまた④のお話

そうなのだ。以上の長い道のりを通して脱却を果たされていたのは、実は「短歌における〈私性〉」だったのだ。

⑨である〈私〉は、閉じている。本当は「やなこと」に傷つき、「だいじょうぶ?」と気遣ってくれる「他者」(もっといえば「家族」)を必要としていながら、その根源的な「非 - 自己完結性」を自ら抑圧し、常に「疲れ」を抱えつつ、それをただ「あまいものたべてはやめにねて」的な孤独な仕方でやり過ごす以外ない、

まさに「けもののようにまじりっけない、一人っきりの〈私〉」——。だが、そんな⑨、生活者としての私③から異物として遊離し、本当は全然そんなことはないのにあたかも「一人で大きくなったような」顔をしている⑨こそ、実は「短歌における〈私性〉」なのだ。そして「短歌」は（或いは、いっそ「文学」全般も）それが「近代」と呼ばれる、⑨（即ち「近代的自我」、と、もう言ってもいいだろう）に下支えされ続けなければならない「疲れる」時代状況下においては、結局「あまいものたべてはやめにね」るのと大差ない「こんもりまるいからっぽの、なけなしの空」でしか遂にありえないのではなかろうか？

だから何だ、ということではない——つまり「③は⑨にかける言葉は特にない　⑨は⑨なりに生きていたから」。だが、それでも、③は、やっぱり、こう呟かずにはいられない——「（生きているとよいことがある　それも⑨の「よいこと」よりも少しよいことが）」と。そして、その「少しよりよいよいこと」を齎す誰かは、やはり、もう⑨ではあり得ない。

それでは、その「誰か」とは、一体、誰だろう？

分からない。だが、それは、少なくとも「たった一人の人」ではないだろう。むしろ開かれた一つの「場」——種々の雑多な「声」が飛び交い、無数の「住人」「来訪者」「通行人」等々が行き交う、風通しのよい……そう、「広場」だろう。

「ポストモダン」？——そう、或いは。だが、必ずしも、それには限られまい。例えば「源氏物語」。あの膨大な「歌」と「詞書（とも言える）」からなる芳醇なテクストの背後に犇めくもの——それは、「たった一人の女の顔」だろうか？　むしろ、一つの「時代」「世界」それ自体の壮大な「合唱」ではあるまいか？

「母」と「娘」と「赤い川」

――佐々木貴子「姥捨」と野口あや子『眠れる海』

女性歌人――いや、むしろ女性詩人一般にとって、「母」とは何だろうか。例えば、今年（2017年）1月8日に贈呈式の行われた「第26回詩と思想新人賞」受賞作品・「姥捨」（佐々木貴子）。「雨の多い人生だった。繰り返し胸を引き裂いた赤い川。あれも雨のたびに氾濫し、わたしを置き去りにした。老婆は川の只中に生きていて、愛とはとても縁遠いのに、好んで愛を語っていた」「老婆は瘡蓋が剥がれたと嘆き、育ててやったのに、産んでやったのに、と罵倒する。翼が捥がれ、杭さえ打てない身体となっても、わたしは誰かの弱さの取次ぎのためにゴルゴタに磔になることを望んでいた」「娘に鳥籠は要らない、と自慢していた老婆。飛べないようにしておきながら、飛びなさい、と励ました。弱さも腐っていくのです」――詩行は、それこそそれ自体が一つの「赤い川（＝血の川？）」でもあるかのように呪詛と怨嗟を孕んで滔々と流れる。「ああ、雨の日は、言葉が早く効いてしまう。地図にない姥捨山が簡単に見つかる。道順も手順も本能に書き込まれていた。さようなら」「山中に老婆を置き去りにするだけで十分だったが、全身を巡った過剰な殺意に何かが壊れ、何かを壊した。雨はもう降らなくていい。赤い川は何処にもない」――かくして、「姥捨（＝母殺し？）」という「成熟のための通過儀礼」を遂に果たし、めでたく大海に合流したかに思われた「赤い川」。ところが、「翌日、友達がふらりと訪ねて来て、今晩、泊めて、と言った。明け方、彼女は台所にいた。わたしの服を着て、わたしのエプロンをしていた」。かくてまた、足元から何かが崩れていく。「赤い川」はまだ続いていたのだ。「本当は誰よりも愛したかったくせに。極限まで見開いた大きな目。その声。彼女は、わたしを壊す母だった。わたしだった。産まずに捨てた、わたしの子どもだった」。まるでエッシャーの騙し絵のような無限循環。詩「姥捨」はこうして終わる――或いは、永遠に終わらない。

詩行に制限のない所謂「現代詩」だから、「父と息子」「母と息子」「父と娘」そのどれとも異なる「母と娘」のいわば「永遠の愛憎」を、ここまで――つまり、生物学上「それ」を「それそのもの」としては終生体験することのないだろう私にも消えない「爪跡」を残さずにはいない程度にまで――掘り下げ、描き切ることが出来たのだろうか。私は必ずしもそうは思わない。例えば野口あや子歌集『眠れる海』（２０１７年、書肆侃侃房）中の、次の歌。

母よそれでも怒りは怒りでほかなきに石を濡らして小用をせり

この鈍器で後ろからいきなり頭を殴られたような重い衝撃。「母よ、あなたは、あなたを、今現にあなたがそうである通りのもの――つまり「母」――であらしめている〈世界〉に、〈運命〉に、烈しい怒りと無念を抱えている。そしてその怒りと無念は私にとっても何か身を裂くように痛切だ。だが、にも拘らず、あなたの怒りは遂に祈りのように美しい何かへと変容と昇華を遂げることはなく、いつまでも不毛な怒りのままなのだ。かくて、あなたは天ではなく地に、浄化された祈りではなくあくまで不浄なままの小水を渾身のいきみと共にぶちまける他はない。その、温かく土に沁み入ることもなく、虚しく石を濡らすだけの小水。だが、だからと言って誰がその永遠に尽きない無念と呪詛と憤懣の奔流を『無駄だ』と押しとどめることが出来るのか」——敢えて解きほぐせば、例えば、こうだろうか。しかも、1首はこれだけの或る意味「現代詩風」な言葉を連ねても、なおまだ「何か読み取り残し、言い残しはなかっただろうか」と何度もこちらに再読を迫るような強い凝集力で、まるで一つの「物質」或いは「重力の塊」のようにそこにあり続ける。

でもどこもきつくしまってほどけないたちあがる火のようだったこと

歌集中にはまた、こんな1首もある。或いは前後の文脈から見て、男女の交合の場面を「原光景」とする、極めて高度に抽象化され圧縮された「相聞」かも知れない——とは言え、ここまで「きつくしまってほどけな」くなってしまった関係性の「かたち」、またそれを体現するこの1首それ自身の「かたち」を、今なお「相聞」と呼び続けることは殆ど「氷」を「水」と呼び続けるようなものだが。だが、それにしても、この1首を先の「母よ」の歌の隣に置いてみる時、まるで後者は前号の歌のありようの「解説」のようにも「オマージュ」のようにも見えてくるのはどうしたことだろう。

真葛這うくきのしなりのるいるいと母から母を剝ぐ恍惚は
ははごろしむすめごろしとつらなりてつらぬきてきみのうえにかぶさる

これも同歌集中の一連「エレクトラ」から。「エレクトラ」――フロイトの所謂「エレクトラ・コンプレックス」（母を排して父と交わりたいという娘の欲望）を強く想起させる表題だ。それにしても「母から母を剝ぐ」時、現れるのは一体誰の顔か――もし2首目の通り「ははごろし」が常に「むすめごろしとつらな」っているのだとするならば。

月へ行く舟、または「カチン！」の有無

――宗左近の「詩」論を手がかりに

「要するに『足りないものなど何もないに等しい』『この世をばわが世とぞ思ふ望月の欠けたること もなしと思へば』――そう言っているわけです、この歌は」――今年（２０１８年）２月の「舟」例会の席上、私はそう評した。話題に上っていたのは、こんな歌だ。

残寒に重ねあはせるふくらはぎ足りないものは月へ行く舟　　北神照美

読みようは読者の数だけあるだろう。だが、私はこれを相聞と解した。まだ寒さの残る、とは言え既に確かに春の気配の漂う寝室。愛の営みを終えた二人の男女が深い充足感と微かな気怠さの中、「寒いね」などと言いながらお互いの裸のふくらはぎを重ね合わせている――そんな至福のひと時。この甘やかに自己完結した二人だけの世界に、果たして「足りないもの」などあるだろうか。精々がＳＦやファンタジーに出て来る、実在しない「月へ行く舟」――例えばそれくらいのものではないだろうか。「足りないものは、ただ非在のものだけ」――これは「足りないものは何もない」ことをより浪漫的に歌い上げるための、いわば「二重否定的」なレトリック――言い換えれば例の定家の「花も紅

葉もなかりけり」の逆転版だ。そうすることによって二人の幸福な一体感が却って美しく印象づけられるのだ……。

なるほど、そうには違いない——概ねは。実際、私の発言は「概ね」会場の支持を得られたし、私自身も「概ね」自分の解釈に満足していた。だが、その後、日を重ねるにつれ、私はこの「概ね」の「完全に」との僅かな差の部分が次第に気になって仕方がなくなって来た。つまり、私はこう思ったのだ——「『足りないものなど何もないに等しい』と『足りないものなど何もない』。この両者は、究極においてやっぱり『等しい』わけではないのではないか?」と。とすれば、「愛し合うこの二人の間に足りないものは『月へ行く舟』（＝〈非在〉の何か）だけだ」と「愛し合うこの二人の間に足りないものは何もない」。この両者も、やはりどこかが違うのではないだろうか?

重箱の隅をつつく議論と見えるかも知れない。しかし、私にはこの「微差」に拘る理由があった。というのは、丁度同じ頃、今年（２０１８年）６月に開催されるNPO法人日本詩歌句協会主催のシンポジウム「宗左近研究」の運営スタッフの一員として、テクストとして使用される宗の著書『詩《うた》のささげもの』（２００２年、新潮社）の下読みに個人的に取り掛かっていたからだ。同著は、宗が自身の半生について語りながら、その中で出会った国内外の近現代詩、古今の和歌や俳句について、教科書的記述とは一線を画した体当たりの紹介と批評を試みるという一種の「詩的自叙伝」乃至「自伝的詩論」で、当然近現代の短歌にも多く頁が割かれている。だが、その論調は決して甘くはない。

例えば、与謝野晶子。「その子二十《はたち》櫛にながるる黒髪のおごりの春のうつくしきかな」「清水へ祇園をよぎる桜月夜今宵逢ふ人みなうつくしき」「春みじかし何に不滅の命ぞとちからある乳を手にさぐらせぬ」「やは肌のあつき血汐にふれも見でさびしからずや道を説く君」等々、人口に膾炙した『みだれ髪』中の8首を引きながら、宗はまずこう言う――「歌われているのは、愛の絶対です。とくに、もっぱら女の（心と肉が一体化することによって高まりを極めた）情熱の、その自余の介入をゆるさず沸り立つ絶対です。これは、これまでの日本の短歌のもたなかったものです」。だが、その返す刀で、宗はまたこうも言うのだ――「これらの作品に沸っていて、したがって、これらの作品の読者の思いを沸らせるのは、いま書いたように、たしかに愛の絶対です。しかし、大切なことがあります。それは、その愛の絶対とは、決して絶対の愛ではない、ということです」。

「愛の絶対」と「絶対の愛」。では、この両者の違いとは一体何だろう。宗は言う――「絶対の愛とは、絶対への愛、ということであり、そしてまた、絶対からの愛、ということです。さきほどの与謝野晶子の作品を沸らせているのは、『愛の絶対』ですが、しかし、それは女性の愛の絶対であるにすぎず、男性をもふくんだ人間の、あるいは人間をふくんだ宇宙の全存在の愛の歌ではないのです。つまり、相対の愛であるにすぎないのです」「そして、これからさきに、わたしのいいたいことの中心があります。それは、絶対の愛を歌うものこそが詩である、ということです。きびしすぎるでしょうか。そんなことはありません」「すべての抒情は美しい。一切の詠嘆はせつない。そうであるからには、日本伝来の漢詩も、短歌も、伝承歌謡も、現代詩も、NHK年末の紅白歌合戦の歌う英語まじりの歌詞も、みんなみんな詩です、という意見もあります。あっていいでしょう。しかし、そういう広やかさをもつとなると、見落すことになる大切な詩の性格があるのです」。

なるほど……。だが、それでは、宗はただ「詩人は単に卑小な男女の恋愛などではなく、もっと大きな人類愛や宇宙愛、生命愛や神への愛を歌うべきだ」と言っているだけなのだろうか？——そうでもなさそうだ、どうやら。というのは、宗が続いて引き合いに出すのは、宗教書や思想書の類いではなく、ランボー『酩酊船』の最後から3連目の次の4行だからだ——「だが、しかし、あまりにもわたしは泣きすぎた。曙は胸を抉って痛く、／月はすべて酷たらしく日はすべて苦い。／苛酷の恋は心を酔いしれた麻痺で満たしてしまった。／おお、竜骨よ、砕けよ。おお、わたしよ、海底に沈め。」。

そして、宗は更にこう続けるのだ——「個という小さな相対と、宇宙という大きな絶対との、愚かしくも狂おしい挑みあいのドラマです。個は必ず敗れるでしょう。しかし、その戦いの敗亡から煌き出るものこそが、生の根源への糾問、すなわち詩なのではないでしょうか」「ランボーの唱える『見者』とは、絶対を見る詩人のことです。絶対を見てこそ詩人です。そして、絶対とは何か。いわば、宇宙の芯です」「わたしは、この絶対を信奉します。したがって、与謝野晶子の『愛の絶対』に強く感銘を受けはしますが、それは女性から男性への『相対の愛』にすぎず、ランボーの作品に沸っているような『絶対の愛』でないことを痛感するのです。ヤラレタアと、頭を下げます。しかし、そこまで。晶子世界へ入っていったところで、その奥に高い天空は拡がっていないのです」。

ちなみに、この「その奥に高い天空が拡がっていない」感じは、宗が晶子以外の多くの近現代歌人についても抱いている一つの根源的な不満であるようだ。例えば、茂吉。「死に近き母に添寝のしんしんと遠田《とほだ》のかはづ天に聞ゆる」「のど赤き玄鳥《つばくらめ》ふたつ屋梁《はり》にゐて足乳根の母は死にたまふなり」「母が目をしまし離《か》れ来て目守《まも》りたりあな悲しもよ蚕《かふこ》のねむり」「星のゐる夜ぞらのもとに赤赤とははそはの母は燃えゆきにけり」等々、これもまた人口に膾炙した『赤光』中の6首を挙げながら、宗は晶子の場合と同じく、まず言う――「死んでゆく生命を、生きている生命が、歌っている歌の群れです。死体を焼く火葬場の竈の火の轟きのような歌の炎の群れです。ゆらめきあう生の炎と死の影とが声を出している歌の数々です。立派です」と。そして、だが直ちにこう続けるのだ――「しかし、尊敬が強いだけにそれだけ激しい不満が湧き立ってきます」「あまりに地球の上の、上だけの生命のドラマが詠まれているにすぎないのです。いかにも、ぎりぎりの母との別れです。締め木で締めつけられている心がうめいています。読む者も叫び声をあげないわけにいきません。しかし、そこまでです。その作者と読者ともどもの悲鳴を吸いよせ吸いあげてくれる彼方、それはこの作品の天空に開かれていないのです」。

「天空」――。では、つまりそれは何か。重要なのはそこだと思うのだが、宗の話は、確かに真摯な情熱に貫かれているにしても、逆に、真昼の太陽の輝きが却って銀河の観測を妨げるように、言葉が強すぎてやや不明瞭だ。特に、私見では、ミスリーディングなのは「愛」という言葉――といって悪ければ、その「語感」――だ。例えば、ランボーを引きつつ宗が語る「個という小さな相対と、宇宙という大きな絶対との、愚かしくも狂おしい挑みあい」という時のこの「挑みあい」、またその結果「個は必ず敗れるでしょう」というその「必敗性」、そして、にも拘らず「その戦いの敗亡から煌き出る」

という「（生の根源への）糾問」。これらは通常の「愛」とは一見真逆の語感を持つ諸要素だが、宗がここで言う「愛」とは、実はこれだ。しかし、それなら、この間の事情は、むしろ次のように言い換えた方が遥かに分かり易くないだろうか――「有限なる個は、幾ら一見自由な天地に羽ばたいているように思われても、ふとした加減で『無限』や『永遠』という見えないガラスの天井に『カチン！』とぶつかり、目から火花を出す。結局、人はそのような形でしか『無限』『永遠』と出会うことが出来ないのだ。だが、たとえそのような形であっても、人は『無限』『永遠』と出会うべきだし、それをする者が要するに詩人だ。というのは、ガラスの天井に『カチン！』とぶつかって目から出る火花――それこそが『詩』に他ならないからだ。だから、逆に言えば、ただ伸び伸びと天と地の間を飛び回っているだけで肝心の『カチン！』もその時目から出る火花も知らない詩人は、厳密には詩人と呼べないのだ」と。しかも、この「カチン！」は、これも私見だが、別にはるばる「宇宙」まで探しに行かなくてもよい。

例えば、先に引いた晶子の歌の中の、次の1首。

やは肌のあつき血汐にふれも見でさびしからずや道を説く君

この隣に、昨秋刊行された野口あや子の歌集『眠れる海』（2017年、書肆侃侃房）中の次の歌を並べて置いてみよう。

蝶・背広・フィルムあふれる一室にあなたはとわに夢精をいわず

片や「謹厳な道学先生」、片や「マニアックな趣味の品々で部屋を一杯にした繊細なナルシス」。だが、いずれも「一見女性に関心のなさそうな男性」を「女性」がやや揶揄的に歌っている点では同趣向だ。だが、前者が「本当はしたい癖に」と露骨な挑発で両者の間合いを詰め、いわばガラスの天井の手前で「カチン！」のない原罪以前の密室に二人で閉じ籠ろうと迫る歌であるのに対し、後者はどうだろう。孤独な趣味の品々に囲まれた「あなた」の「一室」の「密室性」は「夢精」により既に破綻しており、語り手は最初からそれに気づいている。だが、その「破れ目」に指を突っ込んで強引に、土足で「室内」へ侵入しようとする気配はない。ただ、或る種の痛みと共に「とわに夢精をいわ」ないと心に決めている、滑稽だがどこか可愛い「あなた」の傍らで、やはり或る種の痛みと共にただ突っ立っている――笑いを堪えつつも、どこか優しい目で。ここには確かに一つの「カチン！」がある――少なくとも、私は確かにそう感じる。そして、その「カチン！」が二人を隔て、かつ同時に「『カチン！』による痛みと疎隔を共有する」という逆説的な形で、前者の歌にはなかった或る関係性――それこそ「『恋』ではない、新たな『愛』」と呼んでもよさそうな――を二人の間に再建している。そして、まさにこうした「カチン！」の介在の故に、私は、宗が前者に感じなかったという「詩」を、後者にははっきりと感じる。そして私のこの「感じ」を、今は亡き宗も支持してくれるだろうと信じている。

冒頭の北神の歌に戻ろう。残寒にふくらはぎを重ねあわせる二人の間に「欠けたるもの」「足りないもの」など何もない——そう語り手が本当に、心の底から感じているのだとすれば、この歌の位相は、結局、与謝野晶子と同じ「愛の絶対」——言い換えれば、楽園追放以前の幸福な「無明長夜」、アダムとイヴによって齧られた跡のない林檎の「開口部」なき完全無欠性——に留まるだろう。だが、果たしてそうだろうか?

確かに、地上的な意味では、二人の幸福には何の「欠落」も「不足」もない。だが、それでもやはり、二人の間には、目に見えぬ「欠けたるもの」「足りないもの」があるのだ——いわば「齧られた楽園の林檎の歯の跡」が。

「月へ行く舟」——それは、今現在幸福のただ中にいる二人が、そのまま——つまり「地上的な存在」のまま——「無限」「永遠」に至ることを可能にする、いわば「イカロスの翼」だ。だが、それはない。というより、そもそも、有限なる「個」である人間には、それを持つことが初めから許されていないのだ。

それは、「無限」「永遠」を夢見たこともなく、ただ地上的な幸福の追求に終始している、いわば「詩人ならざる人々」には決して感知され得ない「不足」「欠落」だ。だが、二人はベッドの中でふくらはぎを重ねあわせながらもそれを感知し、それを微かに淋しんでいる。そこに「カチン!」がある——つまり「詩」が。そして、その「カチン!(=詩)」の共有がまた、却って二人の関係性を「無限」「永遠」へと逆説的に橋渡しししているのだ。

「なんとかやっている」という「絶望」

――工藤吉生「この人を追う」を読む

第61回短歌研究新人賞の受賞者・受賞作・選考経過が発表された（「短歌研究」2018年9月号）。今回は2作同時受賞で一つは工藤吉生「この人を追う」、もう一つは川谷ふじの「自習室出てゆけば夜」。いずれも興味深く読んだが、ここでは、単純に紙幅の関係上、前者を集中的に見てみたい。

同誌同号の選考座談会記録によれば、この一連は、4名の選考委員のうち加藤治郎・穂村弘が共に1位で入れ、米川千嘉子・栗木京子は10位にも入れていないという「ドラマチックな選考結果」（栗木）だった。とはいえ、加藤・穂村の評価点が完全に一致しているというわけでは必ずしもない。例えば、次の歌。

公園の禁止事項の九つにすべて納得して歩き出す

並盛と言ってもかなりの量がくるしきたりを受け入れてわれらは

このうち、例えば1首目について、加藤はこう述べる――「まずは「九つ」「すべて」を読みとおす、とある。粘着質というか、奇妙な生まじめさがあって、根底には不信感がある。「納得して」が面白くて、あたかも自分が禁止事項を許可したような満足感、全能感がある。自身でルールを決めて支配したいという潜在的な欲求をこの作品に感じます」。また、2首目については「「並盛と言ってもかなりの量がくる」というのは、日常にあるどうでもいいようなことです。今生きている世の中とは、こういったルーズな人間くさいものであり、システムは完璧ではない。そういったメタファーとして上句は存在している。このちぐはぐな妙な空気感が下句にかかって、こんな世の中で「しきたりを受け入れてわれら」はなんとかやっている」と。そして「この作者には保守的な面があって、しきたりを受け入れたり、禁止事項を納得する。反発するのが一般的な心理と思うんですが、生きづらい、でたらめな世の中を受け入れながらなんとかやっていく」、その「仮に「なんとかやっている感」と言いますが、そこに惹かれました」と概括する。つまり「本来は自分がルールを作る側でありたい。でも、「公園の禁止事項」の歌でも、「並盛」の歌でも、まずはルールやしきたりを受け入れるところからやっていこうと。意外にこういう人って少ない。だいたい、はなからルールを破壊する、ルールなんか関係ねえよというところから始まるのですけれど、この人はしたたかに反撃する」「絶望的にならざるを得ないところをなんとかやっている。(中略)まったくどうしようもないと言っているのではない」と言うわけだ。

これに対し、穂村は、この一連において表現されているのは、(「おかしないい方になるが」と断りつつ)「高度な無力感」ではないかと言う。そして「その根っこにあるのは完成された社会システムに対する違和と諦念と絶望だろう」と。例えば、1首目「公園」の歌について「おやっと思いました」

と述べる穂村のその理由は、こうだ――「これを社会の縮図と見なすと、禁止事項の一つに納得がいかない場合はそこに異議を申し立てるかもしれないし、すべてに納得がいかない場合は革命を意識するかもしれない。でも、「九つ」「すべて」に納得した場合、人の意識はどうなるのか。「うん、そうだ、大賛成！」と言ってハッピーエンドならいいけれども、読み進んでいくとこの作者は違います」。或いは、2首目「並盛」の歌については、「ここでも並盛のしきたりを受け入れる。でもこの書き方からすると、たぶんこの人は食べきれないいんだと思う」と。ちなみに、前掲の2首の他に、穂村が一連から引く、例えば次の歌。

「サイコロをもう一度振り出た数を戻れ」もどれば「一回休み」
トリックをすべて解かれてうらみつらみねたみを2分言う殺人者

この内、1首目「サイコロ」の歌について（「公園」の歌における「禁止事項の九つにすべて納得」に関連させながら）穂村は言う――「すごろくのルールに従って戻ると一回休みと言っていて、これがずっと続くとこの人は永遠に休みとなって、合意したルールのもとで真っ暗になっていく」。又、2首目「トリック」の歌については、「名探偵が全員を集めて犯人を名指しするシーン。鮮やかに全部トリックを解いて、最初はしらばっくれていた人が最後の最後に開き直る。犯行は認めるが、自分の殺人にはいかに必然性があって、自分の魂はこんなにも苦しく、悲しく、こうせざるを得なかったかを述べる見せ場です。でも「2分」がルールで、それ以上長いと視聴者が飽きてしまうし、逆にあっさり捕まると視聴者は納得しない。そのちょうどいいバランスが「2分」。「2分」で魂を全部まとめて言ってくださいという持ち時間を与えられたテレビの中の殺人者に近い役割を、現実の我々は今生きているのではないかというイメージを持ちました」と。

整理しよう。まず加藤の場合、前提になっているのは「世界とはルーズで人間くさくてでたらめで、システムとして完璧ではない。生きづらさは、畢竟、そこから来る」という認識だ。そして、その上で、それにやみくもに反発するのではなく、まずはでたらめでも不条理でも何でも、その「ルール」「しきたり」を受け入れるところからやって行こう。そうすれば、別に「生きづらさ」は解消されなくとも、まあ何とかやっては行ける。その「保守的」で「したたか」な適応力の中に、「希望」とまでは言えなくても「まったくどうしようもない」わけでもない、いわば「絶望以上希望未満」の一筋の「活路」が浮かび上がる。そこにこの作品世界の魅力がある、という理解になる。つまり一連中の他の歌で言えば、こうだろうか。

わかるけどそうは言っても死んだまま一生過ごすことはできない

なるほど、そういう側面も確かにあるだろう。だが、これは「〈世界〉と〈私〉の関係性」をめぐる〈物語〉としては（「反逆」「革命」という〈物語〉と同様）普遍的あまりに普遍的な一「定型」であり、「この人を追う」にも当て嵌まると同時に、例えば「おしん」「島耕作シリーズ」等々にも過不足なく当て嵌まってしまう。つまり、「生きづらい、でたらめな世の中を受け入れながらなんとかやっていく」「まずはルールやしきたりを受け入れるところからやっていこう」というタイプは、古来、「はなからルールを破壊する、ルールなんか関係ねえよ」というタイプに比べて、特に「少ない」わけではないのだ——と言うより、むしろ「意外に」多いのではないか。だが、とすれば、この切り口では、加藤自身の所謂「この十何年ではなかった」この一連の「作風」が余り際立たないのではなかろうか。

これに対し、穂村は、まず、この「社会システム」を「完成された」もの——つまり「ルーズで人間くさくてでたらめ」どころか逆に「非人間的なまでに厳密かつ完璧に合理的なもの」——として捉える世界認識（或いは世界感受）がこの一連の「根っこにある」と述べる。そして、その上で、そこから生じる「違和と諦念と絶望」を「高度な無力感」——つまり、従来の「ルーズで人間くさくてでたらめ」な「社会システム」が齎すそれとは何か異質な「無力感」——として表現しようとしたところにこの一連の新しさ、乃至「可能性の中心」を見ようとする。つまり、「うたわれている無力感や絶望感が、すでに典型になっている感じ」（米川）「物事の本質に届く前に諦めてしまったり、揶揄してしまったり、その躱《かわ》し方がだんだん物足りなく思えてくる」（栗木）という批判に対して「いやいや、絶望じゃありませんよ、これでも意外と頑張っているんですよ」という方向から「したたかに反撃」しようとしているのが加藤なら、穂村はむしろ「いやいや、この絶望はそう簡単に躱せるような代物じゃありませんよ」と口籠りつつ抗弁しているのだ。

例えば、先の「並盛」の歌。ここで「並盛と言ってもかなりの量がくる」のは、恐らく、その店（恐らく牛丼チェーンか何かだろう）のワンマン経営者が気まぐれでそう決め、力で押し付けた「でたらめ」なルールではない。むしろ、「並盛と言ってもかなりの量」でなければ他店との競争に勝てないと全牛丼チェーン店が考えた結果、いつの間にかそうなってしまったのだ。それは、安い値段で鱈腹食べたい大多数の客には歓迎すべき事態だ。つまり、ここでは「市場原理」「競争原理」は完璧に機能しているのだ。だが、それでも「多分この人は食べきれない」。そして、その生理レベルの違和感・不快感は、普遍的正当性を持たない「個人的な問題」として当面「自分一人の腹の中」に収めておいて、まずは大勢を「受け入れ」る他はない。しかし、やっぱり不快なものは不快だ。だから「しきたり」という皮肉が出る。つまり、プロセスは如何に合理的でも、そこから出て来るアウトプットがこれでは、封建時代の因循な「しきたり」と大して変わらないと言うわけだ。又、実際、そういう個人の「つぶやき」が、にも拘らず、同時代の人々の間にある一定の共感を呼ぶのだとすれば、「食べきれない」という違和感・不快感は、案外、「個人」を超えた深さと広がりを持っているのかも知れない。だが、もしそうだとしても、この状況を「ルーズさやでたらめさの克服」「システムの完璧さの追求」によって解決することは恐らく出来ない。それどころか、例えば「公園」の歌における「禁止事項」のようなものは、恐らく、それによって「九つ」どころか九百にも九千にも――つまり、例えばパソコン画面にしばしば現れる「同意する」「同意しない」の項目の箇条書きのようにとても一々「読んだ上で納得」してなどいられない数にまで膨れ上がる。そして、人々は大抵適当に「同意する」をクリックし、そのままそそくさと「歩き出す」ことを余儀なくされ――その結果、いつしか「合意したルールのもとで真っ暗になっていく」。しかし又、例えば、次の歌。

現金のように使えるポイントのもう戻れない無垢の心に

この人は、恐らく、ポイントが現金のように使える「システム」のからくりを「完璧に」把握してなどいない。それでも、便利だから「同意する」をクリックし、利用する（或いは、特に同意した覚えはなくても、利用することによって事実上同意する）。それは、或る意味「システムとの和姦」であり、全き被害者の立場から「システムによる強姦」を告発し得る「無垢」の立場を自ら放棄してしまうことだ。だが、それでも――或いは、一旦こうなってしまったからには尚更――この人は、又、この「時代」「社会」の中で生きて行こうとする者は誰でも、「システム」との汚れた、そして「でたらめ」な馴れ合いをずるずる続けていくしか道はない。何故なら「そうは言っても死んだまま一生過ごすことはできない」のだから。

結局、加藤の言う「なんとかやっている感」と穂村の言う「高度な無力感」は、同じコインの表裏なのだ。

見たくないものが日に日に増えてくるオレの一人の部屋の消灯

一連最後の歌。選考会終盤、穂村はこの1首を取り上げて「「見たくないもの」は自分の部屋に増えてくるの？　それともここで切れているの？」と問いかけ、「自分の部屋に増えてくるのかなと思った。だから、灯を消してしまう」という栗木に「だとしたら自分の判断でコントロールできる部屋の中にさえも、自分の意図を超えて見たくないものが侵入してくるという意味でいいのかな」と再問（もしくは自問）している。私は、その意味でいいのだと思う。例えば、再三言及されている「トリックをすべて解かれてうらみつらみねたみを2分言う殺人者」――これは「オレの一人の部屋」のＴＶでさんざん繰り返され、脳内に刷り込まれた一つの「定型」であり、それは確かに自分の意思で見た筈のドラマなのだが、いつしか心の中で「見たくもないのに見せられているもの」に変質してしまっている。しかも、忌々しいのは、「2分で魂を全部まとめて言ってください」と言われ、その要請に従って「なんとかやっている」その姿が、あたかも悪意ある戯画のように「オレ」そっくりであるということだ――例えば「31文字で魂を全部まとめて言ってください」と言われて自らそうしているこの「オレ」に。最後に、2首。

砂嵐以外は何も映さないテレビを思う　凪の水面に

水を吐くオレを鏡に見てしまうモザイクかけておいてほしいな

「つめたい春の崖」と「いちごアイス」

——第61回短歌研究新人賞・川谷ふじのと工藤吉生

「受賞の電話をいただいたとき、「青春の感じがよく出て」というようなことをちらりとおっしゃったのが聞こえ、諦めのような気持ちと悔しさでたまらなくなりました。十七歳で、自分のことしか書けなくて、そうしたらどうしても高校生活を描くしかなくなります。どうしても扱い方は「青春詠」になる。／私は青春という概念が嫌いです。映画やＣＭなどは制服姿の若い人ばかり主役にして、この時期が人生で一番尊いものであるという概念を日本人に植えつけています。けれども、大人として過ごす時間の方がもっと長いのだから、大人の方が楽しくあってほしいし、その時間を魅力あるものとして描いてくれなくては嫌です。若さが眩しいのなんて当たり前だけど、過ぎ去った時間を惜しみ続けるようにはなりたくありません。／何が言いたいかというと、私はこうした考えのもとでこの応募作はアンチ青春をテーマにしようと思い、勉強する同級生の姿を淡々と描こうと思いました。／しかし、高校三年生という年齢をやっぱり利用したい気持ちが出てきて、結局あざといほど青春っぽい言葉をちりばめて書いてしまいました。だから選んでいただけたのかなと思うと、嬉しいような悲しいような気持ちです。／この先高校を卒業しても皆さんの心に響く歌を作れるかわかりません。明日には短歌自体一首も作れなくなっているかもしれませんが、この賞をいただけたことはうれしいのでがんばります。このたびは第六十一回短歌研究新人賞に選んでいただきありがとうございました」――川谷ふじの「短歌研究新人賞◆受賞のことば」（「短歌研究」2018年9月号）。余りに美しいので全文引用してしまった。このテクストはそれ自体一つの「詩」だ。それも、このテクストがそこに置かれた社会的「文脈」と緊密に結びつき絡み合わされた一種の「機会詩」だと言っていい。それは「必ずしもそこに〈詩〉があることが要請されていない〈欄外〉――だって、そこでは単なる〈挨拶〉や〈社交辞令〉でも十分その任を果たせるのだ――に、それでも出現した〈詩〉であること」によって、あたかも野生の草花のような無償の気高さ、そして健やかさを輝き出させている。特に尊く思われたのは、(1)日本の大人たちが自分の都合と思惑で勝手にねつ造し流布させている「青春」概念のいかがわしさを正確に見抜き、かつ、うまく立ち回ればその「共犯者」として然るべきパイの分配にあずかれる「女子高生」という立場にいながら、まずは潔癖にそれを拒否していること、(2)にも拘らず「十七歳で、自分のことしか書けない」現状を直視し、無理な虚勢は張らず、真に自分のものである武器だけでフェアに戦いを挑もうとしていること、(3)更に、そうは言いつつも結局「高校三年生という年齢をやっぱり利用したい気持ちが出てきて、結局あざといほど青春っぽい言葉をちりばめて書いてしま」った弱い自分を糊塗せず、又そうした作品によって受賞を果たした心中の悔しさや悲しさ、いやそればかりか「それでもさすがに湧きあがる嬉しさ」さえ残らず受け止めて、なお不安に満ちた次の一歩へ決然と向かおうとしていること、この3点だ。自らの「輝き」によって却って取り返しのつかない「汚れ」を帯び、しかもその「汚れ」の痛みを伴う受容を通して、更に新たな未踏の「輝き」に向かおうとする、この不敵かつ真摯な詩精神に、まずは心よりのエールを送りたい――例えば、受賞作「自習室出てゆけば夜」の中に川谷自身がそっと潜ませたと思われる、川谷自身から川谷自身への次のようなエールをそのままに。

いままでのようには二度と戻れないつめたい春の崖に立ってる
自習室に手元ライトを持ちこんだきみの努力を護りたいんだ

ちなみに、今回の短歌研究新人賞は、もう一人、昭和54年生まれの男性歌人・工藤吉生も同時受賞している。以下、受賞作「この人を追う」から。

てのひらで暴力団を止めようとしている女はポスターの中
力の限りがんばりますと言わされて自分の胸を破り捨てたい
なんとなくいちごアイスを買って食う　しあわせですか　おくびょうですよ

川谷とは境遇も歌歴も作風も随分異なる工藤だが、こうして1首1首を丹念に見てみると、その根底には案外通底する「何か」かあるようにも感じられる。例えば1首目、一見シニカルな歌だが、その深層では、かつて本気で「てのひらで暴力団を止められる」と信じ、一瞬で木端微塵になった己自身の心の傷が今も血を流しているのではないか。2首目、面接か何かの方便として「力の限りがんばります」と言ってしまった、そんな不甲斐ない自分にここまで傷つくことが出来るのは、真の詩人だけだ。そして3首目。さて、問題です。(1)いい年をしたオヤジが「なんとなくいちごアイスを買って食」いたくなるのは、どんな時か。(2)「しあわせですか」と訊かれて「おくびょうですよ」とはぐらかすその心を、31文字以内で書きなさい。

「男の冬に！」と「ピンクの軍手」　――奥村知世「工場のしっぽ」の2首

「短歌研究」２０１８年9月号に発表された「第61回短歌研究新人賞」。その応募作「工場のしっぽ」（奥村知世）は、受賞こそ逃したものの、選考委員4名のうち米川千嘉子が1位、栗木京子が3位、穂村弘が4位、加藤治郎が6位に推した最終候補だ。略歴によれば奥村は昭和60年生まれで、職業は「研究開発」。とはいえ、一種の「職場詠」として歌われているその現場は、「殺菌された白衣の実験室」とは真逆の、危険な労災も伴う「工場」。米川はその推挙の理由を「〈男性の職場〉であった工場で働く女性の作者が現状で発見したことや、感じた違和感を端的に表明した一連」「現代の現場の情報も盛り込まれつつ、場面性や批評性も明確で、一連を進めるテンポや内に籠もらない自他に対する距離感に頼もしさを感じた」と述べている。例えば、こんな歌。

ミドリ安全帯電防止防寒着「男の冬に！」の袋を破る

もちろん、仮に男性の歌だとしてもそれなりの味わいはある。その場合、その心は、例えばこうだろうか――「しばしば３Ｋ（キツイ、汚い、危険）労働等と呼ばれ、富裕層や知識層、ホワイトカラー層、恋愛対象を探す若い女性層等々から久しく謂われのない侮蔑や忌避の対象とされて来た俺たち。だが、だからこそ、帯電防止防寒着（ということは、これから向かう現場は寒い上に感電の恐れもある危険な「戦場」だということだ）の包装袋に書かれていた「男の冬に！」というエールは、たとえ宣伝文句であっても嬉しいのだ。蔑みたい者は蔑め。俺たちにはこの防寒着と、誰にも奪えない俺たち自身の矜持があるのだから」。だが、これが女性の歌ということになると、「男の冬に！」は——「宣伝文句としての限界内で出来る、それでも精一杯のエール」という微妙な本質はそのまま——肝心のそのエールの送り先が想定範囲外だったことによる思わぬ「脱構築」（乃至「ずっこけ」）を被ってしまう。とはいえ、私の見る限り、そこに「男性中心社会」への「怒りの告発」「冷たい嘲笑」等は、不思議とない。あるのは、精々「苦笑」だ。何故なら、ここで語り手が足を踏み入れているのは「男が女を締め出し自分たちだけで甘い果実を貪っている特権者だけの秘密クラブ」ではなく、むしろその逆——つまり、嘗ては女性の「参入」はおろか「好意」や「共感」すら期待できなかった一種の「荒野」——であり、それはその苛酷さを今、現に共有している語り手自身が体感的に分かっていることだからだ。或いは、次の歌。

軍手にはピンクと黄色と青があり女性の数だけ置かれるピンク

ここでも「女性は当然ピンクを選ぶ（べき）もの」という先入観が「苦笑」されている。だが、怒りはやはりない。何故なら、ここにあるのが「侮蔑」でなく、無骨な彼らなりの精一杯の「気遣い」であることが語り手にもしっかりと届いているからだ。

〈わがまま〉の行方

――穂村弘「〈わがまま〉について」の今

最近、数年通った駅前のスポーツ・クラブをやめ、近所のマシン・オンリーのジムに移った。徒歩で通え、24時間いつでも利用可能という手軽さも一つの理由だったが、それだけではない。以前のクラブはプールもあれば各種の教室、更にはサウナや浴場まであり、会員も親子連れから常連のお年寄りグループまで多種多様。スタッフの数も充実していていつも活気に満ち賑やかだったが、「スポーツをしている時くらい一人で黙々と汗を流したい（だって、「皆で賑やかにわいわい」は他の場所でいつもやっているから）」私にとっては、少々方向性が違ったのだ。

今度のジムは、マシンは最新式だが、他の設備は更衣室、トイレ、シャワー室位しかなく、深夜から早朝にかけては受付にもシャッターが下りている。利用者も絶対数がまばらな上、お互い別に話もしないので、がらんとした空間に響くのは、ＢＧＭの他には、ただ、ウェイト・マシンの重い金属音とルーム・ランナーの単調な唸りだけ。如何にも殺風景だが、それが却っていい。そうやってぽつんと放っておいて貰えてこそ、心おきなく自分――孤独な、ありのままの、そして自由な――と向き合えるからだ。

冒頭、突然こんな話をするのは、他でもない、角川「短歌」２０１９年4月号の特集「穂村弘世界の更新」中の江戸雪の論考「オリジナリティの強度とは」を読み、複雑な感慨に捉われたからだ。

論中、江戸は角川「短歌」1998年9月号に掲載され大きな反響を呼んだ穂村の批評家としてのデビュー作「〈わがまま〉について」に触れ、その印象をこう回顧する――「私は『シンジケート』刊行の頃には短歌を始めておらず、そのときの衝撃を同時代としては知らないのだが、この評論を読んだときの動揺はありありと思い出せるし自分のなかで解決できていない部分も未だにある」。私の場合は逆だ。穂村の第1歌集『シンジケート』（1990年）の衝撃は今でも「ありありと思い出せる」が、その8年後の「〈わがまま〉について」に関して、私にその種の動揺はなかった。むしろ「そういうことだったのか」という共感と安堵の方が遥かに強かった。

例えば、穂村は、自分と「〈わがまま〉の感覚」を共有する同世代の歌人の特徴を、こう述べる――「彼らの表現は、従来の短歌が根ざしていた共同体的な感性よりも、圧倒的に個人の体感や世界観に直結したものとなっている。彼ら自身の中にある、自分よりも大きな何かに対する憧れや敬虔さや愛の感覚は、従来の歌人に比べてもむしろ強いものだが、それはあくまでもひとりの信仰なのである。〈わがまま〉とは、この信仰心の強さにほかならない。その結果、ひとりひとりの表現の方向性は、ほとんど同一のジャンルとは思えないほどに多様化して、しかし同時に語彙の偏りや文体の過剰さに関しての印象にはどこか共通性が感じられる。彼らの〈わがまま〉が、手つかずの世界を自在に組み替えて表現を極端な場所へ向かわせたのである」「言葉の表面上のバリエーションとは別に、本当に力を出せる文体はひとりにひとつという気がする。文体の選択は信じる神の違いによって自然になされ、その強度は信仰の深さによって決まるのだろう」「先人が見い出した大切なものを見失わずに経験を重ねれば誰もが等しく豊かな境地に達する、などという考えは悪だと思う。（中略）魂を研ぎ澄ますための定まったシステムなどこの世になく、その継承は時空間を超えた飛び火のようなかたちでしかあり得ない。ひとりの夢や絶望は真空を伝わって万人の心に届く」「以上のような考えに基づいてみるとき、現在、新感覚派というものがあるとすれば、それは従来の短歌にはみられなかった新しい表現要素を共有する人々のことではなく、その共有性自体と全く相容れない〈わがまま〉さを持った歌人のことであろう」。

誠に「真っ当」な主張ではないだろうか。と同時に、指摘しておきたいのは、ここで語られている「〈わがまま〉という〈倫理〉」が、前代未聞どころか、例えば宗教改革における新教側の主張――教会という共同体への帰属と服従に基づく信仰を斥け、一人一人が単独者として己が信じる神の前に立つ――と全く同根のそれだということ。そして又、私がスポーツ・クラブからマシン・ジムへの移籍を決めた動機も、恐らくそれらと同根だということだ。

もちろん、後者にも共同性――つまり「新教の教会」――はある。だが、それはいわば、各自が己の必要と目的に応じて自由に（つまり〈わがまま〉に）、黙々とマシン（＝神）と向かい合い、かつ、それをお互い邪魔しないという倫理を共有する、いわば単独者の単独性を保証するための共同性だ。例えば、西行の次のような歌――「寂しさに堪へたる人のまたもあれな庵ならべむ冬の山里」。

だが今、懸念されるのは、その当のジムが、いつの間にか別のスポーツ・クラブ、つまり「従来の短歌にはみられなかった新しい表現要素を共有する人々」の単なる閉じた共同性へと変質してしまう危険性だ。しかも、そうした変質は、屡々、当初待望されていた筈の「その共有性自体と全く相容れない〈わがまま〉さを持った歌人」の排斥によってこそなされるのだ。「自分の内面を探求すべきなのに、穂村弘を信仰していないか。穂村弘を好きでそのことを警戒している歌人はどれほどいたのか」と江戸は問う。実際、宗教改革は、結局、「教会」の「業界（近代産業社会）」という別の共同性へのなし崩しの吸収合併に帰結しなかっただろうか。

Ⅱ

短歌時評　社会・思想哲学

「商品」と「産業廃棄物」
――「カウンター達」の表現活動

「物心ついたときには家の中に当たり前のようにあった暴力。／祖父からテレビのリモコンで頭をなぐられ階段から突き落とされた。／『お前は家族の最下位なんだ』／口の中に拡がる鉄の味。／母親は、悔し泣きをするわたしの肩を抱き言いました。／『どんなにつらくても絶対に殺しちゃだめだからね／自分の人生を無駄にしちゃだめだからね』／／悲しいことに、わたしが母親から一番はじめに教わったことは／ありがとうを言おうねとか、いただきますはちゃんと言おうねとかじゃなく／祖父を殺すな、ということでした」（成宮アイコ「最後の光」より）――2015年12月12日「新宿ネイキッドロフト」にて上演されたライブ「カウンター達の朗読会Vol.18～希望の端っこ1ミリで息継ぎをするための57577」で初めて耳にした詩の一節。「カウンター達」――これについては、朝日新聞2015年12月7日夕刊の記事「『生きたい』代わりに叫ぶ」の、成宮自身による規定が分かりやすい――「道徳の教科書や自己啓発本に共感できない人もいる。『あるべき姿』を求めるモノやヒトにカウンターパンチをかましたい」。或いは、言い換えれば、こういうことだろうか――「本屋さんの入り口にある／今週のベストセラー棚に並ぶような言葉ではなく、／すげー読みづらいブログみたいな／感情過多でとっちらかっている言葉こそ／わたしは愛している」「言葉の必殺技を確実に使いたい。／メンタルヘルスや生きづらさに無関心な層に／的確に的中したい。／鬱は甘えだとかいじめられる側が悪いっていうやつに／的確に的中したい。／そして精神に限らず障害を美化するやつに、／的確に的中したい。／ゴミではない！そして天使でもない！／わたしは、この現実を的確に突き刺したい。」（成宮アイコ「あなたのドキュメンタリー」より）。

或いは又、共演者であるもう一人の「カウンター」・葛原りょうの詩「ジョバンニの歌」の次のような一節（と言っても、これはＹｏｕＴｕｂｅの朗読の動画の音声を文字に起こしたもので、正しい表記は不明なのだが）――「トラックが目の前を流れてゆく。あれは今、僕を轢こうとしたんだろうか。だとしたら、轢かれなくちゃならないのだろうか？」「合言葉は優しさ、それは嘘。愛、それは怠惰。人の心の鍵穴に同じものなどあるものか！」。彼も又、自身が編集長を務める「大衆文藝ムジカ」第3号の月乃光司との対談「病という武器」の中で、自らのアルコール歴について、こう述懐する――「私も二十五歳のころ毎日一升は空けていて、アルコール依存症って診断受けていたけれど信じなかった。つまり飲まなくても大丈夫な日が一日でもあればそれは依存症じゃないでしょ？と思っていました」。

更には又、朗読の間中、ステージ後方で黙々と背景の絵を描いていた第3の「カウンター」・Ｔｏｋｉｎのプロフィールの末尾にあった、次の一節――「正常と異常の、夢と現実の、希望と絶望の境界から見た世界は、何色？」。ちなみに、そのプロフィールによれば、彼女は美大を目指しての受験勉強中に精神に失調を来して高校を中退。以後、精神科病棟への入退院を繰り返し、「解離性障害」「双極性障害」と診断されるが、その間の体験を通して「病気」と「健康」の定義に疑問を持つに至り、それがその後の表現活動の開始のきっかけになったのだそうだ。

「自分の病気、自分の不幸を『売り物』にしている」――彼らのようなスタイルの表現者にしばしば浴びせられる言葉だ。だが、それはここでは見事に的外れだ。というのは、彼らはそれを、先に紹介した月乃・葛原対談のタイトルにもある通り、「売り物」ではなく「武器」にしているからだ――或いは、先に引用した成宮の詩にもある通り、「今週のベストセラー棚に並ぶような言葉」を排し（ということはつまり、そのような「売り物」になる道を敢えて捨て）、「メンタルヘルスや生きづらさに無関心な層」「鬱は甘えだとかいじめられる側が悪いっていうやつ」「障害を美化するやつ」らに「媚び」ではなくむしろ「喧嘩」を売る――つまり、「言葉の必殺技」をかけて叩き潰す――、そのための「鈍器」のようなものとして、読者に、聴衆に、突きつけているのだからだ。それも、「カネ」と引き換えに自分の耳に、心に、欲望に、ナルシシズムに心地よいものだけを買い取り、使い捨てにする「消費者」「右や左の旦那様」としての読者、聴衆ではなく、むしろ同じ時代の同じ歪みを共に苦しみながら生き抜こうとしている「まだ見ぬ同志・戦友」としての読者、聴衆に……。

「あなたの人生は芸術作品ではない。／感情は作品ではない。／命に点数はいらん。／メンタルヘルスを語るときにイノセントな言葉はいらん。／人間はお人形ではない。／感情は勝負ごとではないのだ。」「人生は、／推敲を重ねた作品ではない」――同じく、成宮アイコ「あなたのドキュメンタリー」より。だが、実際には、おのれの「人生」「感情」を「芸術作品」として――それも、あわよくば「売り物」になる「商品としての芸術作品」として――流通させるために、不要な部分（つまり「売り物」

にならない部分）を切り捨てたり、隠したり、「イノセントな言葉」で粉飾したりして自らを「お人形」化する傾向は、今なお後を絶たない――いや、むしろ「暴走機関車」のように加速している。なぜなら、そうしないと「勝負ごと」――つまり、並み居るライバルを出し抜いて自らの「人生」を首尾よく「売り物」にし商品流通に乗せる、という或る種のゲーム――に勝ち残ることが出来ないのではないか、という強迫が「場」を支配しているからだ。「商品か、然らずんばゴミ」――そう、それが恐らく、この狂った時代にかけられている最強で最凶の「呪い」なのだ。しかし、それでも成宮は問う――「かつて毎晩毎晩長い日記を書き、mixiやテキストサイトを更新し、掲示板で自分語りをし合い、／メッセンジャーで悩みを話していたころにたまっていた心のゴミみたいなものは、／本当はゴミではなくて糧だったのだとしたら?」「ねえ、この気持ちがゴミではなくて血や肉だったとしたら?／ねえ、おまえが恥ずかしいって笑ったこの必死な気持ちが、ゴミではなくて血や肉だったとしたら?」(「傷つかない人間なんて、いると思うなよ」より)。

元来「商品」として生まれたわけではない「自然物」が無理やり「商品化」される、その過程で、不自然なまでにきらきらしい「商品」の対極に必然的に析出され排出される、不自然なまでにどろどろしい「ゴミ」――それは「産業廃棄物」と呼ばれる。「産業廃棄物」――恐ろしい言葉だ。例えば、私も加わったエッセイ・アンソロジー『それぞれの道~33のドラマ~』(コールサック社)に収録されている「LIFE~終身刑から生きることへ~」――それは、幼い頃母親から受け続けた、凄惨としか言いようのない家庭内暴力の記録だった――の中で、1977年生まれの詩人・神月ROIは、こう述べている――「男と女がセックスの快楽に溺れ捲って生まれた副産物が命。望もうが望まなかろうが、避妊しなければガキは作れてしまう。限りなく0％に近しい確率でも、出来てしまうのがガキだ。／俺は産業廃棄物なのだ」。

ここにはもう、己の生命の意味を「神の賜物」「愛の結晶」とする宗教的神話もなければ、「種の保存」とする科学の神話もない。むしろ、ここで言う「セックスの快楽に溺れ捲って」いる「男と女」は、まさに、きらきらしく「消費」の欲望を煽り立てる「商品経済」の洪水に陶酔し切った我々そのもの、現代社会そのものの喩のようにさえ見えて来るではないか。とすれば、彼らにとって、「ガキ」とは、「商品」の「魅惑の結界」を現出し維持するため闇に葬った筈の「産業廃棄物」即ち「抑圧されたものの回帰」（フロイト）であり、それは「自然の恩寵」というより、むしろ不気味な「自然の復讐」として感受される筈だ。そして、その衝撃と狼狽と恐怖が、彼らを、暴力による徹底的な「罪状否認」「証拠隠滅」へと追いやるのだ。

しかし、それでも「ガキ＝俺」は生きている。「商品化」出来ない「産業廃棄物」として嘲笑と共に捨てられた心のかけら、肉のかけらは、たとえ真っ暗な、悪臭を放つゴミ処分場に、憎まれながら、鼻を抓まれながら、ただ無造作に堆積されているだけだとしても――それでも、ピクピクと生きているのだ。

「脈がある」――そう、彼ら「カウンター達」の活動には、確かに、たとえ汚染された工場廃液と共に下水道に流し込まれようとも、たとえ危険な毒物のように鉛の密室に監禁されようとも、それでもなお、ある時は高く、ある時はか細く、だが遂に絶えることなく鼓動を続ける「ピクピク」が、「脈」が、「生命反応」がある。この「命脈」は、決して断たれてはならない。また、誰も断つことは出来ないだろう――何故なら、彼らの「ピクピク」は、同時に、その一つ一つが、それこそ「言葉の必殺技」として、銃弾のように、「時代」の、「世界」の「狂気」の急所に「的確に的中」しているのだから。

ハードルは1つ残らずぶっ倒せ！地を這ってでもたどり着くため　成宮アイコ

むき出しの夜よ消えるな絶望の「望」が光っているから生きろ
時間から切り離そうと泣きながらテレビを叩き壊したあの夜
泥仕合中に気付いた投げられない感情をこう呼ぶのだ「愛」と
追い縋る雨を追い抜く雨として雨は忘れた雨であることを
一体どこに正気の場所があるのだろう一人縄跳び日暮れまで跳ぶ
人間であることとたったそれだけのことに夢中なストレイシープ
小鳥みな青かったならしあわせはきっとどこにも憩えず独り　葛原りょう（高坂明良）

一方、ライブの熱気と喧騒から離れた場所で、孤独に、静かに、しかし苛烈に、自分自身と「時代」の「地獄」の定点観測を続けている若い書き手もいる。例えば、昨年（2015年）第1歌集『亞天使』（北冬舎）を刊行した1980年生まれの歌人・加部洋祐も、その一人だろう。

『亞天使』——この特異な歌集の全貌を論じるのは、時評の枠内では不可能だ。だが、例えば、集中の次のような歌。

地べた這ふ此の一匹のナメクヂもゆくところまでゆかねばならぬ
ふり向かず歩み来し道ふり向けばくうはくはそこに立つてゐました
維持出来ぬ自我のみを武器に太陽の真裏にひそむ偽善者を討て
禁忌《タブー》なき世といふ人を笑殺す押し殺し押し殺し石の如しや

加部もまた、ここでは葛原や成宮たちと同じ一つの時代の苦しみに抗う、紛うことなき一人の「カウンター」だ。
「それは、理性のはたらきが悪意と大力に加わるとき、防ぐすべの全く無いことを、人間は身にしみて知っているからだ。」（『神曲』地獄篇「第三十一歌」）——「ニムロデ」と題された『亞天使』中の1章の章題の傍らに、加部は、ダンテを引用して、こう語らしめる（ちなみに「ニムロデ」とは、「創世記」第10章に登場する「世の権力者となった最初の人」。聖書自体の記述は簡潔だが、巷説では「悪の都」バビロンの建設者とも、神に挑戦する人間の傲慢の象徴「バベルの塔」建設の発案者とも言われる人物だ）。加部は、そして「カウンター達」も又、己が立ち向かう相手が如何に強大で奸智に満ちた非人間的システムであるかを、恐らく、骨身に沁みて知っている。しかし、「人間商品生産」のベルトコンベアーから弾かれ、「人間産業廃棄物」として叩き落とされた「ゴミ処分場」のあちらで、またこちらで、自分たちを遠からず巨大な「ゴミ焼却炉」に十把一からげに投げ込むだろうシャベルの唸り近づく音を聞きながら、彼らが、それでもなお、遂に「ピクピク」を諦めないこと――これは、どう控えめに言っても、少々感動的な光景ではあるまいか。

こんなにも歩きにくいのはこの道のはじめよりすでに奪はれしゆゑ
限りなくつづくはずなどないのだが進めば進むほど砂の中
くづれながら先をめざすがあともどりして拾ひたしぼくの片腕
にんげんの姿は消えて影のみが立ちあがり冬の首都歩きだす

加部洋祐「冬の去勢」（「大衆文藝ムジカ」第3号）より。この、恐らくは「にんげん」から遂に全てを奪い尽すだろう「この道」を逃れ難くとぼとぼ歩みながら、それでもその無情な「運命」をしいんと見つめ返す「ぼく」の視線の静謐さはどうだろう。まるで、圧倒的な敵の猛攻の下、なお死の瞬間まで打電を続けようとする通信員の孤独な覚悟がそこにはないだろうか。

降り積もる雪、降り積もる時間

――震災から5年後の東北の歌

「現代短歌」2016年4月号に「特集・東北を詠む」が組まれた。「編集後記」にはこうある――「毎年三月十一日が近づくと、メディアはこぞって東北をとりあげます。復興の進捗や課題について断片的に知り、短い黙禱ののち、それぞれの日常に戻るのが私たちのつねですが、東北の艱難は現在進行形、いや未来形であり、これでいいはずがないという思いを強くします」「特集では、五十五人の東北在住の歌人に作品とショートエッセイをお寄せいただきました。頻出する『嵩上げ』という言葉。高すぎる防潮堤への抵抗感。東京五輪の狂騒のなかで東北が忘却される不安。これらは震災五年後の貴重な発言の記録でもあります」。意義深い、真摯な取り組みだ。心から敬意を表したい。

ざらめ雪ざくざく踏みて歩みゆく喪ひたりし思ひに濡れて　桜井登世子

身に沁みし怒りたづさへ逝きし君、大熊町を追はれたりしか　柏崎驍二

一本のみ残りし松も直ぐ枯れて津波ののちの歳月に向く

津波から学びたることを思はんに思ひは泥《なづ》む越えがたくして

かなしむをかなしむなかれかなしみはかなしむあなただけのかなしみ　岡本　勝

被災地は慈愛と慈悲と道徳にあふれてゐます帰れカエサル　千田節生

焼け失せし神社の更地に石像の弁財天が置かれありたり

降る雪の晴れて光れる鳴き砂の大須賀浜をゆけど鳴かざり　本田一弘

誰としも分かちあはざるかなしみを閉ぢこめあまきあんぽ柿なり

白菜の畑にしんと積もりゆく雪の時間を嬬《つま》と見てをり

いちめんの雪原ありてぎしりぐしり轍らしきをひとは漕ぎゆく　梶原さい子

雪原は泣きたきほどにむき出しで東北に反射し続くる光《かげ》

思ひ出すひとのかたちのあるぶぶん思ひいだせずそれも忘れぬ　高木佳子

ああ今もゐるのだと思ふそのひとの話のうちに柳あをめる

避難した子もしなかった子もその間のことには触れぬようにじゃれ合う　齋藤芳生

黙礼するにあらねどすこし俯いて道路除染の前を過ぎたり

特集冒頭の、東北歌人8人による13首詠より（掲載順）。ここには既に地震発生直後の生々しい叫びや迸る怒りの告発はない。5年という歳月の重みが、あたかも降り積もる雪のようだ。しかし、それは所謂「風化」「忘却」或いは「治癒」「恢復」というものとはまるで違う。震災によらず、戦災によらず、或いは犯罪被害等々によらず、結局、「当事者」に、そういう便利で有難いものは、恐らく、ない。

太郎をねむらせ、太郎の屋根に雪ふりつむ。
二郎をねむらせ、二郎の屋根に雪ふりつむ。

（三好達治「雪」）

そう、「雪」には、「時間」には――或いは一般に「天来のもの」「少しずつ降り積もるもの」には――そんな一種の「浄化作用」「治癒作用」「鎮魂作用」みたいなものがある。だが、それはまた、逆に言えば、どんな「浄化」「治癒」「鎮魂」も遂にそこには届かない――それも、自他の何らかの「権能」や「努力」が足りなくて、ではなく、いわば物事の本質上、誰にもどうしても届き得ない――「何か」を、少しずつ、静かに、だが妥協なく、洗い出し浮き彫りにする作用でもある。それでは、その「何か」とは、つまり、何か？――それを「これこれこうだ」と、理路整然と、万人に「そうか！」と納得のいくかたちで解き明かし得る者など、誰もいないだろう。しかし、にも拘らず、その「何か」は、あくまで己の「存在」を主張してやまない――言い換えれば、己の「言語化」を督促してやまない。そして、その「無理難題」にも似た督促に応えて、「ああでもあろうか、こうでもあろうか」と、時に訥々と、時に荒々しく、しかしいずれにしてもひたすら粘り強く、かつ孤独に、その「何か」に耳を傾け、その語る声を書き留め続けようとすること――それがつまり「詩を書く」ということではあるまいか。

例えば、桜井氏。1首目、大切なあの人この人を、取り返しようもなく「喪ひたりし思ひ」は、どんなに時を経ようと、あたかも血友病患者の傷口から流れ続ける血のように、「ざらめ雪」を「ざくざく踏む」その足の下から、いつの間にか、語り手を、「世界」を、すっかり「濡」らしてしまう。それはまた、2首目の、流浪の果てに無念の死を遂げざるを得なかった「君」の心臓から今なお噴きこぼれ続けている血でもある。

或いは、柏崎氏。1首目、津波にも負けない「希望」のいわば象徴である「一本のみ残りし松」が、にも拘らず「すぐ枯れて」しまう。その茫々たる空無。だが、それでも「津波ののちの歳月」がまだ続くならば、こちらもそれに「向」きあうしかない――蓋し、かの魯迅の座右の銘の如く「絶望の虚妄なること、希望の虚妄なるに相等しい」のだから。だが、2首目、それにしても、一体どういうことなのだろう、「津波から学」ぶ、とは？ というより、そもそも「津波」とは、そこから人間が己にとって有益な何かを「学び」取ることが出来るような――またそれを許すような――生易しい何かであるのだろうか？

更に、岡本氏。1首目、この全てがひらがなで綴られた一見言葉遊びのような呼びかけが、静かに、しかし切々と伝えているのは、つまり、「あなたは多くを、或いはひょっとすると全てを失ってしまって、今はただそのことをかなしむことしかできない、ただただかなしむだけの存在のように自分を思っているかも知れないけれども、そして事実それはその通りかもしれないけれども、だからと言ってそのことをかなしむな、あたかもかなしみの自乗のようにしてはかなしむな、何故なら、少なくともあなたが今かなしんでいるそのかなしみ、それだけは間違いなくあなたが『これは私の、私だけのものだ。

誰もこれには触るな』と叫べるたった一つの所有物であり、宝であり、それを何人もあなたから奪い取ることは許されていないのだから」という、自らも真の「かなしみ」を知る者にしか決して発することが出来ない――言い換えれば、むしろそれ自体が一つの「かなしみ」に他ならないような――「なぐさめ」だ。そして、その裏面には、そのような真の「かなしみ」を知ることもなく、また知ろうともせず、ただただ自分の勝手な都合で空疎な「慈愛」や「慈悲」や「道徳」を喋々するばかりの2首目の「カエサル」への憤怒に満ちた「帰れ」が鳴り響いている。これは、そしてまた、文体こそ異なれ、本田氏の1首目の「誰としも分かちあはざるかなしみを閉ぢこめあまきあんぽ柿」が、その「あまさの裏面にはち切れんばかりに湛えているものと、恐らく同じものだ。ただ、本田氏は「帰れカエサル」と絶叫する代わりに、2首目にある通り、その「真のかなしみ」を真に共有しているたった一人の存在――つまり、ここでは「嬬」――と、「しんと積もりゆく雪の時間」を、或いは「しんと積もりゆく雪のような『時間』」を、黙って「見て」いることを選んだのだ。それはまた、千田氏の1首目が静かに選び取ろうとした道とも、相通じる。つまり、ここでは、「焼け失せし神社の更地」にただ「置かれ」てある「石像の弁財天」は、いわばそれ自体が「石像＝誰としも分かちあはざるかなしみを閉ぢこめあまきあんぽ柿」だ。そして同時に「しんと積もりゆく雪の時間」を共に「見て」いる「弁財天」――即ち、或る意味では「嬬」――でもあるのだ。しかし、この余りに深い「沈黙」は、2首目において、遂に「沈黙」それ自体であることを裏切る。「鳴き砂」で有名な「大須賀浜」の、それなのに「鳴か」ない「鳴き砂」――私はここで、ルカ伝第23章第44節の、イエスの十字架の死をかなしむあまり、太陽がその顔を覆って地上を照らすことを拒んだ（或いは、そうとしか読めない）一節を思い起こす。ここでは、本来「鳴」くべきものである「鳴き砂」は、あまりの怒りとかなしみの余り「鳴」くことを拒んだ。そして、かくして、この「大須賀浜」で、「沈黙」と「絶叫」は同じ「何か」の表裏となったのだ。

梶原氏、1首目。ここでの「轍」は、単なる物理的な「車輪の通った跡」であると同時に又、そうではない。13首詠の他の作で、氏は「シベリアの大地を蹴つて来しものら四〇〇〇キロの水を渡つて」と遠く飛来した雁たちに心を寄せ、そこから更に「祖父ありしシベリア冬の凍てつきをいくつもの刃に思ひやれども」と、同じシベリアで恐らくは抑留生活を送った「祖父」へと想いを馳せる。そして「ああたつた二十年あまり戦争が終はりてそしてわが生まれしは」「五年とふ時のはやさの沁むるとき二十年後の祖父の痰咳」と、改めて「震災後五年」という、その「五年」の意味の前に立ち止まる。ここでの「轍」は——或いは「轍らしき」は——つまり、それらの全てを刻みつけて「いちめんの雪原」を走っているわけだ。とはいえ、2首目、それにも拘らず、「雪原」はあくまで「泣きたきほどにむき出し」だ。そんなにまでして刻んだ「轍らしき」ものも、その上を「ぎしりぐしり」とゆく「ひと」の営為も、ひょっとしたら、ほんのひっかき傷ほどの足跡さえ、結局は留め得ないのかも知れない。先の柏崎氏の2首目の、人の「学び」を殆ど受け付けようとさえしないかに見える「津波」と言い、この「雪原」と言い、ここ東北の「自然」は、これはもう、殆ど「優しい」とか「厳しい」とかいう「擬人化」そのものさえ跳ね返す程の圧倒的・絶対的な「他者性」を帯びた「何か」なのかも知れない。しかし、とすれば、その前で、その中で、かくもちっぽけな「ひと」は、一体、何にどう立ち向かえばいいのだろう。

高木氏、1首目。「津波」が易々と街を飲み込み、「雪原」が忽ち「轍」を消し去るように、「時間」という「自然」、「時間」という「雪」もまた、「思い出すひと」に纏わる記憶を無情にも蚕食してゆく。そしてその抗しがたい力の前に、「ひと」はただ「それも忘れ」ること位しか出来ない――いかにかなしくとも、さしあたり。しかし、だ。2首目。たとえ「かたち」は朧げになろうとも、「そのひと」が、やっぱり、ここに、あそこに「今もゐるのだ」としたらどうだろう――例えば「霊」として。それなら、「思ひ出すひとのかたち」が幾ら「思ひだせ」なくなったとしたって、それは、いわば、老人が老眼で――つまり、逆らうことの出来ない「自然」の力で――目の前にいる家族の顔がよく見えなくなったというのと同じことだ。よく見えようが見えまいが、そこに、依然として愛する家族が「今もゐる」ということに変わりはないのだから。2016年3月31日の朝日新聞「論壇時評」で、高橋源一郎が「東北学院大学・金菱清ゼミの学生たちによる、震災の記録プロジェクト」である『呼び覚まされる　霊性の震災学』について、こんな紹介をしている――「ある学生は、石巻のタクシードライバーたちが頻繁に体験している幽霊現象について調査した。そんなものが科学的な調査の対象になるのか。学生たちは先入観をもたず、聞きとろうとする。『幽霊』たちはタクシーに乗り、ドライバーたちと話をした。もし、それが白昼夢なら、残された乗車記録は何なのか。そして、ドライバーたちの内心にあるものが、恐怖ではなく、深い畏敬の念であることを確かめた」。これは、或る意味、21世紀の「東北」

に回帰した「遠野物語」の世界だ。そしてそれは、例えば「柳田国男の『遠野物語』を一つの『観光資源』として活用し、観光客を呼び、経済効果を上げ、かくして当地の『復興』の一助とする」等々の類いの話とは次元も、深度も、規模もまるで違う、正真正銘の真摯な「回帰」なのだ。それは、ディズニー風の気楽な「ワンダーランド」でもなければ、ロマン主義風のノスタルジックな「ロスト・パラダイス」でもない。むしろ「この世の地獄」と紙一重の、いわば「せめて霊でもいてくれないことにはかなしすぎてとてもやっていけない世界」だ。しかし、思えば、「東北」とは、いやそもそも「世界」とは、実は、太古以来、ずーっとそういう場所ではなかったか?

最後になった。齋藤氏、1首目。ここにおける、露わにそれと口にされることさえ憚られている「その間のこと」とは、一体、何だろう? そう口にすればそれだけで誰もが「ああ、あれか」とすぐわかった気になる、例の「震災」? それとも「3・11」? いや、そうではない。断じてそうではない――そんなわかったような「合い言葉」で簡単に言い表せるような何かではない。2首目。ここで語り手が、或いは道行く全ての人々が「すこし俯いて道路除染の前を過ぎ」るのは――そして、その仕草が「黙礼するにあらねど」何やらそれを思わせる気配を微かに漂わせているのは――何故か。そこにもやはり「恐怖」ではない「深い畏敬の念」がないとは誰にも言えないのではあるまいか?

増殖するドラえもん
――穂村弘から木下龍也へ

「ドラえもん」とは、何だろう?――最近、そんなことをよく考える。と言っても、「サブカルチャー批評」の定番テーマとして、明るくポップに、というわけではない。むしろ、ディストピア的に陰鬱に、だ。というのは、このところ、周囲を、社会を、息苦しく覆っている「見えない影」の正体について考えているうち、ふと、こう思い当たる節があったからだ――「これって、もしかして、ドラえもんの影なんじゃないのか?」と。

実際、「ドラえもん」は、大いに「いかがわしい」。例えば、本来は「駄目なのび太を来るべき破滅から救うため、のび太の子孫が未来から遣わした自立支援ロボット」である筈が、実際にやっているのは、結局、何か困難に直面するたびに「魔法のポッケ」からその場限りの「お助けアイテム」を「逐次投入」し、のび太の「駄目度」を益々助長することだけ。これでは単なる「問題(破滅)の先送り」だ。というより、そもそも、初期設定の問題として、「未来」が恣意的に「過去」に介入して「歴史」を都合よく書き換えてしまうこと自体、所謂「タイム・パラドックス」という重大な矛盾を招くのだ。その意味では、ドラえもんのやっていることは、いわば「便利グッズ」という「違法ドラッグ」を「裏ルート」でばらまくことで人を「過去」も「未来」も「歴史」もない「夢の国」――つまり薬物による幻覚の世界――に引きずり込み、遂には重度のジャンキーにしてしまう一種の「地獄の水先案内」だ。だが、「あーん、助けてえ、ドラえもーん」→「しょうがないなあ……じゃ、今回だけだよ」の「今回だけ」は、あらゆる「依存症」の御多分に漏れず習慣性の「明るい無間地獄」を形成してしまっていて、いつまでたっても「最終回＝出口」が見えない。時折、「これではいかん」と気を取り直して、取りあえずの「最終回（らしきもの）」は打ち出されるものの、すぐまた「明るいゾンビ」のように復活してしまう――これも全ての依存症同様、だ。かくて、無限に遠ざかる「真の最終回＝真の出口＝真の死」。そして、その埋め合わせをするかのように巷で囁かれる暗黒の「最終回都市伝説」。そこでは、ドラえもんに見捨てられたのび太は、全き「脱け殻」「生ける屍」だ。だが、それは「夢が夢みた夢」「夢の自乗」として、却って一つの「真実」とは言えまいか――たとえどんなに「悪夢的」な「真実」であろうとも……。

ハーブティーにハーブ煮えつつ春の夜の嘘つきはどらえもんのはじまり

（穂村弘『シンジケート』）

穂村のデビューは確か１９８９年。ヨーロッパではベルリンの壁が崩壊して東西冷戦構造が終わりを告げ、日本では昭和天皇が崩御して平成時代が始まり……と、世界が色々な意味で未知の「異次元世界」に足を踏み入れた年だった。歌集『シンジケート』は、その翌年、１９９０年に刊行されている。当時、私は、右の掲出歌を、集中の穂村の他の歌程は注目も評価もしなかった。まず、言っている意味が「?」だった。だが、今、私は、皮膚感覚レベルで、この歌の「怖さ」がよく分かる。何故か。当時はまだ見えなかった「ドラえもん地獄」の本当の「怖さ」が、今は見えるからだ。

当時、私たちは、極論すれば「一億総のび太」だった。だから幾ら「嘘ばっかりついていると、いつかドラえもんになってしまいますよ」と脅されても「どうしてドラえもんになるのが悪いことなの？あんなに何でも出来る皆の人気者なのに」ときょとんとするばかりだった。それればかりか、一部の者はこう叫びさえしたのだ——「分かった！　嘘をつけば、ドラえもんになれるんだね？　だったら、僕、嘘をつく。もっともっと一杯嘘をついて、いつか必ず、何でも出来る、皆の人気者の、立派なドラえもんになってみせるよ！」と。

かくして、私たちの内の少なからぬ者たち——それも、ひょっとすると最良の者たち——が、「嘘をつく」こと、「不都合な真実」を後ろ手にそっと隠すことを始めた——何でも出来る、皆の人気者の、「立派なドラえもん」になるために。「言葉」は「何でも出来て来る魔法のポッケ」だった。但し「真実」だけは出て来てはならなかった——「ドラえもん」が、何でも出来る、皆の人気者の、「立派なドラえもん」であり続けるために。

かくして、私たちは今「夢の国」にいる。日本中が丸焼けになろうとも大本営発表によれば日本軍は連戦連勝であり、原発は安全であり、日本経済はうまく行っており……そして、「短歌」も又、新しく生まれ変わった。なべて世はこともない。

（だが、妙だな、それなら、何だろう、この息苦しさは、時折鼻をつく、この腐臭は……）
「いいえ、全て気のせいよ、坊や」と、誰かの優しい声。「それとも、あくまでも違うと言い張るなら……」

やめてくれおれはドラえもんになんかなりたくなぼくドラえもんです

（木下龍也『きみを嫌いな奴はクズだよ』）

「ほーらね、今は、本当のことを言う悪い子は、皆、こうして、最後は『ドラえもん』にされてしまうのよ」

二つの逆説、二つの叫び

――村永大和と石井僚一

「短歌研究」2016年10月号の時評「それは誰にもわからない」で喜多昭夫が同誌8月号の特集「七十一年目の八月」を取り上げ、「文字通り戦後七十一年にあたって、「戦争」について考えるという内容であり、二つのテーマが据えられていた。一つは戦争を体験している世代の証言。もう一つは、戦後生まれの世代による自身の思う戦争詠の解説である。戦争を体験した者と体験しなかった者。両者の論考により「戦争」を立体的に浮かび上がらせることに成功しており、たいへん読みごたえがあった。この夏にふさわしい好企画であったといえる」と要約・評価している。私も、概ね同意見だ。例えば、「戦争を体験している世代の証言」――「隣町、江別で空襲を受けた普通列車が運ばれて来た時のこと。運転士は射たれ亡くなり大量の血が車外にまだ滴り落ち、多分奥さんの手作りの座布団はどっぷりと血に漬かっていた。私は仕事だから機関車の銃弾の痕《あと》を一つ一つ赤いバッテンで記していった。辛かった」（松川洋子、当時17歳）。「（敗戦後の満州撤退時）あとに残された開拓団の人々は、働き手は軍隊に取られ、女子と子供と老人ばかりの集団である。これはもう見るも無惨な地獄だった。子供を集めて遊戯をさせながら、その中に自決用に持っていた手榴弾を投げ込んで殺して来た、というような話も聞いた」（小宮山輝、当時14歳）。「敗戦になって、まず私達の村からいち早く姿を消したのは将校達だった。その後に、兵隊さん達が続いた。食料や軍服や毛布などが持ち去られていた。その後に散乱していた品物に、村人達が群がった。群がった人達の先陣を切ったのは、昨日迄、私達に道徳を教えていた教頭先生だった。戦利品を、教頭先生は自分の庭先の畠に埋めた。私は、大人とはこういうものかと思った」（村永大和、当時10歳）等々。ちなみに、村永は又、こうも語る――「加藤典洋は『戦後的思考』（講談社）に「戦争と敗戦をへて、『戦後』という経験が可能にした新しい『思考』の地平が日本の戦後にはあったと、わたしは考えている」と書いていた。しかし、それは錯覚だったらしい。「何かわたしに自明と思われていた思想の感度のようなものが、ある時期以降、わたし以後の世代にはほとんどとだえようとしているのである」と書き次いでいた。（…）加藤さんによって語られているのは、体験に基づいた経験の伝え難さという問題である。／私も、体験が本当に丸ごと伝えられるものかどうか、ひどく懐疑的である」。そして、一文を次のような「返歌」で締め括る。

血塗られし昭和史といふ我もまたしかしか思ふ昭和恋ほしも

「血塗られた昭和史」と人は言う。全くもってその通りだ。だが、それでも、私は叫びたい――「昭和が恋しい！」と。「昭和恋ほしも」――そう、村永はこの1首の末尾で、散文部分の冷静な筆致をかなぐり捨て、殆どそう絶叫している。書き間違いでも、思わず筆が滑ったのでもない。「昭和恋ほしも」は、そもそも、村永のこの一文のタイトル――ということは、恐らく、思いの一番の核心――

でもあるのだ。これは、私には、こたえた。指を突きつけられ、こう痛罵されている気がしたからだ――「そうだ、昭和は、戦争は、まさしく地獄だった。だが、それでも、今よりはましだ。何故か。これだけ言ってもまだ分からない、おまえの、おまえの、それからおまえの、ぽかんとした、薄笑いすら浮かべている、自足し切った、胸糞悪い顔を見ずに済むからだ！」と。（ちなみに、私は昭和39年生まれ。高度成長期に産声を上げ、バブル時代に青春を送り――そして今、日本の落日の予感の中で己の後半生に向き合おうとしている。そんな世代の一人だ。）

一方、それでは「戦後生まれの世代による自身の思う戦争詠の解説」の方は、どうか。例えば、櫟原聡は、米川千嘉子の「空爆の映像果ててひつそりと〈戦争鑑賞人〉は立ちたり」を取り上げ、こう語る――「『戦争鑑賞人』は私である。また、現代日本人の大半でもあろう。（…）だが、今日、事態は変わりつつある。湾岸戦争後、集団自衛権の議論が喧しくなり、戦争が足元に近づいて来ているかに思われる。この時、『立ちたり』は、『過ぎ去った』というのとは異なった意味あいを帯びて来るだろう。ひそかに立ち上がりながら、人はどこへ向かおうとしているのか。単なる『鑑賞人』だけでは済まない、『参加者』としての姿を見せているのではないか」。或いは、浦河奈々。「私自身は戦争を知らない世代で、疎開していた親も幼かったので身近に戦争を実感することはなく、戦争に恐怖を感じたのは、創作物である本や映画からである」「戦争の何が怖ろしいのか。端的に言えば、それは身を守るすべのない人間の柔らかい肉体が、いともたやすく損なわれ、命を奪われる、その無残さに吐き気を催すような体感と直結した恐怖だ。（…）「ひめゆり部隊」の女学生たちが傷病兵の手足の切断手術を手伝わされる話。『はだしのゲン』の生きながら焼かれる家族の描写。そして映画「ディア・ハンター」の両足を失ったベトナム兵士の姿。また今回インターネットで「戦争」を検索して、少なからぬ量の裸の死体や障害の画像を見てしまった。そこでは肉体は丸太のように転がり、その断片が無造作に抓み上げられていた。思わず吐きそうになった」。ちなみに、浦河が一文の終わりに掲げた「返歌」は、その体験を基にしたと思われる、次のような1首だ。

〈戦争〉を検索したる夜のそこひ人の断片が抓まれてをり

いずれも痛切な感慨であり作品だ。だが、その中で喜多が特に注目したのは、「悲惨ではないものとしての戦争」と題された一文を認めた「北大短歌」の石井僚一だ。

戦争はビジネスだよとつぶやいて彼はひとりで平和になった　木下龍也

第三次世界大戦終戦後懇親会に~~御~~出席します　~~御欠席~~　伊舎堂仁

笑っている　傍らの丁寧なくちぶえ　下から上への戦争カタログ　瀬戸夏子

石井はこの三人の歌を取り上げ、こう述べる――「戦争はお金を稼ぐ手段であり、「御」と「御欠席」を2本線で消すようなマナーであり、そして商品のカタログである。引用した歌の作者は85年〜88年生まれ。彼・彼女らは情報の上でしか戦争を知らず、そしてまた真摯であるために情報のまま戦争を詠む」「詠むということは感情を実感に導くための手続きにもなり得るが、ここで志されている感情は「平和」「終戦後懇親会」「笑っている」「丁寧なくちぶえ」というような軽い何かである。この軽さはおそらくこの世代が教育によって学んだ「戦争は悲惨なもの」という前提に由来していて、つまり、幼くして植え付けられたこの価値基準から逃れることは難しく、そこで逆説的に想像されるのが「悲惨でないものとしての戦争」だ、ということ」「戦争というテーマを詠うとき、〈私〉は限りなく消滅に近づき、感情はどこにも至らない。この「戦争に対峙するときのどうしようもない無感情」は自我を否定されることにも似ていて、故に戦争について考えることを強要するのは精神的な攻撃にもなり得る」。そして、最後に、こう問いかける――「今を生きている人がそれぞれの悲惨さを抱えているなかで、一体、戦争について考えることにどれほどの意味があるだろう。今、戦争というものが自己の悲惨さの核にある人がこの場所にどれだけいるだろう」と。

これは、極めて重い問いかけ――というより、殆ど先の村永のそれに匹敵する一種の「告発」――だ。というのは、石井のこのやや錯綜した主張は、一見どんなにスキャンダラスに映ろうとも、結局のところ、次のような詩人としての根底的な自覚・覚悟に基づいていると私には思われるからだ。「戦争が実際に悲惨か、悲惨でないか。それは、ひとまず括弧に入れておく。何故なら、戦争を実際に体験していない私にとって、それを例えば『悲惨だ』と全身全霊をもって断定する究極の根拠は未だ見出されておらず、他方、にも拘らず、例えばただ『学校でそう習ったから』『社会や周囲の大人からそう期待されているから』等々というだけの理由で『悲惨だ、悲惨だ』と鸚鵡返しにすることは、それが一見どんなに申し分ない主義主張への賛同と見えようと、究極的には自分の言葉と魂を自分ならざる者に売り渡す行為だからだ——というより、大人たちよ、貴方達が軍国教育、敗戦、墨塗り教科書等々といった一連のトラウマ体験を通じて学んだのは、そもそもそういうことではなかったのか?」

「これに対し、私が実際の体験を通して確かに言い切れること——それは、①現状の所謂『平和教育』が、私個人の内面の自発性・必然性等々にはお構いなく、ただ『「戦争は悲惨なもの」という前提』を問答無用に押し付ける、一種の『精神的な攻撃』として感受されていること。②それは発信する側の善意や熱意とは差し当たり関係がないこと(だって、その種の善意や熱意ならかつての熱狂的な軍国主義者だって持っていたのだ)。③そうした『反戦の大義』への駆り立てが、屡々『今を生きている人』がそれぞれに抱えている『自己の悲惨さ』を卑小視・等閑視し、それから人々の目を逸らさせる一種の『目くらまし』として機能している——或いは、少なくともそう感受されている——こと。この三つだ」

「『戦争は悲惨なもの』という『幼くして植え付けられたこの価値基準から逃れることは難しい』。だが、現状において、かつ私という存在のぎりぎりの根底において、それへの同意が『精神的な攻撃』への屈伏、乃至自分の言葉と魂の売り渡しとしか感受できない以上、私は、たとえどんなに逆説的に響こうとも、『悲惨ではないものとしての戦争』を想像的に仮構することに私自身の奪還を賭ける他はない」。

　喜多は、石井のこれらの主張の真摯さを「正直すぎるほど正直なのだろう」と評価する。だが、その上で尚、「私は「今を生きている人がそれぞれの悲惨さ」を抱えながら、「戦争について考える」ことにとても意味があると考えている。だから、石井の考えに同調するわけにはいかない」と応ずる他はない。「私は何も若い世代に戦争について考えることを強要しようとは思わないけれど、もっと気持ちをオープンにして前向きに考えた方が良いように思う」「自己防衛的かつ閉鎖的な心のありようを、ちょっとどうかなと思う。ごめんね、石井君」と。

　私も、思いは喜多と同じだ。ただ、石井の「心のありよう」を「自己防衛的かつ閉鎖的」とは必ずしも思わない。何故なら、「自己防衛的かつ閉鎖的」な心に、「大義」の前にいとも易々と跨ぎ越される「今を生きている人」のそれぞれの「自己の悲惨」に目を留め、心を寄せ、遂には、あらゆる批判を覚悟で、それら「小さな、ささやかなものの尊厳の回復」のため声を上げるなど到底不可能だからだ。石井の「心のありよう」は、むしろ、日本の「戦後」の思想的原点への回帰だ。問題は、それが何故このような痛ましい「逆説」として噴出して来ざるを得ないかだ。

　他方、石井に対しても、意見はある。例えば、前掲の三人の歌において「志されている感情」を「軽い何かである」と一括しているが、果たしてそうだろうか。例えば、木下の歌。これは、元来は連作「It's a Small War」（勿論、ディズニーの名曲「It's a Small World」のもじり）中の1首だ。他の歌を3首引こう。

前をゆくバックシートの少年が架空の銃で妻を撃ち抜く
銃弾は届く言葉は届かない　この距離感でお願いします
爆風は子どもの肺にとどまって抱き上げたときごほとこぼれた

私はこれらに「軽さ」を感じない。むしろ、石井自身の論調にも通底する「真摯さ」と「重さ」が、胸に迫る。それが、なお敢えてまだ「軽さ」を偽装しているように見えるなら、それは、先行世代の「重さを偽装した軽々しさ、浅はかさ」によって木下が被った傷が、余りに深いからだ。私にはそうとしか思えない。

一方、掲出歌はどうか。「戦争はビジネス」という「彼」の認識は正しい。「彼」は、そんなものに加担したくない。だから、一人でそれを拒否する。たった一人で「平和」を選び取る。それは勇敢な決意だ——本来なら。だが、そもそも「平和になる」とは、それも「ひとりで」なるとは、何だろう？自分以外の世界の不幸に全く心を閉ざすこと？　それが「平和」？　だが、では、今の「彼」に、他にどのような「平和になる」道が？

ここにも、私は「軽さ」を感じない。むしろ、これも石井の論に通底するイロニーの「苦さ」が、心を刺す。だが、それなら、両者の共闘の旗印が、一体、何故、依然として、「バブル」の芬々たる腐臭を引き摺る「軽さ」などでなければならないのか？

「恋とはどんなものかしら」考

――森水晶「私小説歌集三部作」に寄せて

「恋愛って、災難みたいなもんやからね……」――大学時代、同じ文芸サークルに所属していた先輩の女子学生が、或る時、そんなことを呟いた。今でいう「前髪パッツン系」のボブカットに、頬骨の出た、少し荒んだ顔。身長が高く、大阪弁で、いつ見ても、あんまり幸せそうではなかった。だが、そういう「あんまり幸せそうではない」女性に特有の、何か底知れない業火のようなもの――それを軽々に「色気」「魅力」等と片付けてしまっては後々取り返しのつかないことになってしまいそうな、殆ど魔的な何か――が、当時の私より上と言っても、まだそれ程の齢でもなかった筈の彼女の仕草の一つ一つに、既にはっきりと纏わりついていた。

（どうして、俺に、そんな話をするんだろう……）

そう思った。私たちは、二人で飲んでいた。もしあの時、あの場に、何か――ごくちょっとした何かの「外力」（それは「偶然」かも知れないし「運命」かも知れない）が加わっていたら、彼女と私は、そのまま恋愛関係に陥っていたのだろうか。或いは、そうかも知れない。だが、その場合でも、それは、恐らく「あんまり幸せそうな」恋愛にはならなかっただろう――いや、それどころか、それこそ「災難みたいな」日々への道行きにしかなり得なかったのではなかろうか……。

「何もかも、やっと平穏に満たされていた筈だった。傷だらけだったけれど、やっと安らぎの日々を迎え私は幸福だった筈だった。それなのに何故、私の人生とは何の関係もない『誰か』がここにいなくて淋しいなどと感じてしまったのだろうか」「表層意識のうえでは私は二十年近くの自分の生活を信じて生きていた。けれど意識下では知っていた。いつか別れが来ることを。いつか東京に帰ることを。そして、その時はわからないことにしていたかもしれないけれど今ならわかる。『もう、その時が来たから、急ごう、東京に帰ろう』そう聞えたのだろう」「魔物に魅入られたように彼に惹かれていった。けれど楽しいというような心地はしなかった。ただひたすら哀しかった。その哀しさの意味も今になってやっとわかる。東京に帰るということは他のすべてを失うことになることを、やはり意識下でわかっていたのだろう。東京と文学と彼、それ以外のすべてを失うことになることを。哀しいのは無理やり引き裂かれたのではなく私が自らの意志で捨てたからなのだろう」――「蓮」第8号所載の森水晶のエッセイ「FALLING」より。

（ああ、ここにも「災難みたいなもん」としての「恋愛」の来襲の前になす術もなく立ち尽くしている、少し荒んだ、「あんまり幸せそうではない」女性が一人いるな……）

そう思った。気づけば、その言葉の仕草の一つ一つには、あの、底知れない、地獄の業火のような何かが、やはり、紛れもなく纏わりついていた。

昨年（2016年）末、「コールサック銀河短歌叢書」第3弾として刊行された歌集『羽』は、そんな森が、そんな「災難」の一部始終を克明に、そして劇的に綴った「私小説歌集3部作」の完結編だ。「小説のように、或いは映画のようにストーリー性のある歌集を作りたかった。このようなものは、一首独立が原則の短歌でやるべきことではないのかもしれない。だからこそ敢えてやりたかった。誰もやっていないことを私はやりたいのだ」(「あとがき」より)。ちなみに、その「ストーリー」とは、次のようなものだ。まず、第1部『星の夜』では、愛も情熱もない結婚生活に絶望した人妻の語り手が、奔放な恋愛遍歴の果てに一人の年下の青年と巡り合い、家を捨てて結ばれる。

夫よりも君が大事と紅をさす窓の外には絹糸の雨
家庭とう檻にやすらぐ感性のなに詩人ぞとわれうそぶきぬ
抱き合いて映りし写真をテーブルにわざと放りて長葱刻む
涙溜め首絞めあぐる夫よ夫、愛残るなら殺してみせよ
降誕祭《クリスマス》薔薇とケーキを抱える夫をドアに待たせて君とくちづけ
子供が可哀想だと夫は泣くまるで自分が可哀想みたいに
歩むごと夜ひたひたと甘美なりふたりの孤独かく完成す

そして始まる新しい生活。バンドをしていた青年は音楽を捨て、やがて二人はギャンブルにのめり込む。そんな中での妊娠と中絶。その破滅的な日々を背景に逆説的に浮かび上がる、生きること、愛することの痛切な美しさと哀しさ。

米代も夫に払うべく慰謝料もはずれ馬券になり風に舞う
痺れるよな息がとまるよな幸福は痛みの中にのみ在り今は
讃美歌と君の鼓動とまじわりて絶望に似し安らぎの湧く
君の子である筈のなく夫の子である筈もなく闇に葬りぬ
後悔も懺悔もせずに生きゆくが誠と思い顔をあげむか

次いで、第2部で描かれるのは、そんな二人のその後の「日常」だ。出奔から、既に20年近くの歳月が流れた。寂しいが、平和で静かな生活。そして若かったあの熱い日々への回顧。だが、水面下では次第に、一度は捨てた筈の故郷・東京への、文学への、そして新たな恋への、業火のような憧れが兆し始めていた……。

第2歌集『それから』は、いわば、その業火が巨大な火柱となって遂に意識の表面に噴き上げ、語り手が、自らの度し難い罪深さに慄きつつ、それを一つの「運命」として引き受けていくまでを綴った「私小説」だ。(ちなみに、先述したエッセイ「FALLING」が語っているのは、正にこの間の経緯だ。)

ある夜に天使のごときものの来てわれに差しだす幻の花

「うつくしい花のお代《だい》よ」わが肩に手を置き汝は何か盗みぬ
盗まれしものが何かはわからずもそれより続く欠落感
永遠の長き不在　鳴りやまぬ胸の疼き　青白き炎
消えない虹　つかめる星　君とふたり　かなってしまった夢
哀しくてたまらない君を愛して哀しくて哀しくて哀しくて苦しくて…
やがて世界はつつまれるあかあかと燃え燃えたのち漆黒の闇に
いまはまだ夜の手前の燃える空あかあかあかと燃えあかあかあかと今

そして、今回の『羽』。ここでは、語り手は、まず「かつての恋」の残り火と、新たに燃え始めた「新たな恋」との間で、引き裂かれる。まず前者。

同じ羽をもつ鳥は群れ異形なるわれらはぐれて星空に会う
もう一度われらの夜がよみがえり光かがやくことを祈らん
たったひとつでも残せただろうかうつくしい光のようなものを君に
はかないせつないやるせない約束をして何処へもいかないと約束をして

だが、ここでの「約束をして」は、「約束して下さい」という「君」への懇願の意味では、恐らくない。

むしろ「あんなに約束しておきながら、それを裏切ろうとしているこの私は、何という酷い女なのか」と嘆じているように私には思える。そして、その方に却って「せつないやるせない」痛みを覚えるのだ（そう言えば、前歌集『それから』にも、例えばこんな歌があった——「泣くような悲しい嘘をひとつ吐《つ》く天《そら》にむかいてまたひとつ吐く」「出来ない約束ばかりなぜ…届かぬ星に両手《もろて》をのばす」）。

そして、後者。

酔芙蓉音なく落つるゆうまぐれ恋の予感は殺して会わん
汚れた体と汚れた心で抱き合えば汚れた猫も寄り添いて鳴く
奈落より罪は深しと告げたくて胸の釦に指をすべらす
いくつもの雨くぐりぬけ会いにゆくすべて失う恋と知りつつ
満月に三人の幸を祈りしが朔月ついに二人となりぬ
君の買う本命の馬を応援す彼の夢見る穴馬でなく

最後の歌、どうしても思い出すのはチェーホフの「可愛い女」だ。だが、それにしても、例えば男たちにとって「競馬でどんな馬を応援するか」は、或る意味、己の「生き様」の根幹に関わる、そうそう簡単に変更の利かない、それこそ「運命的」な何かではないだろうか。それが、こんな風にあっさりと……いや、本人的にはそうでもないのかも知れないが、やはり男の眼には十分あっさりと「転向」が可能なものだとは……。

いずれにせよ、同じ所謂「不倫」と言っても、ここには『星の夜』におけるような「実は真実の意味で純潔なのは自分たちの方であり、汚れているのは俗物である夫の方だ」という確信に支えられた傲然たる反逆精神、不逞なまでの自信は、既にない。あるのはただ「汚れちまった悲しみ」であり、それをそのまま抱きしめるしかない「汚れちまった悲しみの自乗」のようなものだけだ。「わが髪を撫づる優しき夫の目をみられなくなり背中を向ける」「われの名を君が呼ぶたび灯のともるかくも淫らなおんなになりぬ」「かつて風をとらえし羽の残骸のつめたき泥にまみれて散りぬ」「あの頃はきれいだったのなどと言う中高年の恋はさびしく」――こんな歌さえある。だが、それでは――と、私は思う――この、いわばしょぼくれ薄汚れた「中高年の恋」は、その汚れ故に、そのしょぼくれ故に、例えば「おごりの春のうつくしさ」に満ち満ちた『星の夜』の恋に、その美において、その「せつなさ」「かなしさ」において、匹敵し得ないのか？

「そんなことはない！」――『羽』の語り手は、そして彼女と共に森は、そう叫ぶ。そして、滅びに瀕した己の「女」の全ての力を振り絞って、最後の戦いに臨む。連作「雪夜叉」だ。

拾い来し猫を抱きて夫眠る部屋を出でたり置き文もなく
旅行鞄抱えて青き雪道をよろけつつ行くわがいのちかな
さようなら一途な想い十八年愛せし夫よ愛されしわれよ

懲りもせず色恋沙汰を繰り返す愚かな性に涙こぼるる
目つむれば夫が抱きし猫の仔の鳴き声きこゆ空耳なれど
幾度かわれにはありしことなれど君に捧げんただ一度のこと
一生に一度のことを君は知る二度とは来ない夜の震えを
待ち受けるわが魂のかたわれよ烈火の生のいまはじまりぬ
約束は叶えるためにあると知る君に手を添え香炉に火入れ
月光の君が背中を濡らす夜わがためにのみ炎立ちせよ

私は、真顔で問いたい。ここで今、私たちが目撃しているのは、その熱量とひたむきさにおいてかの茂吉の「死に給ふ母」にさえ匹敵する、途轍もないマグマの奔流ではないだろうか。「恋とはどんなものかしら」――「フィガロの結婚」の、あの天来の鈴の音のようなアリアを、私は殊の外愛している。「恋愛って、災難みたいなもんやからね」――地獄の釜の中を転げまわるような森の『羽』の、そして「私小説歌集3部作」の世界は、その問いに対して、かつての私の大学の先輩のように、そう答えている。それは、一見、モーツァルトとは似ても似つかぬ世界だ。だが、本当にそうなのだろうか?「熱望に満ちた感情を感じ、／それは今、喜びかと思えば、／次の瞬間には苦悩となるのです」「安らぎが見出せないのです。夜も昼も、／でも僕はこうして悩んでいるのが／好きなのです」――結局、同じことではなかろうか？
だが、それにしても――。

幸せとひきかえた花束手の中で萎れゆくを凝視しており
ツリーの灯うつせる窓の外は雨なぜ幸福は苦しく切ない
幸福な夢などはもうみられないかもしれないと思いながら夏
取り返しのつかないことのあまたありそのひとつ恋人には戻れない

例えば、この最後の歌の隣に、次のような歌を並べてみる。

「とりかえしのつかないことがしたいね」と毛糸を玉に巻きつつ笑う（穂村弘『シンジケート』）

この時、この「とりかえしのつかないこと」の中に、例えば「恋人には戻れない」といった事態は予めリストアップされていたのだろうか？　これから先、森はどこへ行くのだろう？
ボブ・ディランではないが、「答えは風の中」だ。最後に、『羽』掉尾を飾る歌。

真夜中の羽音のごとく君が泣くわたしの胸の寂しさのなか

「戦争」と「戦後」
――勝嶋啓太と染野太朗

「ぼくたちは　もうずいぶん長いこと　歩いてきたのだ／／だけど／いまだにどこにたどりつくのか／さっぱりわからない／わからないまま／／ぼくたちは　もうずいぶん長いこと　歩いてきたのだ／／まっすぐ前を向いて／どんどん前に進んでいくのが　良いことだと／教えられてきたし／ぼくたちは　それが　正しいことだと／信じてきたのだ／だから　まっすぐ前を向いて／／ぼくたちは　もうずいぶん長いこと　歩いてきたのだ／／だけど　ぼくたちは今／すっかりくたびれてしまって／もう半歩だって　前に進めやしない／あとどのくらい　進めばいいのだろう？／このまま進んでいって／ちゃんと　どこかにたどりつくのだろうか？／／ずいぶん前に　誰かが／そろそろ　もどった方がいい　と言ったが／／ぼくたちは　それは間違ってる　と思っていたので／無視して　前に進んできた／でも／／今は　もう　もどりたい　とぼくたちは思っていた／／（中略）しかし　もどろうと　後ろをふりかえったら／そこには　なにも　なかった／／ぼくたちは　もう　もどれなくなっていたのだ／／ぼくたちは　黙って／また　まっすぐ前を向いて　歩きはじめた／しばらく歩いていると　誰かが／このまま進んでも　なんにもないんじゃないの　と言った／ぼくたちは　そいつに／黙ってろと言った／たとえ　この先に　なんにもなかったとしても／／ぼくたちには　もう　前に進んでい

くしか道はないのだ」――勝嶋啓太「ぼくたちは　もうずいぶん長いこと　歩いてきたのだ」より。

まさしく「時代閉塞の現状」（石川啄木）だ。「近代」という一つの「時代」――余りに巨大すぎて、その最盛時にはそれも又一つの「時代」に過ぎないことすら忘却され、あたかも「世界」「人類」のありようの「最終形態」であるかのようにすら考え続けられた程の巨大な「時代」――が、今、目を覆うような断末魔の苦しみに喘いでいる。

ニーチェの宣告「神は死んだ」を受け、未だよちよち歩きの「ぼくたち（＝人類）」自身をその後釜に据えようとした「プロジェクト・近代」。だが、それは、「ぼくたち」が無限に「どんどん前に進んでいくこと」を絶対の「前提条件」としていた――つまり、そういう「条件付き融資」に支えられた「前借金によるプロジェクト」だったのだ。ところが、今、「ぼくたち」が巻き込まれているのは、その「前提条件」自体の崩壊であり、その「条件」の下に貸し付けられていた「前借金」の、目前に迫った「デフォルト（＝債務不履行）」だ。

「まっすぐ前を向いて／どんどん前に進んでいく」。それは、かつて「近代」が高々と掲げた「理想」だ――例えば、昔の大阪万博の標語「人類の進歩と調和」が端的に示していたような。だが、今、それは、皮肉にも「万博」より更に昔の――しかも、「万博的なるもの」にとってはいわば「最終仮想敵」だった筈の――あの「戦時中」の標語「欲しがりません勝つまでは」や「進め一億火の玉だ」等々と何ら変わらぬ、①字面ばかりは崇高でも、②日毎に「焼野が原」が広がっていくばかりの「日常」「皮膚感覚レベルの現実」とは全く遊離した、③にも拘らず誰も表立っては反対の声を上げることの出来ない、一種の「強迫観念」としてしか機能していない。「ぼくたち」は、いわば「近代」という「始めチョロチョロ中パッパ」の、だが加熱するばかりで「ジュージュー噴いて」も誰も「火を止め」ることの出来ない巨大な鍋の中で、逃げ出すことすら出来ずただ「熱い、熱い」と呻いているだけの蛙——つまり「近代茹で蛙」なのだ。

例えば、勝嶋の別の詩「世直しマン参上!」。真夜中、ふと目を覚ますと、枕元に出刃包丁を持った若い男がいる。驚いて「あんた誰?」と訊くと「世直しマンです。26歳、現在無職、独身です!」とのこと。「悪い人間ではありません。正義の味方です!世のため、人のために、あなたを殺そうと思ってやって来ました!」。「え? なんで? 俺、なんか悪いことした?」——とたじろぐ「俺」。しかし、平然と男は言う——「あなたには、生きている価値がないので」。そして、「俺」を「人のために何かしていますか?」「人から感謝されたり尊敬されたことは?」「バイトもさぼってばっかりだし(だがそういう本人は無職)「子供はおろか彼女もいなくて、独身。あなたのせいで少子化に歯止めがかからないんですよ」(だがそういう本人も独身)と追いつめた挙句、「あなたのような価値のない人間が、のうのうと生きているから、世の中、良くならないんだ!というわけで、ぼくが、あなたを殺します!」。激昂した「俺」は、男に反撃する——「価値がない、価値がないって、俺、別に価値があるから生きてるわけでもないし、死んじゃった人だって、別に価値がなくなったから死んだわけじゃねえだろう?」「たかだか人間ごときがヨソ様に向かって、生きている価値があるとか、生きている価値がないとか、そんなこと言う資格とか権利とかあんのかよ!」「そもそも、お前には、生きている価値があんのか!オマエ自身が、生きている価値がないから、その恨みを他人にぶつけてるだけじゃないのか!」。しかし、男は全く動じない。「まあ、正直ぼくにも、生きている価値はありませんが、ご安心ください!ぼく、あなたを殺して死刑になりますから。結果的に、あなた以外にもう一人、無価値な人間が死んで、世の中もっとよくなります!世直しです!」。呆れた俺が「あんた、世直しとか何とか言って、実は何もかもうまくいかないから、ヤケになっちゃっただけだろ!死にたいなら、止めないから、他人に迷惑かけないで、ひとりでひっそりと死んでくれない?」と言うと、「いや、でも人生あきらめて自殺っていうのは、ぼく、やっぱり最低の人間がやることだと思うんですよね。人間、目標を持って、あきらめずにがんばらないと!ぼく、世直しがんばります!」。

ここに描かれているのは、「価値ある生き方をしよう」「人生をあきらめない」「目標をもってあきらめずに頑張る」等といった、それ自体は全く異論の余地のない筈の「近代」の「理想」——一言で言えば「まっすぐ前を向いて／どんどん前に進んでいく」——が、「すっかりくたびれてしまって／もう半歩だって　前に進めやしない」という「ぼくたち」を、それでもなお「どんどん前に」駆り立てて続ける時、いつかは現出せざるを得ない「悪夢」だ。「世直しマン」——それはいわば、かつて萩原朔太郎が散文詩「死なない蛸」で描き出した、古い水槽内に忘れ去られて空腹の余り自分の脚を、胴体を、胃を食い、遂に凄まじい飢餓のみを残して消えてしまった水族館の片隅の蛸なのだ。（ちなみに、勝嶋は知的障害者のための福祉施設に勤務しており、2016年7月「津久井やまゆり園」で元職員が引き起こした所謂「相模原障害者施設殺傷事件」に強い衝撃を受けてこの詩を書いたという。今や、「現実」は、それ自体一つの「悪夢」なのだ）。
「これはえらいことになった。どうすればいいんだ」――そう考え込んでいた折も折、一つの歌集が私の目に触れた。染野太朗『人魚』（角川書店）だ。例えば、こんな歌。

母という欲がことばを吐くときの婉曲がまたわたしを責める
息子の受験のスケジュールをエクセルでとてもきれいに表にした母
「この子の成績をどこまで上げてくれるんですか」まさか詩なのか
「この子の人生だし関係ないですけどせめて慶應には」詩なのか

「まさか詩なのか」と題された一連より。教員である「わたし」が、進路指導のため「母」たちと面談する。恐らく、わが子の実際の成績と全くかけ離れた要求を「学校」「教師」に突きつける、所謂「モンスター・ペアレント」なのだろう。ここにも又、私は一種の「世直しマン」的な「狂気」を見る――「まっすぐ前を向いて／どんどん前に進んでいく」という「近代」の「理想」が、「この子」の「現実」にはお構いなく、あくまで己を貫徹しようとし続けた挙句、遂にぱっくり開いてしまった、両者の、もはや一種の「妄想」を以てしか繋ぎ合わせることの出来ない、破局的な乖離を。「受験のスケジュールをエクセルでとてもきれいに表に」する一見見事に「近代的」な「理性」も、「この子の人生だし関係ない」という一見見事に「近代的」な「良識」も、ここでは、「世直しマン」の一見見事に「近代的」

な「正義」と同様、所詮は「狂気」にしか奉仕していない。そして、その根底にあるのは、恐らく、「この子」であれ誰であれ、そもそも人間というものの「成績」は、必ず、どこまでも上がり続けなければならない筈であり、そうならない場合には、必ずや、裏に何らかの問題があるに違いないという「確信」（もしくは「狂信」）だ。問題――それはつまり、誰かの「努力」の欠如だ。言い換えれば「目標を持って、あきらめずにがんばる」姿勢の欠如だ。そして、その「誰か」とは、「この子」や「母」でないなら（だが、両者はもう既にがんばっている）、当然「学校」「教師」に違いない……。

或いは、「忘れてもいい」と題された一連の、こんな歌。

戦争は忘れてもいい、原発と地震津波でチャラだ、と笑う
被曝だ、と笑い男らが吉祥寺ＰＡＲＣＯを出でて夕立ちの中へ
フクシマという名の生徒　先輩にゲンパツヤロウと笑われキレた
福嶋を原発野郎と笑う生徒を叱ることとさえうまくできない

不気味な歌だ。だが、動顛して思わず「この非国民！」等と怒鳴ってしまったら、それこそ第二の「戦時中」の完成ではないのか――そんな予感も又、激しくする。深呼吸をして、再度よく読もう。どうして、これらの歌は不気味なのだろう。

「不気味なもの」――それは、フロイトによれば「抑圧されたものの回帰」だ。それは、決して「見

知らぬもの」「異物」「異星人」ではない。むしろ、私が「ないこと」にしようとした「もう一人の私」だ。それが、追い出した筈の場所に出現し、そこからこちらを見つめ返している時、私はそれを「不気味」と感じるのだ。ということは、恐らく、真相はこうだ。「戦争は忘れてもいい、原発と地震津波でチャラだ」と笑っているのは、「被曝だ」と夕立ちを浴びて笑っているのは、「福嶋」という名の生徒を「原発野郎」と呼んで笑っているのは、実は皆、私が「ないこと」にしようとした「もう一人の私」なのだ。それが、私が追い出した筈の場所――「街頭」であれ、「学校」であれ、或いはもう一歩突っ込んで言うなら「短歌作品」であれ、いやしくもそこでは「近代」の「理想」が今なお君臨している（筈の）「公共」の場所――に出現し、平然とこちらを見つめ返しているからこそ、これらの歌はかくも「不気味」なのだ。

彼らは――「もう一人の私」たちは――皆、笑っている。誠に屈託なく笑っている。不気味だ。何故だろう。そして、私はそれを「叱ることさえうまくできない」。不気味だ。何故だろう。

恐らく（と、私は、不気味さに震えながら思う）、彼らは――「もう一人の私」たちは――深く安堵し、寛いでいるのだ、「まっすぐ前を向いて／どんどん前に進んでいく」ことから、一瞬、解放されて。だって「いまだにどこにたどりつくのか／さっぱりわからない／わからないまま／／ぼくたちは　もうずいぶん長いこと　歩いてきたのだ」から。そしてそれは、私が「ないこと」にしようとした筈の――だって、何と言っても「まっすぐ前を向いて／どんどん前に進んでいくのが　良いことだと／教えられてきたし／ぼくたちは　それが　正しいことだと／信じてきたのだ」から――私自身の、絶対に秘密の願いなのだ。それが、あたかも同意を求めるようにこちらに笑いかけてくるから、それはかくも「不気味」であり、かつ、にも拘らず、それを「叱ることさえうまくできない」のだ。

「戦争は忘れてもいい」。それは、ここでは、「君らは恵まれている。戦争の悲惨を忘れるな」という「戦後」の言説からの自己解放だ。だって、忘れるも何も、「ぼくたち」はもうとっくに「近代」という既に敗色濃厚な「戦争」に巻き込まれており、「原発と地震津波」はこれからますます苛烈を極めるだろう「本土爆撃」のほんの序の口で、それを思えば「夕立」の「被曝」ぐらい、冗談のネタにしかならないのだから。「原発野郎」、そう、それは、福嶋、おまえだ。だが同時にそれは俺だ。つまり「ぼくたち」だ。それは「恵まれた者」が「恵まれない者」に上から恵み与える「憐み」「励まし」とも無縁だが、またその裏返しの「差別」とも無縁の——そう、いわば「恵まれない者」「明日なき者」同志が、やけくそ半分に、明るく交わし合う挨拶だ……。

「そうだ、この戦争は、近々、きっと敗ける。ああ、待ち遠しいなあ、その『敗北＝解放』の日が……」。あの「笑い」は、結局、そういう意味ではないのか。とすれば、私たちが真に備えるべきなのは、果たして「戦争」なのか、「戦後」なのか。

限りなく平静に近いパニック

——染野太朗『人魚』の「学校」詠

学校。学校とは何だろう。学校とは、何をしに行く所だろう。勉強？——それなら、塾ででも出来る（というより、塾の方が効率的だ）。人間形成？——だが、そこで身につくのは、所詮は汚い「処世術」ではないのか（例えば「どうすればいじめに遭わないか？→素早くいじめる集団の側に回ること」みたいな）。学校——そこは、何が何でも絶対に行かなければならない場所だろうか。だとしたら、その理由は、何だろうか。

「学校——それは、結局のところ、以下の三つのものを作り出す所だ」と、或る者は吐き捨てる。「まず、①いじめも、いじめで人を死に追いやることも何とも思わない殺人鬼。これが血も涙もない競争社会の将来の中核部分を形成する。戦時にはどんな殺戮も喜んでする有能な兵士としても利用できる。次に②隣で人がいじめられたり、いじめによって死に追いやられたりしても黙って見て見ぬふりをする卑劣漢。これがどんな理不尽も黙って耐え忍ぶ将来の奴隷階級を形成する。戦時にはどんな命令にも黙々と従う平均的な兵士としても利用できる。最後に③いじめによって虐殺された死体。これが奴隷を殺人鬼に従わせる最良のみせしめとして機能する。つまり、学校という『人間ミンチ工場』を真に駆動させているのは実はいじめであり、これは絶対になくならない。何故なら、それによって生産される①～③だけが、現代日本というメカニズムにとって真に必須な『部品』だからだ。また、だからこそ、国は『教育を受けさせる義務』を定め、力ずくで国民を学校から逃げられなくしているのだ」。よっぽど学校が嫌いなのだろう。学校で嫌な思いをしたのだろう。だが、たとえ仮にそれが一面の真実であったとしても、それでも、人には、やっぱり、どうしても学校に行かなければならない場合がある。例えば、自分が教員である場合だ――染野太朗の第2歌集『人魚』（角川書店）の語り手がそうであるように。

先生が悪いよ　そうか、悪いか　と答えしのちを揺れは始まり
生徒らを机の下にもぐらせて花瓶の水だけを見ていたる
本棚の上の花瓶のガーベラは震えはしたが倒れなかった
千代田区の揺れのみを知るぼくたちが昂りて分け合う塩むすび
ストーブを囲み語らう教師らの余震のたびに輝く眼

3・11当時の状況を描いた所謂「震災詠」だが、ここには、例えば「生徒たちを私が守らねば」的な崇高な使命感みたいなものは、全くない。あるのは、ただ、ボーイスカウトのキャンプを楽しむのと本質的には同じ「昂り」「輝く眼」であり、そういう自分たちを何の「昂り」もなく、いわば「震えはしたが倒れなかった本棚の上の花瓶のガーベラ」を見るのと同じ視線でしいんと見つめている、

平静な、とはいえどこか深い所ですっかり途方に暮れているようでもある「別に輝かない眼」だ。或いは、こんな歌。

胸倉を摑んでまでもこいつらに伝えんことのなきまま摑む
教室に静寂ふかきひとところありてときおり死ねとし聞こゆ
教壇に黒板消しを拾い上げおまえも死ねと言ってしまいぬ

生徒との間に何らかの確執が生じたのか。だが、その「修羅場」を見つめる視線は奇妙に静かで、同時に、やっぱり途方に暮れている。ちょっと見には「熱血教師」みたいに、胸倉を摑んでまでも何かを生徒たちに伝えようとしているかに見えつつ、その実そんな何かなどない自分。それは、殊更隠蔽もされていない代わり、また殊更恥じられてもいない。生徒に「死ね」と言われても殊更激昂しない。視線はあくまで静かだ。その代わり、殊更その距離を埋める努力もしない。ただ、生徒と同じ水準で「おまえも死ね」と言う。そして、そういう自分に驚く。と言っても「後悔し反省する」のとは違う。ただただ途方に暮れてしまうのだ。更には、こんな歌。

水曜日の区民プールに浮きながらぼくを見ている脳性麻痺の子

ここでも「ぼく」の視線は静かで、上から目線の「憐み」もその裏返しの「差別感情」もない。その意味ではとても清潔なのだが、やはり、どこか、途方もなく途方に暮れている。これは一体どうしたことなのか。こっちまで途方に暮れてしまう。そうして、突然、気がつくのだ。自分が、これまでも、今も、「ぼく」同様、「学校」に——いや、それどころか「世界」に——ずーっと途方に暮れ続けていたことに……。最後に、こんな歌。

自らの喩にはあらざり中3がかかとつぶして履く革靴は
朝焼けに体を光らせ渡る橋何の直喩だろうかこの世は

佐太郎と〈時代〉、佐太郎と〈現代〉

最近、小動物の詩・短歌・俳句に妙に魅かれている――読むのも、書く方も。といっても、殊更構えた何かがあるわけではない。会社帰りの勤め人が帰路、ついつい赤提灯の並ぶ一角に寄り道してしまうように、気持ちがそちらに向いてしまうのだ。少し疲れが溜まっているのだろうか。一見些細だがなくては立ち行かない心の一角が今しも干からびかけ、潤いを求めて半ば無意識に彼らを呼び求めているのだろうか。例えば、佐藤佐太郎。角川「短歌」2017年8月号に没後30周年を記念した特集「佐太郎の短歌作法」が組まれていたのを機に、今、全歌集を読み直しているのだが、彼にも又、忘れ難い小動物詠が数多くある。

濠ぞひに電車まがりて水のうへの鴨らを見れば茫然と居り

若い頃、何の気なしに頁を繰っていてこの1首に出会い、「茫然と」に衝撃を受けた。鴨に限らず鳥類の顔は確かに一般に表情に乏しくきょとんとしたところがあるものだが、それにしてもそれを「茫然と居り」とは。実際、ここに描き出されているのは、よくある（もちろん、よくあるからと言って一概に否定されるべきものとは決して思わないが、それにしても余りにもよくある）「騒然たる人界を超越して無心に嬉遊する自然の象徴」としての「鴨ら」でもなければ、それを讃えそれと擬似的に一体化することによって自分も又束の間そうした人界をするりと超越してしまおうとする「自然愛好家」としての「ピュアな感性」でもない。と言って、滑稽に擬人化された「鴨ら」のありさまを笑って一時の気晴らしをしようとするのでもなければ、殊更非情な見方で彼らを突き放し、日々鬱積するストレスに培われた行き場のないサディズムを満たそうというのでもない。むしろ、ここでの「鴨ら」は、恐らく「もう一人の佐太郎」だ——あたかも、フローベルが「ボヴァリー夫人は私だ」と呟いた、それと全く同じ意味合いで。つまり、ここで「茫然と居」るのは、佐太郎自身なのだ。通勤か、それとも他の用事か、混んだ電車に揺られ、その曲がり際に吊革を握った身体が車窓寄りにぐーんとつんのめって、その拍子にふと視界に入った鴨。その姿が語り手(これもまた、恐らく佐太郎だ——但し、「語り手」であるが故にアプリオリかつ特権的にそうであるのではなく、むしろ「鴨ら」がそうであるのと全く同じ権利と意味あいにおいて）に「茫然と居」るように見えたのだとすれば、その瞬間、彼は「鴨ら」という鏡を通して、自分が轟々と流れ行く日々の都会の生活の中でいかに途方に暮れ「茫然と」していたのかに初めて気がついたのだ。そこに生まれる「鴨ら」と語り手の連帯——それは或る意味「連帯」と呼ぶのも口はばったい、いわば西と東に売られてゆく奴隷が路上で一瞬視線を絡ませ、そのまま無言ですれ違ってしまう時、火花を放って忽ち闇へと消えてしまう儚い光のような何かだ。だが、そのようなきらびやかでもない、何の気晴らしにもならない何かが、却ってずっしり五臓に沁み通って、深いところから私を慰め癒す気がしてならないのは、何故なのか。

さまざまの鳥の標本を鋪道より吾は見たれば生ける鳥も居り

不気味な歌だ――例えば、サスペンス映画でよくある「殺人鬼に追われ、マネキン工場に逃げ込んだヒロインが、恐る恐る林立する人形の中を歩いていくうち、その中の一体の目が突然動いて、それがあの当の殺人鬼だった」というシーンみたいな。しかし、出会いはいかにショッキングでも、恐らく、「標本」ばかりと思っていた「さまざまの鳥」たちの中に、あたかも鏡に映った自分自身のような「生ける鳥」を見出し得たことは「吾」にはやはり一つの慰安だったのではないだろうか――あたかも、ゾンビ映画の主人公が、見晴るかす限りのゾンビの群れの中でまだ辛うじて人間のままでいる自分を、あたかも奇蹟かむしろ何かの悪い冗談のように確認するように。とはいえ、逆に言えば、そのようなささやかな慰安すら、忽ち「とすれば、次に標本にされる標的、それはまさにこの『生ける鳥』、――つまり『吾』――かも知れない」という不安に反転せざるを得ないのが、この歌の、そして現代という時代の底知れない「不気味さ」であるのかも知れないが。

ちなみに、前掲歌は共に第1歌集『歩道』（昭和16年4月刊）より。昭和16年4月――つまり太平洋戦争開戦の前夜だ。かつ、より細かく言えば「生ける鳥」の歌は昭和9年、佐太郎25歳時の作。「茫然と」の歌は翌昭和10年、佐太郎26歳時の作。つまり、先の2首は共に当時の「時代閉塞の現状」を生きた若き佐太郎の「青春詠」でもあったことになる。

今回の角川短歌もそうだが、爾来「佐太郎の再評価」という話題は、「〈時代を超えて変わらないもの〉の復権」という文脈で語られることが多い。だが、本当にそうだろうか。むしろ、佐太郎を愛する今の人々の心の底には同じ「戦争前夜」を生きる者同士の「時代的共感」（と同時にバブルという「繁栄と放埒」を生きた先行世代への「時代的反感」）こそが烈しく息づいている――その可能性も、それが幸福なことであれ不幸なことであれ、一度は立ち止まって真剣に考えてみる必要があるのではなかろうか。

偶然西行、偶然定家
――「偶然短歌」の試み

「路上観察学会」、というものがある。「路上に隠れる建物（もしくはその一部）・看板・張り紙など、通常は景観とは見做されないものを観察・鑑賞する団体」というのがウィキペディアによるその紹介で、以下「1986年設立。学会を名乗っているが学会的運営をされていたわけではなく、実質的には筑摩書房の編集者松田哲夫の企画により赤瀬川原平を中心に据えた、文筆家・美術家・漫画家・特異な収集家を本（＝『路上観察学入門』。引用者注）の出版に合わせてまとめた集団」等と続く。ちなみに、『老人力』の提唱で有名な故・赤瀬川原平がここで「中心に据え」られているのは、彼が又、同学会の源流の一つである「超芸術トマソン」という甚だ魅力的な概念（というより、一つの物の見方）の提唱者・主導者でもあったからだ。

「不動産に付属し、まるで展示するかのように美しく保存されている無用の長物。存在がまるで芸術のようでありながら、その役にたたなさ・非実用において芸術よりももっと芸術らしい物を「超芸術」と呼び、その中でも不動産に属するものをトマソンと呼ぶ。その中には、かつては役に立っていたものもあるし、そもそも作った意図が分からないものもある。超芸術を超芸術だと思って作る者（作家）はなく、ただ鑑賞する者だけが存在する」――これもウィキペディアによる「超芸術トマソン」の定義だ。例えば、昇った先に何もない階段。投入口が壁に面していて投函不能なポスト。開けた先に外階段がなく、そのまま墜ちるしかない非常口。野原の真中に「どこでもドア」のように据えられたドアとドア枠、等々（ちなみに「トマソン」の呼称は、その姿があたかも「空振りを見せるためだけに四番に据えられている」かのようだったという昔の野球選手ゲーリー・トマソンに由来するそうだ）。

一時期、この種の「トマソン」が好きで、写真集を買っては繙いたり、時には現地に赴いたりもした。もちろん、馬鹿馬鹿しいからまずは笑うのだが、実はそれはまだ「入り口」に過ぎない。というのは、単なる一発ギャグなら続けて聞いても白けるだけだが、「トマソン」は、逆に、じーっと見続けると却って味わいが増して来るからだ。そんな、功利的見地からは全くの「無用の長物」が、にも拘らず、一つの確かな手応えを具えた「モノ」として、この世に存在し続けている（或いは、存在を許され続けている）という事実に対する、奇妙な癒しに満ちた安堵感。「世界」乃至は「世間」というものの意外な懐の深さ・暖かさに触れ得た、じーんと沁み入るような懐かしみ。「ああ、こんなものが存在していてもいいのなら、俺だってこの世に存在していてもいいのかも……」――まあ、そんな感じだ。つまり、その時、小説家フローベールにとって自作『ボヴァリー夫人』の主人公エマ・ボヴァリーが「私」であったように、「トマソン」は「私」であったのだ。

「ああ、これは、『情報社会』という広漠な『言葉の路上』を舞台にした『路上観察学』であり、そこで収集された『超芸術』なのだな……」――もう旧聞に属するのだろうか、それとも愛好家は今も地道に収集と鑑賞を続けているのだろうか、一頃、いなにわ・せきしろ2氏の提唱による「偶然短歌」

が歌壇の話題を攫った時、私がまず思ったのは、それだった。「偶然短歌」――思えば、奇妙な試みだ。まず、コンピューター・プログラマーのいなにわがウィキペディアの膨大な文章中から偶々5・7・5・7・7のリズムを具えているフレーズを抽出・採集し、それをライターのせきしろが選歌（?）し、コメントする――例えば、こんなふうに。

ある道を右に曲がれば東大で、まっすぐ行けば公園なのね
人生の岐路をわかりやすく、そして優しく説いてくれている。
これから何度も思い出すことがありそうな短歌だ。
財産のキャンディを全てもらえると聞いて一時は心がゆらぐ
断言しよう。こいつが世界で最もキャンディ好きである。
しかも良心がある奴だ。

（いなにわ・せきしろ『偶然短歌』より）

当時、私にとって「トマソン」（乃至「トマソン的なるもの」）は既に「マイ・ブーム」を去っていた。だから、これらの試みに殊更飛びつくこともなかったわけなのだが、それでも、このとぼけたような歌の佇まいと合いの手のコメントは郷愁をくすぐった。数々の受賞歴に輝く気鋭のプログラマーでありながら、その才能をこういう人を食ったプロジェクトに投入するいなにわ――彼は、言うなれば、

動物の思考を完璧に読み取り正確に人語に翻訳する希少な能力を持ちながら、その力の全てを「犬と人間の漫才」という奇妙な夢の実現に傾注している心優しい一種のエスパーだ。そして、その志に感じて、倦まず弛まず犬小屋の前で「おまえ何言うてんねん！」とツッコミを続けるせきしろの心にも又、こんなひそやかな「覚悟」のようなものが静かに燃えているのを私は直感する――「そうだ、私は決して忘れないしこの先手離すこともしないぞ。あの、安アパートで、犬が自分か自分が犬か分からないみたいにうずくまっている昼下がりの、退屈なような進退窮まったような、ぬくといようなうすら寒いような、淋しいような皆にじろじろ見られて身の置き所がないようなあの『世界の片隅の肌触り』は……」。そして、そういう2氏の心の立ち姿に、私は、何やら地球を1周回って再び元の場所（＝「原点」）に帰り着いた「歌詠み」の本来のありよう――つまり、例えば、道端に蹲んでぺんぺん草の花に時を忘れ、鼻の欠けた赤い涎掛けのお地蔵と暫らく話し込み、しかもその親しみと敬意のかたちが名所の桜や雲衝く大仏を前にした時のそれと少しも変わらない、そんな放浪の歌僧の面影――を、仄かに感じずにはいられないのだ。

2氏は、「俺は詩人だ。芸術家だ。貴様ら俗物とは違うのだ」とふんぞり返って路上の喧嘩や与太話や子供の歓声や地方出身者のお国訛り等々に背を向けることはない。「俺は人間だ。万物の霊長だ。貴様ら畜生や木石とは違うのだ」と顎をしゃくって猫や鴉や蚊やごきぶりやタンポポや大根やエノキや風呂場の黒カビや電柱や河原の石ころや割れたコップや車道のペタンコのコーラの空き缶を門前払いしてしまうこともない。とすれば、そんな彼らが、自ら開発した「偶然短歌発見装置」が「ネット空間」という壮大な「データの海」（それは一見単なる「ガラクタの山」だが）から日々カタコトと拾い集め続けるいわば「渚の貝殻」みたいな「言葉のカケラ」たちを「ロボット風情に何が分かる！」と一蹴してしまうことなど、どうしてあり得ようか？

ところで、2氏のこうした試みは、どうやら、彼らと対蹠的なもう一人の詩人――いわば西行に対する定家のような――の心にも又、別の形で火をつけたらしい。角川「短歌」2017年10月号「新鋭14首＋同時W鑑賞」欄に寄せられた堂園昌彦の連作「都市が燃える（ある老作家へのインタビューより）」がそれだ。

実際、奇妙なテクストではある。全体はいわば「地」と「図」に分かれており、最近老眼の進んだ私にはルーペで見なければ判読できないほど細かい活字でぎっしりと組まれた「ある老作家へのインタビュー（の一部）」が前者。後者は、その中から見出された「偶々五・七・五・七・七のリズムを具えている、しかも詩的な14の断片（つまり14首の「偶然短歌」）」で、こちらは大活字で記されている――例えば、こんな具合に。

私の祖国にはとてつもなく広大な草原《パンパ》がありますが、
目を閉じればいつも記憶の草原で揺れているあざやかなものたち
を見るのです。それはおそらく、実際の光景とは違っているでしょうが、それでも私にとって大事な風景です。

「地」と「図」が織りなす「老作家」の「自分の物語」に暫く耳を傾けてみよう。彼は言う。

（前略）あれはまだ私が若く、そして可能性を信じていた頃のことでした。あのとき私は自国の文学について、長い間停滞が続いているように感じていました。伝統的な形式を守る、高尚なものが文学だったのです。私はもっと揺れ動くもの、熱狂するもの、変化するべきものを文学に見ていました。それで、思うままにいくつかの詩を書いて、とあるパンフレットに載せたのです。それらの詩のうちいくつかは、当時の私の率直な気持ちが出ていますが、多くは見るべきものではありません。その後しばらく私は、大きな失敗をしたと思っていました。でも今考えるならば、実はそれでかまわないのです。

私は世界に溢れる文学それ自体を一種の森として見ています

からみあい、もつれあいながら、自発的に成長を続けているのです。だからこそ、わたしのささやかな失敗作もその森に抱かれることで、なんらかの養分になったのでしょう。（後略）

美しい。ここでの「老作家」の語りは、そのまま一つの「文学論」の一断章であり「文学史」の小さな一齣だ。だが、それにしても、ここでの「文学」を「コトバ」、「森」を「路上」、「失敗作」を「トマソン」等に置き換えれば、これはまた、同時に殆ど「路上観察学宣言」そのものではあるまいか。更に聞こう。

（前略）しばしば読者はこう尋ねます。「あなたの本を読みました。とても面白かった。で、あの物語は何を意味しているのですか？」私の答えはこうです。「何も意味しなかった。ただ読んでほしかった。物語に意味などなくてただそれを生きることだけが物語になるものだ」と。すべての言葉が半面に何らかの象徴、教訓を持っているなんてつまらないものです。

これも又、「味わい深い無用の長物」即ち「超芸術トマソン」を「路上」に見出し愛する心と、時空を超え、遥かに響き合う。

だが、一方では、「記憶」というものの移ろいやすさ、あてにならなさを悲しみつつ、この「老作家」は又、こうも言う。

（前略）考えようによっては、あるひとつの書物、あるいはひとつの思い出すら、完全に忘却するのは難しいのかもしれません。確かに、形は変わってしまいますが、宇宙のどこかに保存されていると考えるべきなのです。母は、私の朗読が父がシラーを読む声にとても似ている、と言います。

父を含めた私の祖先の声色が私のなかで生き続けているのかもしれません。

この「記憶」を例えば「歴史」「伝統」等に置き換えてみれば、この言葉は又、音を立てて移ろい流れてゆく「歴史」の波間で途方に暮れている「路上」の少なからぬ人々――そこにはルーペに目を寄せてテクストを追う私自身の胡麻塩頭も近々加わるかも知れないが――にとっての一つの慰めでもあるだろう。

しかし、テクストの後半、「老作家」の「記憶」は、妹を刑務所に、母を自宅監禁に、又彼自身を失職に追いやった「あの独裁政権」の時代に遡る。妹は、刑務所から手紙をよこして言う――「刑務所は意外と良いところだ、みんな親切だ、なにも心配いらない、規則正しい生活ができている」と。だが、

（前略）私はむしろ、なにかかえって恐ろしいことが起きていると感じたのです。なにしろ――後に聴いた話ですが――他の女性たちはとても怖かったと言っていましたから。だからほんとうは牢のなかで、オルガンに向かう時間のまぶしさを想い彼女はうなだれていたはずです。彼女の夫、母、それから私を心配させないようにして、彼女は、刑務所は良いところだ、心配いらない。きれいな庭もある、と述べ続けたのです。

テクストの最後、「老作家」は、ヒエロニムス・ボスやその影響を受けた画家たちが、幻想的な怪物の乱れ飛ぶ絵画の背景に常に「燃えさかる都市」を描いたことに触れつつ、こう語る。

（前略）たとえ都市が燃えていなくても、破壊は起きていると考えるべきなのです。おそらく、私が図書館を辞めさせられ、妹が投獄されたそのときに、すでに都市は燃えていたのでしょう。いまになっては、はっきりそのことがわかります。

燃える「路上」、燃える「トマソン」たち――そう、その地獄の炎は、「老作家」（その経歴はアルゼンチン出身の作家ホルヘ・ルイス・ボルヘスのそれを限りなく想起させるが）の目裏には今なお、そしてそれを引く堂園の目裏には恐らくもう既に、ありありと幻視されているのだ。

「歪み」という聖痕《スティグマ》

――江代充と江田浩司

「毛皮とは、元来、例えば『豹皮』なら豹という生きた獣の三次元的な身体の形を無理に平面的二次元的に引き延ばし加工成形したものです。だから本物の『豹皮』の『豹柄』には、その『無理』の痕跡として、どこかに或る種の『歪み』が現れていなければおかしいわけです。逆に言えば、そのような『歪み』がどこにもなく、ただ整然たる豹紋のパターンが坦々と続いているだけの『豹柄』は間違いなく『プリント』。つまり、ここでは『整然としていること』『歪みのないこと』が却って『偽物の証明』となるのです」――そんな話を、昔、何かの本で読んだ。

(なるほど……。だが、とすれば、逆に言えば、「本物」には、毛皮が毛皮になる以前の、「狩り」「皮剝ぎ」といった血腥い「修羅の現場」の記憶が、「歪み」の形で常に付き纏っているということか……)

そう思って、目から鱗が落ちたような、しかし落ちたと同時に、或いは見ない方が幸せだったかも知れない深淵まで覗き込んでしまったような、奇妙な感慨に捉えられたものだ。だが、いずれにせよ、ここで毛皮の真贋について言われていることは、詩についても恐らく当て嵌まる。例えば、こんなふうに――「詩とは、元来、『世界』『永遠』等々、そもそも言葉では語り得ぬもの、言葉から常にこぼれ落ちたり、言葉の彼方に逃れ去ったり、或いはそもそも言葉では歯が立たない圧倒的な重量を以て眼前に聳え立っていたりするものを無理に言葉の平面に引き移し加工成形したものです。だから本物の詩の言葉には、その『無理』の痕跡として、どこかに或る種の『歪み』が現れていなければおかしいわけです。逆に言えば、そのような『歪み』がどこにもなく、整然たる言葉のパターンが坦々と続いているだけの詩は、その背後の如何なる『現実』、言い換えれば、如何なる血腥い『修羅の現場』の記憶にも裏打ちされていない、空疎な『プリントもの』に過ぎない」と。

例えば、江代充は、所謂「現代詩」と呼ばれる領域において、そのような「歪み」を深く内包し、かつ、それによって眩いばかりの「本物」のオーラを強く放射している書き手の一人だろう。「金網の銀が眼を洗っていた／白い毛でおおわれた体が／ねぐらのない木箱の入口を擦っている音がしていた／夜の草の道は蛇がでるのだから／咬まれて死ぬぞと父がいった／揺れる盥を洗っている／遠いしずかな柵のしたに／よこたわった自殺者が夏蜜柑をみあげている／あかるい草のかこいのなかでサクサクと／食いちぎられるオレンジの音色をききながら」（「兎小屋」全行）。視界は魚眼レンズを通過したように歪み、遠近法が狂っていて、なかなか一つの明晰な「世界像」を結ばない。それなのに、一行一行の手触りはあたかも孵化したばかりのヒヨコがまだうまく焦点の定まらない目で見る初めての外界のように新鮮で、これに比べると、例えば「兎小屋の金網の向こうで白兎が身体を擦っていた。私は父に夜道は蛇が出て危険だと言われたことを思い出した。遠くに柵があり、その下で誰かが盥を洗っている。その傍には別の誰かが自殺者のように寝そべって夏蜜柑の木を見上げている。辺りは静かで、兎がニンジンを齧る咀嚼音は彼にさえ聞こえているだろう」等々といった叙述は、「歪み」を「修正」

し「遠近法」を整えて「世界像」を明晰化した代わりに、却って「詩」として大切な何かを致命的に希釈してしまった「プリントもの」にしか思えなくなってくる。

同様の事態は所謂「短歌」と呼ばれる領域にも生じ得るだろう。例えば、今私が卓上に広げている、2017年11月23日発行の文藝別人誌「扉のない鍵」創刊号。「別人誌」とは聞き慣れない呼称だが、編集人・江田浩司の「編集後記」には、こうある――「私は当初、本誌に集う者が、普段とは異質な創作を行う場として別人誌を位置づけていた（つまり、参加者の一人一人が「いつもの自分」とは違う「別人」になって創作活動を行う場――引用者注）。また、同人誌のような関係性をなるべく無化した上で、他者による競演を意識したところもある（つまり、「同人誌」の「同」の一字が与える、あたかも参加者一人一人を暗々裏に何らかの「同質性」の中に囲い込もうとしているような印象を回避する狙い――引用者注）。しかしそれは、あくまでも表層的な意味づけにすぎないだろう。各別人のテクストが、本誌にどのような本質を付与することができるのかが、本誌の生命線である（そして、この言い回しの底には、恐らく「実存は本質に先立つ」というサルトルのあの有名なテーゼが、あたかも復興を誓う前王朝の遺児かもしくは新たな蜂起の時機を窺う革命指導者のように匿われている――引用者注）」。

ちなみに、同誌の同号の（ということはつまり最初の）特集は「扉、または鍵。」。30名の「別人」たちが思い思いのテクストを寄せているが、その大部分が何らかの短歌結社や同人誌に籍を置く、所謂「歌人」と呼称されることの多い書き手たちで、江田本人（結社誌「未来」編集委員）もその一人だ。しかし、同誌の主旨に従い、ここではそうした「肩書」は一旦カッコに入れ、まずはテクストそれ自体――それも江田本人による――に手を触れてみよう。「見えざる扉」と題されたそれは、4連27行からなる所謂「現代詩」と3首の短歌（但し、共に歴史的仮名遣い）からなり、構成としては万葉集における「長歌＋反歌」の形式に近い。最初に前者を引く。「もう日は暮れてしまったが／夕ぐれの雲に光りは残り／かなしみは動かなくなった／罅のあることばが／窓の外から聲をかける／やさしいだけではだめなんですよ……／ひとすぢの道　やはらかき夢におちゆく／あしたは天気だらうか／／初夏の風がふいてうれしい／風にゆれる木をゆびさし／まなざしを落とすうすら日／青い川はながれ／永遠なる姿　もえるこのいたみは／かへらざる日々のむかうから／見えざる扉を照らす／／はかないことばの鍵を／しづかな日常にまはし／わたしは見えざる扉の前で／癒えざる日々をすごす／葡萄のかをり懐かしく／影のなかに蹲るうた／ひとりでゐることに／やがて　おだやかな悦びがうごく／／さびしさの重さうつくしく／生きることの意味きえのこり／ふしぎな力がこの鍵にやどる／まだ扉は見えないままなのだが……」（全行）。

見事なものだ。まず第1連。「世界」（もしくは「人生」）が今「夕ぐれ」にあることは否定し難いが、なおまだ何か実現されていない偉大な可能性、その「光り」が死産寸前の胎児のように「残」っており、そのことが詩人の「かなしみ」を一層――もはや歩みを止め、その場に蹲るしかないほどまでに――搔き立てる。

（一体、どうしてこんなことになってしまったのだろう。何が間違っていたのだろう……）

その時、詩人の問いかけに、「ことば」は、ガラスを隔てた「窓の外」から、割れたガラスのように「罅のある」かたちで――つまり明晰緻密な「体系」ではなく謎めいた「詩」の断片のかたちで――こう答える。

（やさしいだけではだめなんですよ……）

だがそれにしても、ここで詩人を自らと厳しく隔てつつ、同時に彼に「やはらかき夢」の中で進むべき「ひとすぢの道」を指し示す「窓の外」とは一体どこだろう。第2連、そこには「青い川」が流れ、それは「永遠なる姿　もえるこのいたみ」と直ちに言い換えられる。それは「かへらざる日々のむかう」にあるもの――つまり「永遠に取り戻すことの出来ないもの」だ。だが、それは又、同時に「あちら」と「こちら」とを隔てる「見えざる扉」を「照らし」し、その所在を（見えないままに）浮き彫りにするものでもある。「扉」――それは単なる「壁」ではない。一面に於て「あちら」と「こちら」とを隔てつつ、また他面においては両者を繋ぐ「通路」ともなり得る。

（だが、そのためには「扉」に合致する「鍵」がなければ……）

第3連。ここでは、詩人の持つ「はかないことばの鍵」が、ただ「しづかな日常にまは」されるだけの――つまり恐らくは「やさしいだけ」の「だめ」な――鍵であり、詩人はその鍵によっては「見えざる扉」を開くことが出来ず、ただその手前で虚しく「癒えざる日々をすごす」他はないことが明かされる。だが、ここに不思議な逆転が生じる。そうやって「葡萄のかをり懐かしく／影のなかに蹲りながら紡ぎ出される「うた」――それに静かに耳を傾けているうち、何故か「ひとりでゐることに／やがて　おだやかな悦びがうごき始めたのだ。

そして、第4連。詩人の持つ「はかないことばの鍵」は、詩人を「さびしさ」「重さ」から解放するだけの力はなく、「わたし」は依然として「ひとりで」「蹲」り続ける他はない。だが、にも拘らずその「さびしさ」「重さ」は故知らぬ「うつくし」さを帯び、もはや雲散霧消してしまっても仕方がない筈の「生きることの意味」は（それこそ第1連の「夕ぐれの雲」に残る「光り」のように）依然として「きえのこり」——かくして一度は無力と思われた「この鍵」に、却って「ふしぎな力」が「やど」り始めるのを、詩人は静かな驚きと共に確認する。なるほど、「まだ扉は見えないまま」だ。だが、そこには既に微かな希望が芽生えている。第1連の末尾に立ち返り、詩人は改めてこう問い直そうとする——「あしたは天気だろうか」と……。

どうだろう。ここには、一見歯がゆくもどかしい「歪み」「たゆたい」「口ごもり」を伴いつつ、それ故にこそ却って「本物」の底深い輝きを帯びながら立ち上がって来る、殆どヘルダーリン的とも言うべき真摯な「存在への問い」「存在と言葉との関係への問い」が見出せないだろうか。

後半の「反歌」は、これに続くものだ。以下、全首を引く。

手にそっとふれてゐるのはきのうから消えずに残る夕日だらうか
こころへと落ちゆくことば光りたり癒しとせむかまっかな鍵を
かなしみをみづからとして真実をかたちづくれるひとすぢの道

1首目。ここでは、文脈上「鍵」が来ることが予想される場所——というのは、前半の「長歌」部に登場するモノたちのうち「手にそっとふれ」つつなお「これだ」という確証が持てず、「〜だらうか」と訝られるのに最も相応しいのは「鍵」、それも恐らくポケットの中でまさぐられているそれであろうから——に「きのうから消えずに残る夕日」が置かれている。それは一つの「歪み」であり「捩れ」だ。だが、それによって、この一連のテクストにおける「鍵」——「はかない」がまた「ふしぎな力」の宿るこの「ことばの鍵」——と「夕日」——本来なら「きのう」のうちにとっくに消えている筈なのに、なぜか今なお「光り」(或いは「生きることの意味」の輝き)を宿したままなお消え残っている「夕日」——とが実は同じ一つの「何か」であることが却って鮮烈に開示されるのだ。

同様の「歪み」「捩れ」は2首目にも見られる。「まっかな鍵」——これは逆に、普通なら「夕日」がある筈の場所に敢えて「鍵」が代置されているのだ。「まっかな鍵＝まっかな夕日」はまた、今見たように、同時に「ことば」——これから正に「さびし」く、「重」く、それでいて不思議に「うつくしく」「光り」ながら「落ちゆ」こうとする「ことば」——でもある。

(「落ちゆく」? では、どこへと?——「こころへと」。)

それから、「癒し」。「長歌」部第3連にある通り、「わたし」は今、「見えざる扉の前」で「癒えざる日々」をかなしく送っている。だが、そのはかなさ、無力さゆえに私を「ひとり」「影のなかに蹲らせている「うた」——このただ「やさしいだけ」の「だめ」な「ことば」——は、にも拘らず、いやそれ故にこそ却って、実は「世界」「人生」に残された最後の、真正の「癒し」であり得るのではないだろうか？――そう、詩人は静かに自問しているのだ。

そして、3首目。「豹紋」の「歪み」はここでも底深い。「かなしみをみづからとして真実をかたちづく」る主体は、誰か。それはこの1首の（そして、このテクスト全体の）終わりに「ひとすぢの道」であることが漸く告げられる。――先に「長歌」部第1連で「罅のあることば」から「やさしいだけではだめなんですよ……」と告げられた詩人が、煮詰まり「動かなくなっ」てしまった「かなしみ」に再び「あした」を齎すため、「やはらかき夢」に向かって辿り始めた、その「ひとすぢの道」であることが。ちなみに、ここで注目したいこと、それは、この道が（「のぼりゆく」ではなく）「おちゆく」道であること――つまり、2首目の歌で「ことば＝夕日＝鍵」が「光り」ながら「癒し」の可能性を秘めつつ「こころ＝やはらかき夢」に向かって辿った「下降の軌跡」の一つの言い換えであるということだ。詩人はその「道」――即ち「詩」――が「世界」「人生」に初めて「真実」の地平を創成するのだと告げている。そしてそれは「道＝詩」が「かなしみをみづからとし」、そのようなものとして一見「落日」にも似た「下降の軌跡」に「光り」ながら自らを委ねる時にこそ初めて成就される「真実」なのだ、とも……。

壊れた〈永遠〉、炎上する〈非在〉

——穂村弘『水中翼船炎上中』を読む

「子供の頃、水中翼船に憧れていた。学習雑誌や絵本の中に未来の乗り物として恰好よく描かれていたのだ。でも、二十一世紀になった今、活躍しているという話は聞かない。水陸空を自由に移動できる夢の乗り物、という私のイメージは間違っていたらしい。／人間の心は時間を超える。けれど、現実の時は戻らない。目の前にはいつも触れることのできない今があるだけだ。時間ってなんなんだろう。言葉を持たない獣や鳥や虫も老いて死ぬことが不思議に思える。猫も寝言を云うらしい。私の言葉はまっすぐな時の流れに抗おうとする。自分の中の永遠が壊れてしまった今も、水中で、陸上で、空中で、間違った夢が燃えつづけている」——穂村弘の17年ぶりの新歌集『水中翼船炎上中』より「あとがき」(全文)。透明な、深い哀しみに満ちた一文だが、その哀しみの由来を言い当てようとすると、はたと途方に暮れる。このテクストは、それ自体一つの「詩」だ。と同時に、一つの「詩論」でもある。だが、それなら、それを真正の「詩」たらしめている「詩性」とは一体何であり、またその「詩論」は「詩」を——ということはつまり、自分自身を——どのようなものとして語っているのだろう。

まず、第一段。ここで痛みと共に確認されているのは一つの「過失」であり「喪失」だ。無限に進歩する科学技術が万能の未来をいつか必ず齎す——そんな明るい、また逆に言えばやや無防備な希望が子供はもちろん大人たちにも共有されていた高度成長期の日本。例えば、栞文「『水中翼船炎上中』メモ」（以下「メモ」）の中の「各章の背景というか簡単な見取り図」にそれぞれ「子供時代」「子供時代（冬）」「子供時代（夏）」と註されている第二～四章「楽しい一日」「にっぽんのクリスマス」「水道水」に描かれているのは、そんな輝かしい「神話時代」の一齣一齣で、穂村とほぼ同年代の私には、そのどれもがまるで自分のことのように懐かしい。例えば、次の歌。

食堂車の窓いっぱいの富士山に驚くお父さん、お母さん、僕

「楽しい一日」冒頭（ということはつまり「子供時代」3章全体の冒頭）の1首。今の時代の若い読者にこれだけでどこまで伝わるのかは不明だが、一同世代者として敢えて断言させて貰えば、ここに歌われているのは、間違いなく、親子全員で開通間もない「新幹線ひかり号」に初めて乗り、初めて富士山を見た時の驚嘆だ。この時、その「センス・オブ・ワンダー」の鮮烈さに親と子、大人と子供の差は全くない――いや、それどころか、極論すれば、より一般的な「人」と「人」との間の「個人差」さえ。「食堂車の窓いっぱいの富士山」が齎す圧倒的な「驚き」――その前で「家族」は、そして「社会」は、一つだった。しかも、そこでは又、所謂「美しくも儚い夢」対「味気なくも厳然たる現実」という矛盾・対立すら消滅してしまっていた。何故なら「新幹線ひかり号」という「夢の超特急」のその又「食堂車」（そんな車両がこの世に存在すること自体があの頃は一つの驚異だった）とは、

いわば、文字通り「夢」と「現実」が遂に一つに溶け合った「奇跡の空間」であり、しかもその「奇跡」は今後も無限にその強度を増しつつ永続することが期待されたからだ。その意味で、それは「戦後日本」という新しい「神の国」に顕現した新しい「神の御顔」のヴィジョンであり、その「神」がノアの洪水後の空に掛け渡した「契約の虹」とすら言い得た。或いは、こんな歌。

かけられる方もげらげら笑ってて回り続けるジャイアントスイング
グレープフルーツ切断面に父さんは砂糖の雪を降らせています
銀紙のかたまりっぽくみえたのは聖なる夜のこどものお酒
僕のムーミンを「私のムーミンじゃありません」というトーベ・ヤンソン

1首目、「ジャイアントスイング」とは相手の両脚を抱えて振り回すプロレス技。流血を伴う乱闘試合になることも少なくなかったこの格闘技も、当時はゴールデンタイムの花形番組であり、子供の世界でも「プロレスごっこ」は人気の遊びだった。もちろん、冷静に考えてみれば、見た目は派手でも、ただ脚を摑んでぶんぶん回すだけの技に、さほどの実効性があるとは思えない。だが、それでも、家族は、人々は、夢中で声援を送った――心を一つにして。何故なら、先述した通り、この「戦後日本」という「奇跡の時空」においては、「夢と現実」（つまり「ヤラセ」と「ガチ」）も、「大人と子供」（つまり「大人のする本当のプロレス」と「子供のするプロレスごっこ」）も、結局、至福の「げらげら笑い」の内に「渾然一体」となっていたのだから。2首目、そこは又、「大人」である筈の「父さん」が、当時まだ珍しい、言い換えれば「聖なる輝き」を放っていた「グレープフルーツ」に、まるで「子供」の遊びのような澄んだ真剣さで「砂糖の雪を降らせ」る時空だ。そして又、3首目、「聖なる夜」には「こども」も又、「銀紙」に包まれいわば「聖別」された特別の「お酒」を飲むことが許された時空なのだ。「こどものお酒」――もちろん、それはノン・アルコールの、いわば「にせもの」のお酒だ。だが、それを言うなら、当時の大人たちが好んで飲んでいた人工甘味料入りのワイン――あれは「本物」の「大人のお酒」だったのか？ そしてそれを「聖なる遊び」のように敬虔に口にするその姿に、果たして「大人」と「こども」の区別はあったのか？ 4首目、そう、確かに、当時子供たちに絶大な人気があり、今でも（少なくとも私の場合は）心の深い、仄暗い片隅に懐かしい痕跡を留めているテレビアニメ版「ムーミン」は、「原作者」トーベ・ヤンソンにとっては既に「私のムーミン」ではなかったのかも知れない。しかし、それでも、あの頃日本の子供であった全ての者にとって、それは、やっぱり「僕のムーミン」以外の何物でもあり得なかったのだ。

しかし、やがて時は過ぎ、時代は移り、「僕」を取り巻く「世界」のありようも又、静かに、だがふと気づけばぎょっとするほど大きく、変わってゆく。「思春期へのカウントダウン」「昭和の終焉から二十一世紀へ」「二十一世紀初頭のパラサイトシングル像」「母の死」「その後」「その後」――第五章「チャイムが違うような気がして」から第十章「ぶごこ」に至る六章を「メモ」はそう註する。その間に、例えばプロレスは一方では「残酷だ。子供の見るものではない」として深夜枠に追いやられ、また一方では「ショーだ。子供騙しのニセモノだ。大人の見るものではない」と罵られて、他の新たな総合格闘技の数々に王座を奪われた。グレープフルーツに砂糖を振る食べ方も廃れて、今では大人はおろか子供もまずしない。ノン・アルコール飲料も今ではれっきとした「大人の飲み物」で、「こどものお酒」など、未成年の飲酒に関わった芸能人への苛烈な社会的制裁を日々のメディアを通して見慣れている今の我々には、文脈によっては、そう口にするだけでも不謹慎に聞こえる。人工甘味料入りの合成酒「赤玉ポートワイン」は、その後、「本物」の「ポルトワイン」の産地の苦情により改名した。ムーミンも、今ではトーベ・ヤンソンの「私のムーミン」に忠実に造型されている。反面、「僕のムーミン」はすっかり見かけなくなったが、それは恐らく「時代」「社会」「正義」「真実」等に鑑みてそれが「間違ったムーミン」であるからなのだろう――そう、あたかも「水陸空を自由に移動できる夢の乗り物」という「水中翼船」像が、恐らく「間違ったイメージ」であるように。

しかし、それでは、「僕」の方はどうか。例えば、「メモ」に「現在」と註された第一章「出発」冒頭（ということはつまり歌集全体の冒頭）の次の歌。

お天気の日は富士山がみえますとなんどもなんどもきいたそらみみ

一読、これが先に引いた第二章「楽しい一日」の1首目「食堂車の窓」の歌と呼応していることは明らかだ。時代は移り、「僕」もとうに「子供」ではなくなり、それどころか結婚し、母の死を看取り、今では妻と共に老いた父の面倒を見ている。だが、にも拘らず、その耳元では、あの日、恐らくは「新幹線ひかり号」の車内放送で聴いただろう「お天気の日は富士山がみえます」というアナウンスが常に、執拗に鳴り響いているのだ。というより、歌集の構成により寄り添う形で言えば、まず、当初は意味不明の「そらみみ」として、その声は聴こえた。そして、その正体を突きとめようとして「記憶」を、「時間」を遡り始めたことが、文字通りこの歌集の「出発」だった。そして、その結果行き当たったのが、あの「創世記」の「光あれ」のような「食堂車の窓いっぱいの富士山」だったのだ。

蛍光灯のひかりの下で夢をみる夜の御飯はもうじきなのに
長靴をなくしてしまった猫ばかりきらっきらっと夜の隙間に
カゴをとれ水を買うんだ真夜中のローソンに降る眩しい指令
ひとつとしておなじかたちはないという結晶たちに襲われる夜

同じく「出発」より。1首目、日常の時間の流れの中に突然「夢」が割り込んで来るのは、恐らく「蛍光灯」が光っているからだ――それがまだ「驚異の明るさ」によって「夢の超特急」と同質のオーラを纏っていた頃と全く同じ神聖さで。2首目、猫たちが「きらっきらっと」しているのは、彼らが初めから何も履いていない普通の猫ではなく、あくまでも偶々長靴をなくしただけの「長靴を履いた猫」だからだ。3首目、ローソンに降る指令は何故「眩しい」のか。それは、その指令が例えば「カゴを取り水を買う」という日常の行為を一瞬にして「地球の平和を守る重大なミッション」に変えてしまう、あの「怪獣ごっこ」の「奇跡の時空」から今なお発せられているものだからだ。4首目、ここでの雪の結晶が「襲う」恐ろしいものであるのは、それが、かつて「ひとつとしておなじかたちはない」と初めて聞かされた子供の頃と同じ圧倒的なまでの「驚異」の輝きを依然として放ち続けているからだ。

席替えが理解できずに泣きながらおんなじ席に座っています
ゆめのなかの母は若くてわたくしは炬燵のなかの火星探検

1首目。時間は過ぎ去り、時代は移り変わる――例えば、クラスの「席替え」のように。だが、そのことにどういう意味があり、またそれがどうして必要なのかどうしても理解できない子供は、途方に暮れ、泣きながら、ただ「おんなじ席」に取り残されるしかない。2首目。穂村版「死に給ふ母」とも言うべき連作「火星探検」の表題作がこの歌だ。葬儀の後、夢に現れた母は若く、「わたくし」はまだ子供で、炬燵の中の真っ赤な空間を「火星」に見立て遊んでいる――相変わらず。だが、それにも拘らず、母は現実にはやはり死んだのであり、その時間を巻き戻すことは出来ない。何故なのか。「わたくし」にはどうしても分からない――そう、あたかも「席替え」が理解できずに同じ席で泣いている子のように。

冒頭引用した「あとがき」第2段の「人間の心は時間を超える。けれど、現実の時は戻らない。目の前にはいつも触れることのできない今があるだけだ。時間ってなんなんだろう」という詠嘆と問いかけは、つまりそれだ。というより、歌集『水中翼船炎上中』は、そこに収録された1首1首が皆同じその詠嘆であり問いかけであり、「あとがき」は「散文」で書かれたその美しい「反歌」であるとさえ言い得るのだ。

「私の言葉はまっすぐな時の流れに抗おうとする。自分の中の永遠が壊れてしまった今も、水中で、陸上で、空中で、間違った夢が燃えつづけている」──穂村は「あとがき」を（ということはつまり「反歌」を含めたこの歌集の全てを）そう締め括る。燃える水中翼船、燃える永遠、燃える夢──そう、それらは皆、間違った水中翼船であり永遠であり夢だったのかも知れない。だが、それがどうしたのか。「無いもの、それをあらしめたい」──その願望が「詩」だと述べたのは宗左近だ。とすれば、「反歌」としての「あとがき」を含むこの歌集全篇を貫く「詩性」とは、畢竟、間違った（ということはつまり、或る意味初めから無かった）水中翼船を、永遠を、夢を、その〈非在〉の中で煌々と輝かせる「炎」の謂なのではなかろうか。

石のまくらとタオルの歯形

――村上春樹「石のまくら」と短歌

「ちほ」という名の歌人について私は殆ど何も知らない――というのは、私が彼女を知っているのは、ただ村上春樹の小説「石のまくらに」（「文學界」2018年7月号）の登場人物としてだけだから。ちなみに、それによれば、彼女が出した歌集は『石のまくらに』（私家版）ただ1冊。それは「白い凧糸のようなもので綴じられた薄っぺらな歌集」だったが、「ガリ版刷りなんかではなく、いちおうきれいに活字印刷されたもので、紙も分厚く上質のものだった。おそらく作者が、印刷されたページを順番にかさね、そこに厚紙の表紙を付け、一冊一冊丁寧に糸で綴じて本のかたちにしたのだろう」。また「最初のページには28という番号が、ナンバリングのスタンプで捺してあった。限定版の28冊目ということなのだろう。全部でいったい何冊がつくられたのだろう？値段はどこにも書かれていなかった。そんなものはもともとなかったのかもしれない」。

だが、ここで一つ指摘しておきたいのは、「ちほ」という歌人は（断言は敢えて避けるが恐らくかなりの確率で）「実在」せず、「村上春樹」という名で知られている一人の「実在」の小説家によって、言うならば「無」から創造された「非在」の人物だと想定されることだ。とすれば、彼女の歌集『石のまくらに』も――それが白い凧糸のようなもので綴じられていたこと、薄っぺらだったこと等々を含めて――やはり「村上春樹」によって「無」から「想像＝創造」された「非在」の書物だということになる。

だが――と私は思う。「実在」とは――又その反対とされる「非在」とは――結局、何だろう？

両者の差は、一般にそう信じられているほど、簡単明瞭な事柄なのだろうか？

例えば今、私は、「実在」の小説「石のまくらに」の「実在」の作者「村上春樹」が、「非在」の歌集『石のまくらに』の装丁の細部を「想像＝創造」しているところを想像する。だが、その時、私の想像の中の「村上春樹」の姿は、「印刷されたページを順番にかさね、そこに厚紙の表紙を付け、一冊一冊丁寧に糸で綴じて…」等々と克明に「想像＝創造」されている「非在」の歌人「ちほ」の姿と奇妙にダブって来る。

そうだ、「村上春樹」も又、「黙々と」「手内職のような作業」を通して、歌集『石のまくらに』の装丁を「無」から「想像＝創造」したのだ。そして、小説「石のまくらに」それ自体も又、そんな「手内職のような作業」の孤独で丹念な積み重ねによって辛うじて存在しているのだ。だが、その存在の仕方を「想像された非在」であるとか「創造された実在」であるとか区別することに、一体どんな確かさがあるのだろう？

話を戻そう。「歌集には全部で四十二首の短歌が収録されていた。一ページにひとつの短歌。決して多い数ではない。前書きや後書きのようなものはいっさいなく、出版の期日も記されていない。ただ白い紙の上に、余白を広くとって、率直な黒い活字で印刷された短歌が並んでいただけだ」。そして、それらの短歌について「僕」はこう証言する――「優れているとか優れていないとか、そんな基準からは離れたところで、彼女のつくる短歌のいくつかは（中略）僕の心の奥に届く何かしらの要素を持ち合わせていた」と。

では、それらは、どのような歌だったのだろうか。

「彼女のつくる短歌のほとんどは、男女の愛と、そして人の死に関するものだった」と「僕」は語る――「まるで愛と死が、互いとの分離・分断を断固として拒むものたちであることを示すかのように」と。例えば、次の歌。

また二度と／逢うことはないと／おもいつつ
逢えないわけは／ないともおもい
会えるのか／ただこのままに／おわるのか
光にさそわれ／影に踏まれ

「彼女には当時、とても好きな人がいた。だが、その人はそれほど彼女を好きではなかった（そもそも、他に「ちゃんとした恋人」がいた）」――語り手「僕」はそう証言する。「ちほ」とその「とても好きな人」との関係――それは、後者が前者の身体をほしいときだけ「電話をかけて出前を取るみたいに」呼ばれる、という惨めなものだった。それも「おまえは顔はぶすいけど、身体は最高だ」等と言われながら……。

それでも、彼女は呼ばれれば行った――「だって好きなんだから、しょうがないでしょう」「どんなこと言われたって、やっぱりときどきは男の人に抱かれたくなるんだから」「人を好きになるというのはね、医療保険のきかない精神の病にかかったみたいなものなの」と。

彼女がそう語った相手、それが「僕」だ。そんな彼との関係が続くある日の夜――それは彼女がバイトを辞めることが決まり、職場の仲間に簡単な送別会をして貰った夜だった――、彼女はふと、自宅まで一人で電車で帰るのが嫌になり、特に親しいわけでもなかった年下の異性の同僚のアパートに泊めて貰い、そこで一夜を共にした。それが「僕」なのだ。

翌日、二人は別れ、今に至るまで一度も会っていない。ただ1週間後、郵便で歌集が1冊届けられただけだ――事務的な茶封筒に入れられ、差出人の住所も名前も書かず、手紙もカードも同封されないまま。それが件の『石のまくらに』だ。

ここで「ちほ」が「また二度と／逢うことはないと／おもいつつ」も「逢えないわけは／ないともおもい」、又「会えるのか／ただこのままに／おわるのか」と繰り返し自問している相手――その想定される候補として浮かぶのは、まずは例の「とても好きな人」だろう。もちろん、それ以前の恋人かも知れない。だが、少なくとも「僕」ではあり得ない――だって、歌集が1週間前に大急ぎで刊行されたのではない限り、それでは時間的に辻褄が合わないから。

しかし、にも拘らず、この2首、どこか「これは自分のことではないか」と「僕」に――或いはどんな形であれ「ちほ」に関わり合いを持った全ての人に——思わせる何かを潜めているように私には感じられて仕方がない。つまり、「好きな人」（現在の、もしくは歴代の）であれ、単なる行きずりの相手（例えば「僕」）であれ、「ちほ」が「他者」と何らかの関係性を築こうとする時、そこにはいつもそんな「自問」が通奏低音として流れているのではないのか、と。そしてそれが、敢えて詩的な言い方をすれば「ちほ」の持つ「魂の色」ではないのか、と。

それは又、次のような一種の緊迫した「述志」にも通底する。

今のとき／ときが今なら／この今を
ぬきさしならぬ／今とするしか

そう、それはいわば、毎日を常に死刑執行の前日のように感じながら生きている——或いはそう生きようと決意している者の抱いている「覚悟」にも相通じる。「僕」が彼女の短歌を評して「まるで愛と死が、互いとの分離・分断を断固として拒むものたちであることを示すかのよう」と述べているのは、つまりそういうことだ——何故なら、ここで「僕」が言う「愛」とは、畢竟「生」それ自体と同義なのだから。

「あるいはもう彼女は生きていないかもしれない、そう考えることがある。彼女はどこかの時点で自らの命を絶ってしまったのではないかという気がしてならないのだ」——「僕」は又、一方、こうも述べる。何故なら、彼女の歌の多くは「疑いの余地なく、死のイメージを追い求めていたからだ。それもなぜか刃物で首を刎ねられることを」。あたかも「それが彼女にとっての死のあり方だった」とでもいうように。例えば、次の歌。

やまかぜに／首刎《は》ねられて／ことばなく
あじさいの根もとに／六月の水
午後をとおし／この降りしきる／雨にまぎれ
名もなき斧が／たそがれを斬首

1首目。歌意は、例えばこうだろうか——「不意の突風を受けた紫陽花が、まるで首を刎ねられたかのように花を揺らす。その弾みで、蓄えられていた梅雨の雨水が一気に根もとの土にぶちまけられる——あたかも血のように」。2首目もそう。いつやむとも知れない雨に降り込められて午後一杯を過ごした語り手がふと気づくと、いつの間にかもう黄昏時も過ぎ、夜の闇が辺りを包んでいる……。その驚きが、「名もなき斧」が「雨にまぎれ」てあたかも不意打ちのように「たそがれ」を「斬首」する、という戦慄的なイメージに結晶させられているのだ。

「ねえ、いっちゃうときに、ひょっとしてほかの男の人の名前を呼んじゃうかもしれないけど、それはかまわない？」——彼女は、布団の中で「僕」に訊く。「ほかの男の人」——それは勿論、例の「とても好きな人」だ。「べつにかまわないけど」と答える「僕」。だが、多くの場合、それは少々「かまう」ことだ。つまり、逆に言えば、彼女はここで、一夜を共にする相手を、一見「誰でもよかった」ように見せつつ、実はしっかり「品定め」している。思うに任せぬ恋愛のさなかに仕事まで失い、到底家に帰って一人で寝る気になどなれない、そんな一夜――それは、決して「どうでもいい」一夜ではない。だから、それを共にする相手は、例えば自分のそんな問いかけ――一見無邪気を装っているが実は結構挑発的な……そう、例えば「名もなき斧が／たそがれを斬首」するような問いかけ――に、「べつにかまわないけど」としれっと答えられるような男、自分と同じ匂いのする男――もっと言えば、自分と同じ「死」と「絶望」の匂いのする男でなければならなかったのだ。

「ほかの男の人の名前」はかまわないが、隣の物音が筒抜けの安アパートで「大きな声」は困る――そんな「僕」に、彼女は「じゃあ、そのときはタオルを噛むよ」と申し出る。「彼女はたしかに大声で男の名前を呼ぼうとしたので、僕は急いで彼女の歯の間にタオルを強く押し込まなくてはならなかった。それはとても頑丈そうな歯だった」。そして、翌日。「昼間の明るい光の中で、彼女の歯形がくっきりとついたタオルを目にするのはなんだか不思議なものだった。よほど強く噛みしめたのだろう」……。だが、それから長い歳月が過ぎ去り、「あるいは僕以外に、彼女の詠んだ歌を記憶しているものなど（中略）この世界のどこにも存在していないかもしれない」今になってなお、「僕がこのように彼女の歌をいまだに覚えているのは、それが彼女があの夜に噛みしめていたタオルの歯形の記憶と結びついているからではないかと「僕」は追懐する。恐らく、「僕」は直観していたのだ――彼女にとって「短歌」とは、結局、到底一人で寝る気になどなれない、そんな夜、ここにいない「別の誰か」の名前を大声で呼びながら噛みしめた「歯形のくっきりとついたタオル」以外の何物でもないことを。

「ずいぶん不思議なことだが（あるいはさして不思議なことではないのかもしれないけれど）、瞬《また》く間に人は老いてしまう」と「僕」は言う。「目を閉じ、しばらくしてもう一度目を開けたとき、多くのものが既に消え去っていることがわかる。夜半の強い風に吹かれて、それらは（中略）痕跡ひとつ残さず消え去ってしまったのだ。あとに残されているのはささやかな記憶だけだ。いや、記憶だってそれほどあてになるものではない。僕らの身にそのとき本当に何が起こったのか、そんなことが誰に明確に断言できよう？」と。だが続けてこうも言う。「それでも、もし幸運に恵まれればということだが、ときとしていくつかの言葉が僕らのそばに残る。彼らは夜更けの丘に登り、身体のかたちに合わせて掘った小ぶりな穴に滑り込み、気配を殺し、吹き荒れる時間の嵐をうまく先に送りやってしまう。そしてやがて夜が明け、激しい風が吹きやむと、生き延びた言葉たちは地表に密やかに顔を出す。彼らはおおむね声が小さく人見知りをし、しばしば多義的な表現手段しか持ち合わせない。それでも彼らには証人として立つ用意ができている。正直で公正な証人として。しかしそのような辛抱強い言葉たちをこしらえて、あるいは見つけ出してあとに残すためには、人はときには自らの身を、自らの心を無条件に差し出さなくてはならない。そう、僕ら自身の首を、冬の月光が照らし出す冷ややかな石のまくらに載せなくてはならないのだ」と。「石のまくら」――思うに、それも又「歯形のついたタオル」つまり「短歌」だ。そして、そこには「歯形」同様、「斬首」の際についた斧の跡——「／」が——くっきりと刻まれているのだ。最後に2首。

石のまくら／に耳をあてて／聞こえるは
流される血の／音のなさ、なさ
たち切るも／たち切られるも／石のまくら
うなじつければ／ほら、塵となる

Ⅲ　短歌エッセイ

かなしみはあすこに
――追悼・安井高志君

（最近の若い歌人たちにとって、「世界」とは、どのように切なく、悲しく、或いは時に喜ばしいものなのだろうか――少なくとも、歌わずにいられないくらい？）

最近、そんなことを、しきりに考える。もちろん、以前だって考えていなかったわけではない。だが、それが、従来とは違う近さと重さで脳裏を去来するようになったのは、今年（２０１７年）の4月24日、「現代短歌舟の会」の若い歌友・浮島こと安井高志君の突然の訃報に接してこの方だ。

全く、青天の霹靂とはこの事を言うのか。前々日の4月22日、私たちはいつものように歌会をしていた。高志君本人は欠席し、同じ歌友であるお母さんの安井佐代子さんだけが姿を見せていた。

「あれ、今日は、彼は？」

「うん、ちょっとね……」

とはいえ、私は（そして、恐らく私たちの誰もが）、別段、気に留めなかった。歌会が済み、近くの行きつけの居酒屋で2次会が始まってから、ひょこっと現れるのはよくあるケースだった。それから、私や、同世代の歌友が渡したその日の詠草をつぶさに読みながら、あれこれ、なかなか鋭いコメントを、飲みつつ加えるのも常だった。

しかし、その日は、彼は最後まで姿を見せなかった。そして翌々日、舟の会代表の依田仁美さんから、私ほか彼と親しかった数人は、前日、つまり歌会の翌日、高志君が不慮の事故で急逝したという信じられないメールを受け取ったのだ。詳細は、次の歌会の折に、皆の前で正式に報告するとのこと。ちなみに、その次の歌会は、5月27日だ。そして、これを書いている今は、5月9日だ。だから、現時点で、私はまだ、正式には、彼の死についての詳細な話を聞いてはいないわけだ。それなら、この文章を書くのは27日以降まで待てばいい――そう思うかも知れない。尤もだ。だが、「まろにゑ」の今号の締め切りは5月14日。ぎりぎりまで引き延ばしても、27日には届かない。だが、だからと言って、今の私に、彼の事以外の何が書けるだろう。それに、MLによる訃報の告知は、5月6日に既に皆に届いているので、フライングにも該当はするまい。ちなみに、一説によれば、人の魂は、「中陰」と言って、死後49日間はこの世に留まるとか。とすれば、高志君は、今この5月9日現在も尚、私たちと共に――或いは、ひょっとすると、今このエッセイを書いている私の傍らに――いるかも知れないのだ、ひっそりと。

気がつけばパジャマのままで立っている歯車だらけの灰色の街
自転車のかごに猫のせ誰もいない廃墟の街をはしる墓守り
人形をもやす朝焼け　かなしいの？　おかげで君は無事でいるのに
そらを飛ぶ精神病院かなしみはあすこに光っているよ姉さん

「舟」第28号（２０１６年６月）より。１首目、非情な「歯車だらけの灰色の街」に、何の準備――つまり武装――もなく「パジャマのまま」立ち尽くしているのは、誰だろう。聞いた話では、家族から余りに烈しい虐待を受けた子供は、それを不当に思い反発するよりは、「こんな目に遭うのは、きっと僕（私）が悪い子だからだ」と却って自分を責めるに到るという。この誰かも、かなしみが極まれば、悪いのは「歯車だらけの灰色の街」ではなく「パジャマのまま」の自分の方だと感じ、考えるに到ってしまうのだろうか。２首目、昔なら、「自転車のかごに猫のせ」颯爽と街を駆け過ぎるのは、まるでトレンディ・ドラマの一コマのようなお洒落な光景であり「ライフ・スタイル」だった。だが、今、街は既に「誰もいない廃墟」であり、そこを走るのは、ただ一人、皆の菩提を弔うために生き残った――或いは生き残ることを許された――「墓守り」だ。つまり、ここにあるのはバブル時代的な「トレンディ・ドラマ」「都会的ライフ・スタイル」それ自体の無惨な「廃墟」であり「ゾンビ」なのだ。３首目、「君」は、そして「君」に「かなしいの？」と問いかける誰かは、もやされている「人形」が他ならぬ己の身代わりであり、そんな己にその虐殺をピュアに「かなしむ」資格などないことを既に知ってしまっている。つまり、穂村弘の「はしゃいでもかまわないけどまたがった木馬の顔をみてはいけない」（『シンジケート』）に絡めて言うなら、彼らは既に決定的な仕方で「木馬の顔」を見てしまったのであり、そのため「はしゃぐ」ことはおろか「かなしむ」権利さえ、穢され剝奪されてしまっているのだ。４首目、従って、彼らは、喪われた「かなしみ」を「あすこ」に――「ここではないどこか」に――探し求めるしかない。だが、それは「『幸』住むと　人のいふ」とカール・ブッセに歌われた「山のあなた」ではない。「そらを飛ぶ精神病院」だ。つまり、ここでは「幸」はおろか「かなしみ」さえ、その住人にしか許されてはいないのだ。最後に、「舟」昨年（2016年）12月歌会の次の歌を挙げ、謹んで高志君の冥福を祈りたい。

海沿いをとおくまでゆく（雪は蝶）汽車をみてる（雪は蝶です）

雪は蝶　――二つの異質な世界のはざまから

今年（2017年）の4月、不慮の事故で急逝した歌友・安井高志君に、こんな歌がある。

海沿いをとおくまでゆく（雪は蝶）汽車をみてる（雪は蝶です）

昨年（2016年）12月の「舟」例会詠草より。一読、その詩情の高さ・透明さに皆が感嘆した。だが、それにしても、今から思えば、何という淋しい歌だろう。

まず第1・2句。「海沿いをとおくまでゆく」――ここではまだ、「とおくまでゆく」その当の主体が誰なのかは明示されていない。その場合、日本語及び短歌の読み解きの一般的ルールに従って、読者は、それを「私」乃至「語りの主体」ではないかと、暫定的にだが、一応、想定する。そして「海沿い」――つまり「海」と「陸」という異質な二つの世界の境界領域――を「とおくまで」とぼとぼ歩いてゆく一人の旅人の背中を想像する。例えば、こんなことを思いながら――。

（それにしても、ここでの「海」と「陸」――「二つの異質な世界」とは、何だろう？「生」と「死」？「天国」と「地獄」？「詩歌」と「実生活」？そして、その境界領域を「とおくまでゆく」とは、どういうことだろう……？）

「(雪は蝶)」――その時、この第3句が、不意に、啓示のように、或いは更なる謎かけのように、読者の連想を中断する。「雪は蝶」――もちろん、これは科学的には真実ではないし、詩的イメージとしても或る種の無理がある。というのは「雪」とは「天から地上へ湿り気を帯びて舞い落ちるもの」であるのに対して、「蝶」とは「地上から天へと舞い上がろうとするもの」であり、かつ、その翅は湿っていては飛び立てないからだ。だが、ここでは、丸括弧に閉じられた内的独白の主体（それは、その声を発しているのが「地」の部分の「私」乃至「発話の主体」とは異質な「誰か」だという意味だが）は、敢えてその両者の同一性を主張する――あたかも、それが「海沿い」（＝二つの異質な世界の境界）を「とおくまでゆく」ことの意味だというように。

そして第4句「汽車を見てる」。ここで、読者は、突然、一つの岐路に立たされる。1首の中の「私」乃至「語りの主体」は、(1)自分はその場に立ち尽くしたまま（或いは取り残されたまま）「海沿いをとおくまでゆく汽車」を「みている」のか、それとも(2)己はあくまで「海沿いをとおくまでゆ」きつつ、それとは別に（或いはその途上で）「汽車をみてる」のか？

「(雪は蝶です)」――この第5句は、この問いへの回答、或いは再びの更なる謎かけだ。というのは、「雪」と「蝶」――この相反する二者の同一性は、「海」と「陸」という二つの異質な世界だけでなく、「ゆく」と「みる」という二つの異質な「生きざま」の同一性の象徴でもある、というのだから。

生きること、詩を書くことということについての、これは、一つの究極の絶唱だ。ありがとう、そしてさようなら、高志君。

輝くばかり

——佐藤佐太郎の2首

佐藤佐太郎は昔から好きで、短歌新聞社から出ていた文庫版の歌集を片っ端から読んだ記憶がある。だが、他方で当時渦中に身を投じていた所謂「ニューウェーブ短歌」と佐太郎の歌はいわば鳥と魚ほどにも違っていて、どちらにも魅かれる自分の心を自分で少々持て余していた。折しも、近年、歌壇では佐太郎再評価の気運が少しずつ、だが確実に高まって来ている。例えば、平成28年3月に刊行された『佐藤佐太郎全歌集』（現代短歌社文庫）。その「解説」冒頭に秋葉四郎は平成21年の自作「佐太郎が顧みられてブーム来る身に沁む展望ゆくりなく聞く」を紹介している（ちなみにこの「展望」を語ったのは晋樹隆彦だということだ）。平成29年に入ってからも、例えば角川「短歌」8月号が特集「佐太郎の作歌作法」を組んでいる。同世代や年少の歌人も少なからず稿を寄せていた。私と似たような思いを抱えた人々が意外に多かったということだろうか。

わが窓に公孫樹《いちやう》は見えて曇る日と輝くばかり晴れし日とあり

（『歩道』）

当時圧倒的な印象を受けた1首で、読後暫く「輝くばかり」が脳裏に焼き付いて離れなかったが、考えてみるとやや奇妙な歌でもある。この時、作歌主体は、眼前に公孫樹を見ているのか、いないのか。

また、見ているのなら、その日は果たして「曇る日」なのか、それとも「輝くばかり晴れし日」なのか。「曇る」は現在形・「晴れし」は過去形なので、当然、今は「曇る日」なのだ——例えばそう主張することも出来るが、如何にも重箱の隅をつつくような論法だ。第一、理論以前の感覚の問題として、「輝くばかり晴れし日」が現前させる、秋陽を浴びて黄金に輝く公孫樹のイメージが余りに鮮烈すぎ、読後、それ以外の状況の映像を思い描くことが殆ど出来ないのだ。しかし、この1首にもし「曇る日」がなく、それと「晴れし日」との緊密に圧縮された対比がなかったなら、ここでの「輝くばかり」は果たしてここまでの眩さを持ち得ていただろうか。

このごろのとりとめもなき彼《か》の岡《をか》に曾《かつ》て公孫樹《いちやう》が黄にかがやきぬ　（同上）

前掲歌の前年の作。地味だが、状況はよく分かる——恐らく「このごろ」は概ね「曇る日」だ。いや、それとも、黄葉の季節がもう終わった冬木立か、もしくはまだその季節の到来しない一面の緑の丘だろうか。いずれにせよ、「かがやき」は「彼の岡」には今はない。だから、一層、かつての栄華が懐かしいわけだが——自然な「情」として。

だが、「わが窓に」の方は果たしてどうだろう。むしろ、ここでの秋陽の公孫樹は、既に「時間」の彼方の存在——いわば「想起」され虚空に燦然と聳える「公孫樹のイデア」なのではなかろうか。そういえば、曾て島崎藤村も言っている——「詩歌は静かなるところにて思ひ起したる感動なりとかや」。

かかはりはなし、ごとし――本当に？
――『歩道』の佐藤佐太郎・断想

「『歩道』の独語性と自由」――角川「短歌」２０１７年8月号座談会「なぜ佐太郎は現代歌人を魅了してやまないのか」で、参加者の一人永井祐が挙げている佐太郎の「特筆すべき作歌技術」の一つだ。面白そうなので暫くその言を聞こう。「僕は、佐太郎を読んで七、八年なので、初心者なんですけど、『歩道』と『帰潮』ってだいぶ違うなと素朴に思ったんです。「歩道派」と「帰潮派」はけっこう分かれるような気がして。帰潮派の方が優勢な気がするんですけど（笑）、僕は多分「歩道派」です」「『歩道』が好きなのは、歌の構え方みたいなものがすごい自由な感じがして、こんなこと歌にするんだ、みたいに思うものがある」。例えば、

朝床にはかなく居るは目覚より直ぐにつづきし心とおもふ

この歌について、永井は言う。「朝まだ布団から出ていない状態で、いまの心は目が覚めた瞬間から直接続いているということを言っているんだけど、でも直に続いているというのは何なのか、床から出ていろいろやり出すとぶつぶつ切れるのかとか、いろいろ不思議な言い回しだと思うんですけど、

なんとなく言っている意味はわかるような気がする。こういうことって思っても独り言過ぎて、人に言えるようなことじゃないと思うんです、普段は」。

なるほど、そう言われてみれば、『歩道』には「冷徹なまでの客観写生の徹底」「無駄を極限まで省いた純粋性の追求」といった一般的な佐太郎イメージとはやや異なる、他者に自分の言葉が届いているのか殆ど気に留めないかのように呟かれる、そしてその癖妙に心に応える、それこそ、いい意味で「独語」的な歌が数多い——つまり、同じ座談会で永井がより突っ込んで述べている「『読者に伝わる表現を』なんて言いますけど、伝わりようがないほど奥に入った私の言葉とか感じとかを手放そうとしない姿勢と言うんですかね」とでも言ってみる他なさそうな、いい歌が。例えば、「私録」と題された一連の、こんな歌。

わがこころ昼も怖るるときあれど私にしてかかはりはなし

屈曲の多い言い回しだが、敢えて解きほぐせば、こういうことだろうか——「私の心は、時々、真っ昼間でも故知らぬ恐怖にかられることがある。だが、それは、所詮は私事であって、社会とは何の関係もないことだ。とすれば、その社会の中で生を営む私自身にとっても、それは何の関係もないことだ」。そして、その「表向きの呟き」(というのも変な言い回しだが)の背後には、更にこんな、言葉にならない「裏の呟き」までが滲み出ている(と私は思う)——「だって、そうとでも自分言い聞かせて心を閉ざさなければ、どうやってこの今の世の中で生きていけると言うんだ。それとも、私が『怖いよ！』と叫んだら、誰かが助けにでも来てくれるのか」。

（そうだね、確かに誰も来てくれなかっただろうね…）

私も又、心の中で静かに、だが苦々しく同意しないわけにはいかない。この歌が詠まれたのは昭和9年。満州事変の勃発は既に3年前であり、2年前には五・一五事件も起きている。前途に徐々に、だが確実に、暗い戦雲が立ち込めつつあった時代だ。しかも、この年、佐太郎はまだ25歳。唐突な比較だが、例えば28歳で第1歌集『シンジケート』を刊行した頃の穂村弘と、ほぼ同年代だ。だが、穂村のように「サバンナの象のうんこよ聞いてくれだるいせつないこわいさみしい」と叫ぼうにも、当時の佐太郎にはその「健康で文化的な最低限度の聞き役」としての「象のうんこ」すら存在し得なかった――その時その渦中にあった精神上の危機の性質と深度は、恐らく同じであったかもしれないにしても、だ。或いは、同じ「私録」中の、こんな歌。

一日がそこはかとなく朝あけて生き疲れたる人のごとしも

2句目と3句目の間に微妙な断絶があって意味が取り難いが、敢えて解釈すれば、こんな感じだろうか――「一日がそこはかとなく、ただ影のように何の実感も伴わずに過ぎてゆく――そんな日の翌朝の自分は、まるで生きるのに疲れてしまった人のようだ、まだ若いのに」。だが、兼好法師も言う通り「狂人の真似とて大路を走らば、即ち狂人なり」。「生き疲れたる人のごとしも」とは言うが、そんな佐太郎は、結局の所「ごとし」ではなく真に「生き疲れたる人」ではなかったのか——どんなに若くても。なのに、そこを敢えて「ごとし」と強がってしまう。そしてその後に「だって、そうしなければ…」というさっきと同じ声なき「裏の呟き」が続く……。そういう文体（乃至「生き様」）に共感するか苛立ちを感じるかで、恐らく、その人の生理レベルでの佐太郎への好悪が決まるだろう（ちなみに私個人はといえば、私はそんな佐太郎がたまらなく大好きだ）。

ちなみに「ごとし」といえば、「『歩道』の独語性と自由」の例証として永井が挙げているもう1首の歌。それが次の歌だ。

原むかうに出来上がりたる建築がかかはりなき如く今日も見えをり

一読、微笑まずにいられない。つまり佐太郎はこの「建築」が好きなのだ——本当は淋しがり屋の癖に敢えて「かかはりなき如く」突っ張っている、まるで自分のような「建築」が。

非在の「われ」

――大湯邦代『玻璃の伽藍』の1首

昨年（2017年）夏、20年ぶりに復刊された大湯邦代歌集『玻璃の伽藍』。歳月を超えた優れた歌集だが、中でも私が強く魅かれたのは、例えばこんな歌だ。

藍清める穹の底方《そこい》へ漕ぎいだすわれを乗せないガラスの小舟

ここでは「穹」は「小舟」に乗って「漕ぎいだす」場所――つまり、通常なら「穹」の対極に位置するものと見なされる「海」――のイメージで捉えられる。「混沌たる海（＝液体）」の世界から「確固たる大地（＝固体）」を経て「自由なる穹（＝気体）」の高みへと昇華する生命の旅。だが、ここでは、それは「底方（＝深み）への回帰」という真逆の方向への旅でもある。しかも、ここでの「底方」は単なる初源の無明・混濁ではなく、「藍清める」ものとして新たに願われ見出された「穹の底方」つまり「天なる故郷」なのだ。

「ガラスの小舟」――それは「飛翔」であると同時に「潜航」、「出郷」であると同時に「帰郷」であるそんな旅を可能にしてくれる奇跡の乗り物だ。だが、皮肉なことに、その小舟に、肝心の「われ」

は乗ることが出来ない。童話の人魚姫が「足」の代償に「声」を失わねばならなかったように、「ガラスの小舟」は「われ」の非在を代償にしてのみ「穹の底方へ漕ぎいだす」ことが出来るのだ。「われ」を乗せない、又は「非在のわれ」しか乗ることの出来ない「ガラスの小舟」。

これこそ正に「詩」それ自体の美しい比喩ではあるまいか。

山ぎわが来る、夜が摑む

――「追想」についての一考察

昔読んだつげ義春の漫画に「夜が摑む」という短編がある。

傑作だが、決して明るい話ではない。登場人物は場末の安アパートに住む若い男女。女が寝苦しさの余り窓を開けて寝ていると、男が怒り出す――「こんな真夜中に窓をあけたまま寝ていたら夜が入ってくるじゃないか」。「でも暑いんだからちょっとぐらいいいじゃないの」「ちょっとでもダメだ」「じゃあ私には自由はないの」――そんな諍いの末、男は女に暴力を振るう。目が普通でない。憤激して他の男と一夜を過ごす女。怒った男の更なる暴力。遂に女は男の元を去る。「まて！　ほんとうにでて行くのか」――男は狼狽するが事態はもう元には戻らない。白昼の悪夢のような1日を過ごした後、男に再び夜が訪れる。殺風景な部屋で男は「とうとう一人になってしまった」「もう少しやさしくしておけばよかったかな」と呟き、「もどってくるかもしれない」と入口のドアをわざと全開にしたまま横になる。だが女は戻らず、代わりに「夜」が黒いアメーバのように部屋に入って来る。「ああ夜だ……」と呻く男。だが身体は寝たままだ。やがて「夜」は触手を伸ばして男の脚を摑む。「うわーっ」と叫ぶ男。そこで物語はぷつんと終わっている。

どうして、長く忘れていたこんな漫画を突然思い出したのか。それは、所属する同人誌「まろにゑ」

の歌会で、本誌の短歌部門担当者・座馬寛彦さんのこんな歌に遭遇したからだ。

追想にひき寄せられてまっくろな山ぎわが来る眠れぬ夜に

追想――だがそれは、一体どんな追想なのだろう。眠れぬ夜、それを思い出すことによって、一緒に「まっくろな山ぎわ」までもがぬーっとひき寄せられて来てしまう、そんな追想とは――そう、あたかもあの漫画の男の「夜」のように。

思えば、まだ女がいた間は、「夜」は男の部屋には入って来れなかった――たとえ窓を全開にしていても。何故なら、女が存在それ自体で「夜」の侵入を防いでいたのだから。だが、その女を、逆に「夜の侵入を手引きする者」と邪推して、男は、自ら追い出してしまった――というより、男の「信じる力」の弱さが、女を実際にそのような行動（例えば、朝帰り）に追いやってしまったのだ。邪魔な女のいなくなったアパートに、「夜」は、到頭本当に侵入する。だが、それは実は、破滅を望む男の中のもう一人の男が、自ら招来した事態ではなかったか。つまり「夜」の侵入を真に裏から手引きしたのは、実はそれを最も恐れていたかに見える男本人ではなかったか……。

とはいえ、座馬さんの歌を「追想」することによって、私もいつか「夜が摑む」という、それまで記憶の底に眠っていた「まっくろな山ぎわ」まで一緒にひき寄せてしまったようだ。いや、それとも漫画「夜が摑む」の「追想」によって、これからいよいよもっと恐ろしい本物の「夜」がひき寄せられて来るのか。

いずれにしても、底知れない1首だ。「追想（＝想起）」が顕現させるもの、それは常に「光のイデア」とは限らないのだ。

詩歌という「恩寵」

――2017「光と影の〈空〉の帆船」作品評

辞世の歌、というのとは少し違うのかも知れないが、昔から『伊勢物語』最終段（第125段）が好きで、折に触れ思い出しては一人心を慰めている。

むかし、男、わづらひて、心地死ぬべくおぼえければ、
つひにゆく道とはかねて聞きしかどきのふけふとは思はざりしを

これで全文だ。この、一巻の歌物語を締め括るには如何にも尻切れトンボな一節のどこがそんなにいいのかというと、まず第1に、後世の武士だったら「死」というものを前に必ず自らをカッコイイもの、潔いものと見せようとして取ったに違いないしゃちこばったポーズが一切ない点。第2に、それでいながら1首に如何にも素直で柔らかい人間らしさが溢れていて、「立派な奴だ」「大した男だ」という尊敬の念など少しも湧いて来ないにも拘らず、読後感が奇妙に暖かく、微笑ましい点――つまり、結局、この「男」をどうにも好きにならずにはいられなくなって来る点だ。思うに、詩が詩であっ

て教典ではなく、詩人が詩人であって英雄や教祖ではない所以は、実はこういう点にこそあるのではなかろうか。

寄り添って生きていくより術もなし要介護三の通知を受ける
先延ばししてもやるのはおれだよな茶碗洗うも洗濯するも
人生の有終の美が介護とは信じられない神さまの沙汰
健康で共白髪にという約束も反故になったねこれも運命か

泉司「介護の日々」より。今回の年鑑で最も忘れ難く、また心の温まった連作だ。例えば2首目の「やるのはおれだよな」に滲み出る、恐らくこれまで余り家事などしてこなかっただろう男の正直な溜息まじりの実感、また3首目の「人生の有終の美が介護とは」、4首目の「約束も反故になったね」に吐露される、それこそ「伊勢物語」の「男」の死を前にした「きのふけふとは思はざりしを」を彷彿とさせる途方に暮れ感……。だが、何故だろう、私はこうした、客観的には恐らく大変な状況を詠っている筈の一連を前にして、何か心に灯が点ったような幸福感、それから「ああ、俺も、もしかみさんがこんな風になったら、ぜひこんな風な亭主になりたいものだ」という勇気のようなものを掻き立てられたのだ。

実際、これは、詩歌が人間に齎し得る最大の恩寵なのではあるまいか。

詩歌という「証」

——２０１８「光と影の《歌》の帆船」作品評

一つの「生」と向き合うこと、それは同時に一つの「死」と向き合うことでもある——そう、それは結局誰もが否定できない深遠な「真理」であり崇高な「態度」だ。だが、「宗教」「哲学」「倫理学」等々とは——時に近接し時に連携しつつも——どこかが決定的に異なる「文学」にとって、真に重要なのは、それが——「普遍的」に、ではなく——「具体的」に、どのような「生」であり「死」であるのかだ。例えば、次の歌。

一週間鳴いた蟬にはもう少し鳴いてと言えず犬また同じ
少年の頃より老いた身の方が悲しみ深し犬を送るに
春の日に戻れないのか亡き犬と歩いた道のすべてを辿る
この地球岩石だけの星ならば喜怒哀楽はなかったものを

（巣田新一「柴犬ピーター」）

いつまでも童顔のまま老いてゆくミックス犬と共にいた日々
悲しげな瞳のこしてゆく朝の待っててサクラすぐ帰るけん

砂は泣き風が笑ったそんな日もあった静かに目を閉じる君
たちかえることなき空よあおいろが透けて眩しい枯木のむこう

（石邉綾子「サクラとの日々」）

いずれも、長い歳月を共にした老犬との訣れの悲しみが胸を打つ。犬の寿命は人間より短い。「ピーター」は、また「サクラ」は、歩みの遅い人間たちを置き去りに、瞬く間に、時の彼方へと駆け去ってしまう――幾つもの眩い思い出をあたかも流星のように揺曳させながら。それは又、その軌跡の彼方に、「喜怒哀楽」のない「岩石だけの星」――つまり「死の星」――としてのもう一つの「地球」を、一瞬、幻視させる。或いは、索漠たる「枯木のむこう」の「たちかえることなき空」が、見上げる者のこれほどの悲しみにも拘らず、相変わらず「あおいろが透けて眩しい」という、「自然の残酷さ」に想いを向けさせる――そう、「文学」は、「詩」は、そのような仕方で「世界」の、「宇宙」の向こう側に突き抜けてしまうのだ。

だが、それでも、ほんの束の間「ピーター」がいた「この地球」は、「サクラ」と共に泣き笑った「そんな日」は、やはり存在してよかったのだ。恐らく「詩」はその証のためにある――虚無から虚無へ、一瞬の光芒を放って消えていく、そんな無数の生死の尊さの。

蛙、性、暴力、それから死

――萩原朔太郎「蛙の死」と短歌

「蛙が殺された、／子供がまるくなつて手をあげた、／みんないつしよに、／かわゆらしい、／血だらけの手をあげた、／月が出た、／丘の上に人が立つてゐる。／帽子の下に顔がある。」――萩原朔太郎「蛙の死」(全行)。今から百年も前に刊行された詩集『月に吠える』収録のこの短い詩が、今なお、それこそ蛙の白くて柔らかい腹のように心に貼りついて来るのは、恐らく、そのどこかに「永遠」に繋がる何らかの「秘密の通路」が隠されているからに違いないのだが、では、それは何か。

少し直感的な物言いになるが、私は、それは、この詩が「性とは何か」「死とは何か」「暴力とは何か」という深く、大きく、かつ微妙な「永遠の問い」に肉迫するために用いる、哲学・教育学・宗教学・社会学等々の所謂「愛と叡智と正義のメインストリート」とは異なる、一種の「裏街道」のことではないかと思っている。そう、例えば、大人になった今でも相変わらず心の底に生き続けている自分の中の「永遠の子供」を探り当て、それと「言語による対話」以前の、「フェロモンを含んだ分泌液を嗅ぐ」みたいな原始的な意思疎通手段を通じて交信し合う、仄暗く隠微な「けもの道」……。

実際、一歩でも自らその道に足を踏み入れた者ならすぐ分る筈だが、「心の底の永遠の子供」と言っても、それは――そいつは、決して清らかな天使みたいな存在などではない。むしろ、「進化」という「生命の大道」からこぼれ落ち、或いは自ら進んで背を向けて、何万年も、何十万年も、同じ姿で同じ沼地にしぶとく生息し続けている、あの、ぬめぬめした「蛙」にこそ似ている。そこには「性」も「死」も「暴力」も、全てがある。ただその分節のされ方が大人とはかなり異なるというだけだ。

草色のバッタが君の掌《て》の中で身悶える殆ど放埓に

「まろにゑ」２０１８年4月歌会に出詠した拙作。席上、歌友の福田淑子さんから「ＳＭ短歌」という批評を頂戴した。確かに、そういう側面はある。「君」は、「身悶える」バッタの手応えを、殆ど性的に愉しんでいるのだから。ここから、子供たちが蛙を集団で殺して「みんないつしよに、／かわゆらしい、／血だらけの手をあげ」る朔太郎のサバトの世界へは一跨ぎだ。
なるほどと思い、翌月、私は、今度はこんな歌を出詠した。

「昆虫を苛めることとセックスは神の目に同じ」と夏隣

反論というより、一種の「然り《アーメン》」だ。ニーチェの所謂「善悪の彼岸」ではなく、むしろその「手前」に広がる、豊饒と言えばそうかも知れぬが、単にそれだけでもない、不思議な沼。
ちなみに、今年（２０１８年）17年ぶりに出た穂村弘の新歌集『水中翼船炎上中』（講談社）の中にも、あたかも朔太郎の「蛙の死」がサイボーグ化して復活したみたいな、こんな1首がある。

童貞と処女しかいない教室で礫にされてゆくアマガエル

過ぎゆく時、のぼりくる救急車

――服部えい子の2首

平成最後の年の瀬のある日、私たち歌誌「まろにゑ」同人は、歌会後、ささやかな忘年会を催した。酒杯が配られ、宴が始まっても、私たちの短歌論議はなお熱気を帯びていた。時間が無くて触れられなかった欠席者の歌の論評もしよう、ということで、一旦各自の鞄に仕舞った詠草プリントを私たちはまた取り出した。例えば、次の歌。

ほろほろと山茶花の花くずれ落ち時は静かに過ぎゆかんとす
小春日にダリア畑は凋れ果てて丘のぼりくる救急車見ゆ
服部えい子

古風な歌だ。だが鈴木美紀子氏、及び彼女とほぼ同年代の私は、これらを強く推した。といっても、二人共、日頃自分が作っているのは全く別傾向の作品だ。参考までに、同じ日の歌会の詠草から1首ずつ引いておく。

かなしみに砥石は濡れてひめやかに痩せてゆくよう銀《しろがね》の月
鈴木美紀子

死んだ海星《ひとで》の手裏剣で荒波を撃ち少年はまもなく漁師
原　詩夏至

だが、では、服部氏のこれらの歌の何が、私たちをそんなに打ったのか。

以下は、当日語られたことではない。今改めて歌に向き合っての感想だ。それは、例えば、次のようなことではなかったたか。

鈴木氏の歌における「銀の月」、それから私の歌における「少年」――これらは、それぞれ思うところがあって（のことだろう）、敢えて「私」とは名乗られていないが、究極的にはやはりありありと鈴木氏であり私であると言える。逆に言えば、ありありとそうでありつつ、敢えてそうは名乗られていないところに、それぞれの歌の「詩」は賭けられているわけだ。と同時に又、「濡れた砥石」「海星の手裏剣」も、ある角度から見られたそれぞれの「私」の一面の形象化だ。つまり、これらは、（「銀の月」「少年」という）「覆面の私」と、それぞれヨーヨーのように見えない糸で繋がっているのだ。

一方、服部氏の歌はどうだろう。「くずれ落ちる山茶花」「涸れ果てたダリア畑」――これらは、確かに、「銀の月」「少年」同様、何らかの「危機」を内包した服部氏の「覆面の私」かも知れない。しかし、「過ぎゆく時」「のぼりくる救急車」はどうだろう。これらも、やはり「濡れた砥石」「海星の手裏剣」同様、「覆面の私」に見えない糸で繋がれたヨーヨー玉だろうか。

いや、そうではない。これらは確かに「私」の〈外部〉から到来している――癒しの、或いは救援のために。それも、予め仕込まれた「見えない糸」に強いられてではなく、全く自由に――いわば「恩寵」乃至「奇跡」として。そしてそんな「〈外部〉の到来」に開かれた心の「構え」のなさ、敬虔さが、恐らく、どこかまだ臆病な私たちを、静かな驚嘆で満たしたのだ。

〈存在〉をめぐる一つの〈非 - 排中律〉――「死者」と「生者」とそのはざま

――存在するとは別の仕方で、あるいは存在することの彼方へ――（E・レヴィナス）

塚田沙玲

存在のなごり鮮たに矢場にあり伯父を送りしひとも身罷る

「現代短歌舟の会」2019年12月例会（自由題・1首）詠草より。「矢場」は、当初は地名かと思ったが、作者によれば「神域内にある矢を射る場。弓場」を意味する普通名詞。但し、血縁者がよく訪れていた、いわば「故郷」の原光景の一部を形成する特別な場所だったという。それは、単に「分かり難い」「一般の読者に伝わりにくい」等の功利的・便宜的な理由で他のよりポピュラーな「普通名詞」に軽々しく差し替えてしまうわけにはいかない、語り手の「個」に深く根差したかけがえのない名だ。その意味では、ここでのこの「矢場」は、「固有名詞」と「普通名詞」の境界領域に位置する、いわば「準 - 固有名詞」なのだろう。そこには、語り手の今は亡き伯父もいた――或いは、伯父より先に世を去った他の多くの血縁者も。彼らは、皆、既に確実に「存在している」というわけではないが、と言って全く「存在していない」というわけでもない。いわば彼らも又、「矢場」同様、「存在」「非在」という二つの異なるカテゴリーの境界領域に滞留し累積する何者かなのだ。そして今、かつてその伯父を「送りしひと」も又身罷って世を去り、「彼ら」の新たな一員に加わった。恐らく、作中主体自身も又、いつの日か、同じように身罷り、同じように「彼ら」の一員として「矢場」に赴くことになるのだろう……。

「存在のなごり」——不思議な言葉だ。もし「存在」と「非在」（乃至「存在」と「無」）が決して相容れない「あれか、これか」の排中律的な概念なら、それは果たしてどちらに属するのか。「存在」？——だが、そもそも「なごり」とは「今は既に存在しないもの」の残した何かではなかったか。それとも「無」？——だが、もし、「ある日ある時確かに存在し、その後消え去ってしまったものが残した軌跡」（つまり「存在のなごり」）が「無」と同義だというなら、それは結局「死者」も「歴史」も「記憶」も「無」なのだと主張することと同じにならないか？

「存在か、然らずんば無」「生か、然らずんば死」「正義か、然らずんば悪」——なるほど、遠目にはなかなか威勢がいい。決然として、場合によっては英雄的とさえ見えるかもしれない思考法だ。しかし、近くに寄って仔細に観察すると、見え方は又少々違ってくる——つまり、それらは単に性急で粗暴で繊細さに欠ける未熟な価値観・世界観に過ぎないのではないか、と。

「霊」——例えば掲出歌の「存在のなごり」は、そう言い換えることも出来る何かだ。だが、そうすることによって「霊は存在する」「いや、しない」といった不毛な争論を引き起こすことを、恐らく敢えてこの書き手は避けたのだ。

連続体としての「死者」と「生者」、そして「存在」と「無」。

心の「壁」を取り去る——それはつまり、そういうことの小さくひそやかな積み重ねとも言えるのではないだろうか。

微分化された〈劇《ドラマ》〉――田谷鋭の1首から

まじめなる面もちしつつ歩み来し出前持とわれは眸《め》を合したり　　田谷鋭

過日、或る必要から手にした自選歌集『乳と蜜』（短歌新聞社、昭和50年）より。

昔の漫画などでよく見る通り、この「出前持」は何段にも積み重ねた蕎麦を、危ういバランスを保ちながら、かつ極力迅速に運んでいたのだろうか。そして、その真剣だがどこか滑稽な様子を、「われ」はまだ彼（或いは彼女）がかなり遠くにいる内から目に留め、そのうちどんどん距離が接近して、遂にすれ違うまで眺め続けていた。そして、その過程のある時点で、「出前持」は「われ」の視線に気づいたのだ。

恐らく、「われ」に他意はなかった――つまり「あいつ、そのうち転ばないかな。転んだら面白いな」と揶揄的に注視していたのでもなければ、「こんな大変な労働を。可哀そうに…」と同情していたのでもなかった。というより、自分が相手を見ていたこと自体、殊更意識していなかったのでなかろうか――その時、相手に見つめ返されるまで。

一方、「出前持」も、恐らく「最初に誰かの視線を感じ、それから、視線の主を発見した」という順序で「われ」と「眸を合した」わけではなかったろう。自分の仕事に集中しながら、向こうから来る群衆をただ漫然と眺めていたら、偶々その中の一人が自分を見ていた。つまりは、それだけのことなのだ。

だから、ここから——或いは、大袈裟に言えばこの「出会い」——から、悲劇・喜劇・活劇・無言劇等々を問わず、いかなる〈劇《ドラマ》〉が生まれて来ることも、普通はない。勿論、小説家や戯曲家なら、この一場面を冒頭部として、そこからどんな破天荒で長大な「筋書き」を紡ぎ出すことも、原則、可能だろう。だが、大抵の場合、無数の「出前持」と無数の「われ」は一瞬「眸を合せ」、すぐ又逸らし、そのまますれ違う。そして、それきり会うこともない。

しかし、では、この両者の間には、果たして「何事も起こらなかった」のか。私は、必ずしもそうは思わない。カエサルの名言「来た、見た、勝った」ではないが、ここには「来た、見た、去った」という、いわばこの世のあらゆる〈劇〉の時間の幅をどんどん狭めて、遂には一瞬にまで凝縮した、その「微分点」が析出されている。そして、そこに結晶しているのは、一切の事件展開や心理描写を捨象した果てになお残っている、ただ「それは起こった」としか言いようのない、いわば「〈劇〉のイデア」のような何かだ。

と同時に、注意しなければならないのは、この「微分化された〈劇〉」が、例えば有名なロートレアモンの「解剖台の上でのミシンとこうもりがさの不意の出会い」のような「偶然の美」を志向しているわけでも全くないことだ。後者では、凝縮された「瞬間」は既に「時間」から「永遠＝静止」に変質している。しかし前者においては、「時間」はたとえ「瞬間」へと圧縮されても依然として「時間」のままなのだ。

人を燃す悲鳴の如き音

――母・原由美子の短歌より

2020年2月20日、和歌山在住の叔父・原庄造（NPO法人万葉薪能の会理事）より突然、「由美子さんの短歌」と題したメールが届いた。PDFファイルが添付され、「古い書類を整理していたら出てきましたので」と。見れば写真のデータに、手書きの短歌が10首。タイトルや日付の記載はない。こんな歌だ。

癌に臥す母を見舞いし足で寄るスーパーマーケットが明かるすぎたり
祖母の病知らぬ幼なが海に放る白き小石にさよならと云う
幼な子と手をつなぎつつ目をこらす白き貝殻水底に着くまで
なきがらとなりて戻りし祖母の部屋おさなは赤き鞠もて遊ぶ
家中の窓辺に置かれし鉢の土いずれも乾きて喪の家となる
茶毘所より戻るおさながふり返り天国にはいつ着くのかと問う
喪の家に百合の青き芽出揃いぬひとかかえほど貰いしも思い出
逝きし女の蒔きし豌豆の白き花が陽を浴びている喪に服す家

茶毘に付す炎は悲鳴の如き音たててそのまま猛火となりゆく
人を燃す炎の音は身を縮め耳ふたぎてもまだ襲い来る

ちなみに「由美子さん」とは2012年に他界した私の母・原由美子。一昨年（2018年）刊行した歌集『紫紺の海』（コールサック社）の作者である祖父・原ひろしが関わった歌誌「紀伊短歌」に一時精力的に作品を発表していた。

1首目、「母」は私の祖母・はる。死にゆく者の病室と生者の領域である「スーパーマーケット」との間の断絶を痛みと共に暴き出す「明かるすぎたり」という断定。

2首目、「幼な」ははると同居していた当時まだ7歳の従妹・T子だろう。周囲の世界に起こりつつある、謎の異変――だが、その予兆に子供の鋭敏な魂は例えばこんな痛切な「儀式」で応えるのだ。

3首目、「貝殻」はいつか「水底に着く」――生あるものがいつか死ぬように。だが、それを最後まで見届けるためには、二つの条件が必要だ。まず「水」（＝感性）が澄んでいること。そして「目をこらす」意志（＝覚悟）があること。

4首目、前歌の「白い貝殻」はここでは「赤い鞠」に姿を変えている。だが、恐らく両者の実体は同じだ。「おさな」は、恐らくそのような形で「なきがらとなりし祖母」と向き合っているのだ。

5、7、8首目、はるの死によって前とは微妙に、だが決定的に異なる「喪の家」となってしまったT子の家。そして、その「喪失」を静かに際立たせる、植物たちの小さな生命の推移。

6首目、「おさな」の脳裏にあるのは3首目で「手をつなぎつつ目をこら」した「白き貝殻」の残影だ。その澄んだ瞳は「天国」に行き着くと大人たちに教えられた祖母の魂の具体的軌跡にも又、真摯に想いを馳せずにはいられない。

そして、9、10首目。当時39歳だった作者は、つい3年前、交通事故で急逝した夫（即ち私の父）・庄治を自ら「荼毘に付」したばかりだった。義母・はるを焼く炎、その「悲鳴の如き音」――それは又、自らの夫を自らの手で焼かねばならなかった己自身の心の悲鳴だった。そして、その名状し難い轟音は、時空を超え「身を縮め耳ふたぎてもまだ」作者を襲ってやまないのだ――何度でも。

Ⅳ　歌集評・解説

「ファルス」から「天使」へ

――加部洋祐歌集『亞天使』書評

「私は昔、或る先生に『貴女は、まだ頭で考えて書いている。もっと子宮で考えて書きなさい』と言われました。そこには『女は子宮で考える』という屢々揶揄的な含みで用いられる言い回しを逆手に取り、机上の思考や絵空事を突き破った表現、生身の底からの表現を目指せと挑発する、真摯な激励の響きがありました。単に『肉体で考えて』ではなく『子宮で』でなければなりません。というのは、『頭で考えて』からの脱却とは、単なる『思考停止』や『末梢神経への耽溺』ではなく、『脳』とは別の『原理原則』を以て、かつ『脳』より深く己の『思考』を貫く、『脳』とは別の『センター臓器』の樹立でもある筈だからです。そして、それは、女なら女というセクシュアリティーを中性化し隠蔽してしまうのではなく、むしろそれを（唯一絶対の仕方ではなくとも、少なくとも何かの形では）顕在化し可視化する象徴的な『臓器』であるべきだからです。歌集『亞天使』には、確かに『肉体』『臓器』がありますーーそれも、単なる『思考停止』『感性の痙攣』としてではなく、確かに『脳』とは別の仕方で『思考』する（或いは少なくともそう『志向』する）それが。ただ、私には、その『思考』乃至『志向』の拠り所となる『センター臓器』の形が、見えません。それは『子宮』ではないのでしょうーーだって、加部さんは男性ですから。しかし、なら、それは何なのでしょう？」ーー昨年（2015

年）、歌誌「舟」で催された加部洋祐歌集『亞天使』批評会における、或る参加者からの問題提起（を私なりに整理し再構成したもの）だ。

私は、これに次のように応じた――「通俗的・揶揄的な文脈において、『女は子宮で考える』の対語は、恐らく『男はファルス（＝男根）で考える』でしょう。しかし、私は『亞天使』の主題は、むしろ『去勢＝ファルスの切除』と考えます。主体のセクシュアリティー乃至そこに立脚するアイデンティティーを担保する『センター臓器』としての『ファルス』は既になく、といって『子宮』は初めからない。そんな自らを正視した上で尚、そこから『世界』の抜本的再建を希求する――その苦闘にこそ、本書の真の同時代的光芒があるのではないでしょうか」。

例えば、だ。

窓ガラス圧す蟬のこゑ両耳を塞げどきみを蹴りしあの日日
ことばなくうつむくぼくはいつまでもセミの死体をつつくをさなご
蹴られたり殴られたりはイヤだから教室の床舐めにけるかも

「去勢」の、いわば「原光景」だろう。「ファルス」は――或いは「男らしく生きたい」という希望は――この時、ミンチのように挽かれ、絶命する。ここでの「蟬」は泣き叫ぶ「きみ」であり、「ぼく＝をさなご」はそれが「死体」になってしまった後、漸くそれを「つつく」に過ぎないのだ。かくして、その後の「ぼく」の生の基調は、例えば次のようなものになる。

警官に土下座しながら泣くぼくの顔に押し潰されるタンポポ

だが、それでは「ぼく」に尊厳ある生の回復は、二度と望めないのか？　例えば、こんな「百倍返し」はどうだ？

核兵器造りてやうやく互角とも見ゆベランダに焼かれ死ぬ蟬

いや、だが、これでは「報復の連鎖」だ。死んだ「蟬＝きみ＝ファルス」の回復が、結局「核兵器」というのでは……。

或いは、「ファルス」が駄目なら「子宮」は――「産む性」への転進は、どうだろう？　だが、その結果は……。

血を流すぼくの肛門ゆ続続と百足や蟬や猫や赤子が

生まれたるばかりの赤子泣きもせず首吊りにけり「目覚めよ！」と叫び

受胎せぬ肛門の奥あかあかと未生幼虫なにをつぶやく

老翁の首が便器を飛び出して「みーんな殺してやるよ」とわらふ

かくて、続々と産み落される「ヒルコ」「アワシマ」の如き異形の者……。だが、思えば、彼らは、その異形性ゆえに、却って「ぼく」の嫡子、分身、ひいては「ぼく」自身ではなかろうか？

パライゾ暗し凍ゆる月の胎内に妊られをり翁のぼくは
〈失ひたる〉と〈初めよりなかりたりける〉がぼくを育ててやがて刈り取る
地べた這ふ此の一匹のナメクヂもゆくところまでゆかねばならぬ

ここでの「〈失ひたる〉と〈初めよりなかりたりける〉」は、無論「ファルス」と「子宮」であり、その二つの「非在」から出現した「ぼく」は「子」ではなく、「育て」られた後はただ「刈り取」られてしまう。だが、そんな「地べた這ふ此の一匹のナメクヂ」のような「ぼく」でも、一旦存在してしまった以上は「ゆくところまでゆかねばならぬ」のだ。いつかこの醜い蛹の殻を破って「天使」へと転生する、その朝を辛うじて信じて……。

回虫の輪をほどきてもうたを詠むぼくらはひと生限りの蛹
人類は天使のさなぎ背を破る翼を秘めて都市、風の朝

自瀆者と自瀆者の交す握手より昇り来《き》ぬもう一つの地球
新世紀十年経ちて亞天使が手錠したまま皿を洗へり
亞天使が亞天使である宿命を問へば5月の葉は石と化す

「亞天使」の「亞」――「漢語林」によれば、それは、本来、「古代の墓のへやを上から見た形」を象った象形文字であり「先祖の墓を造って祭る次の世代の意味」からか、「つぎのもの」の意味を表すのだそうだ。とすれば、「亞天使」とは、一旦死んで「墓＝蛹」に収められ、どろどろに腐敗し、そこから分子レベルの身体の組み換えを経て「つぎのもの」へと転生する、その途上にあるいわば「どろどろの天使」だ。

歌集『亞天使』もまた、そのような歌集だ。

今を生きる全ての「亞天使」に、是非ともご一読を勧めたい。

「ますらめ」の品格、原野の孤独
――福田淑子歌集『ショパンの孤独』書評

福田淑子さんは私の視界に突如彗星のように現れた。先輩詩人・狩野敏也さんのお誘いで訪れるようになった、髙澤晶子さんが代表をつとめる俳句誌「花林花」――その句会に、「髙澤さんの元同僚です」と、或る日、ふらりと姿を見せたのだ。

「野分去り天は祝ひの茜雲」――いきなり、そんな句を出詠した。皆は驚倒した。あたかも夕空に神の太鼓が鳴り轟いているような躍動感。とても初学者の作とは思えない。聞けば「俳句は初めてだけれど、短歌はもう長い。結社『波濤』に所属していたが、最近仲間たちと同人誌を始めた。ここには、その運営の仕方のヒントを得たくて、見学に来たのだ」と。「うわあ、そうなんですか。短歌は私も……」と言いかけると「はい、これ」と数冊、冊子を渡された――歌誌「まろにゑ」のバックナンバーだ。私は、帰宅後、早速それを読んだ。そして直ちに長い手紙を書き、自分の歌集やら所属歌誌やら何やらをドサッと同封して送った。心は、名状し難い喜びに震えていた。「見つけたぞ！　とうとう見つけたぞ！」――そう叫びながら街を裸で走ったアルキメデスのような気分だった。

『ショパンの孤独』は、その福田さんの第一歌集だ。輝かしい船出を、まずは喜びたい。それから、こう言いたい――「福田さん！　困るじゃないですか、こういう素晴らしいものは、もっと早く世に出して下さらなくては！」と。

例えば、だ。

　傷ましき心のままに逃げ来れば黄色やさしきシャンゼリゼの灯
　風立ちぬ馴染みしものへの未練など抛り投げたし帽子のごとく
　劣情と呼ばるる情念は湧きてこず黄薔薇崩るるまで見届けて
　動きたる大地を波がなぞりたりただそれだけなるやわれらの惨事は

　何だろう、この奔放不羈でありながらまた剛直高潔な、「ますらをぶり」ならぬ――そう、「ますらめぶり」。思うがままに――否、殆ど「無頼」と言っていい位に――「傷心」「未練」「劣情」「惨事」と強烈な情念や語を連ねつつ、なおその犯し難い「気品」と調べの「丈高さ」を、一体誰が否定出来ようか。

「だが、それにしても、どこかで見覚えがあるな、この神をも畏れぬ蓮っ葉お嬢ぶり……」――そう考えて、記憶を探ったら、思い当った。斎藤史だった。「定住の家をもたねば朝に夜にシシリイの薔薇やマジョルカの花」「飾られるショウ・ウインドウの花花はどうせ消えちゃうパステルで描く」「濁流だ濁流だと叫び流れゆく末は泥土か夜明けか知らぬ」「暴力のかくうつくしき世に住みてひねもすうたふわが子守うた」――これらの人口に膾炙した史の歌と福田さんの歌との間には、確かにどこか深い所での魂の共鳴作用があると私には感じられる。実際、「あとがき」によれば、福田さんの短歌とのそもそもの出会いは「十数年前に人工股関節を入れる手術を受け、数か月間、病床のベッドから身動きならないとき」、こちらも職場の同僚だった短歌評論家の村永大和氏に、短歌の懸賞論文への応募を勧められたことだったとか。「ベッドの上で斎藤史の全歌集に眼を通し、書き上げた追悼・斎藤史の歌論「馥郁たる反逆」は落選したが、翌年の『文芸埼玉』の評論部門に掲載され、それが歌を作るきっかけになった」。そこで、福田さんは、史の歌の魅力を、例えば次のように分析している——「なんというすがすがしいアグレッションであろうか。ややもすれば、おどろおどろしく恨みがましい感情を引き出してしまう暴力的な言葉に、馥郁たる品位を与えているのは、史の気分が、日常に渦巻く湿気や曇りを吸収していないからではないか」「優しさや品位とはまさに逆説である。憤ることもない優しさなど、ほとんどがちっぽけな保身や世渡りの身過ぎ世過ぎにすぎない。人は優しくなければ、怒ることも憤ることもない。人を憂い、世に問うことがあるからこそ、人は時に、激しく怒り、憤ることもあるのだ」。史と同じく、福田さんも、時に誠に気高く憤る——例えば、次のような歌。

悟りゐる孤高の人の死も並べ括りてしまふ孤独死として
紅葉の蔦の一片空覆ふ　今日も何処にテロリストたち
人の死にテロも英霊もあるものか砂嵐舞ふ玉砂利の道
四千年たゆまず戦を続けたる文明の明といふには昏《くら》し

そして又、こうした苛烈だが馥郁たる「品位」を以て自然に、宇宙に向かい合う時の、この「ますらめ」の無類の純真さ。

冬空に巨大なラッコの雲流れ千切れたる尾が追ひかけてゆく
満天の夜空の星が衝突し火の粉となりて地に降り注ぐ
日めくりの暦をいちまいめくるかに秋晴れの日のはらりと終はる
鬼蜘蛛も蜘蛛の餌食も溶け込みて一つ炎の夕焼けの空

「ラッコの雲」も、星が衝突した「火の粉」も、日めくり暦のような「秋晴れの日」も、「一つ炎の夕焼け」も、実に天衣無縫だ。そして、淋しげだ。それは、しかし、内閉的な「密室の孤独」ではない。むしろ、草原をゆく強健な旅人が、往けども往けども誰にも出会わない、叫べども答えるのはただ風だけ――そんな「原野の孤独」或いは、もっと言えば「英雄・女傑の孤独」だ。最後に、私が好きな歌を、あと4首。

大空は青く果てなく広がれり愛では埋まらぬほどに無限に
閑あれば詮無きことも掘り当てぬ化石のごとき恋心など
今日もまた何に向かひて闘はむドン・キホーテの行く手の風車
暁のまどろみのなか人知れず花たちは皆光放てり

「実在」と「非在」の狭間から
――森水晶歌集『羽』の世界

「それから、これは心から知りたいのですが」――昔、或るメールで、私は、森さんにこう尋ねたことがある――「『うた待ち茶房　カフェロータス』、これは実在する茶房なのですか？　だったら、住所、地図、ぜひ載せて下さい。それとも、これは、ゴダイゴの歌『ガンダーラ』みたいな、この世のどこか（恐らくインドあたり）にある、まだ誰も行ったことのない理想のユートピアなのでしょうか？」

ちなみに、「うた待ち茶房　カフェロータス」とは、去年（２０１６年）７月15日から発行の始まった「別冊ＨＡＳＵ」の第1号で特集が組まれている「謎の喫茶店」だ。謳い文句には、こうある――「湖畔に建つ　うた待ち茶房カフェロータス／詩歌を愛する人々の憩いの場である／思索の場である　出逢いの場である　語らいの場である」。ページはカラーで、コテージ風の店の外観と木材を主調とした店内、及び店名（蓮＝ロータス）の由来と思しい近傍の蓮池のイラストが並び、次ページには店のロゴや特製マッチ、パンフレット、書棚に並ぶ本類の写真、更には間取りの図面までが掲載されている。４人掛けのボックス席が3、１人掛けのテーブル席が4、カウンター席が8、レジと洋式トイレ、それから、来店者のための本棚が10、閲覧用の４人掛けの丸テーブルが1、詩歌探究社蓮の関連グッズの販売用ショーケースが1、更には、店の奥に編集・歌会・打ち合わせのための12人掛けの別室……。

決して大きな店ではない。華美でもない。だが、見ているうちに、心の奥底の、自分でも訳の分からない郷愁が掻き立てられるような佇まいなのだ。実在するなら、ぜひ行ってみたかった。行って、いつまでもそこに坐っていたかった。それとも、実在しないのだったら、はっきりそうと言って欲しかった。でないと、こうまで掻き立てられてしまったこちらの郷愁のやり場がないのだった。

「カフェは蓮共同代表の脳内に実在します。現実に疲れると、ここに心身を休めにきます。東京近郊のとある人工湖のほとりにあります」——森さんの返信は、こうだった。「脳内に実在」——なるほど、そういうことか。だが、それにしても、これはまた、一体何という「実在」の仕方だろう。「さくら　いつまで待っても来ぬひとと　死んだひととは　おなじこと」——歌人・林あまりの作詞による「夜桜お七」の有名な一節だ。だが、それを言うなら、どこまで行ってもたどり着けぬ場所にある「実在」もまた、「非在」の場所と同じなのではないのか？　だが、そんな「非在」も同然の「実在」の場所に、森さん、そして石川さん、この二人だけは、何故か自由にアクセス出来るらしい。

（ふうむ……だが、もしそうなら、この「非在」と「実在」のあわいを走る「秘密の抜け道」はどこにあるのだろう。「東京近郊のとある人口湖」？——だが、それは本当の「東京近郊」なのだろうか？それとも、これも又「蓮共同代表の脳内に実在」する、行っても行ってもたどり着けない、もう一つの「東京近郊」なのだろうか……？）

だが、それにしても——。

私は思う。この度刊行された森さんの第3歌集『羽』――これも又、思えば、「うた待ち茶房　カフェロータス」と同じ「時空の狭間」のような場所――つまり、「非在」のような「実在」の場所、「実在」するがその仕方が限りなく「非在」のような場所――で作られ、そこから発送され、どこをどう走っているのか分からない「秘密の抜け道」めいたルートを通って届けられた一種の「謎の本」なのではないだろうか？　或いは、もっと言えば、第1歌集『星の夜』・第2歌集『それから』をも包括する、森さんの所謂「私小説歌集三部作」の全て――いや、それどころか、当初は3部作の第1作として構想されていた「語り手＝われ」を男性とする私家版歌集『アウトロー』をも含む歌人・森水晶の作品世界の全てが？

「本の中の世界」と「現実の世界」――「あちら」と「こちら」。そして両者に、あたかも「うた待ち茶房　カフェロータス」における森さんと石川さんのように、自由に出入りする「われ」と「君」……。

「森さん、私は心から知りたいのですが、ここに書かれている時に美しく、時に痛ましく、時に酸鼻なあれこれの出来事――これらは、本当にあった出来事なんですか？　だとしたら、もっと詳しく聞かせて下さい。それとも、これらは皆フィクションで、語り手の『われ』も、相手の『君』も、『実体』としての森さんの人生にも他の誰の人生にも『担保』されない、一種の純然たる『CG』なんですか？」

――私は、思わずそう訊きたくなる。何故か。そこで歌われ、繰り広げられている世界が、ちっともお洒落でも格好良くも「トレンディ」でもなく、ましてや立派でも模範的でもなく、むしろ時としてやり切れないほど泥臭く、格好悪く、悲惨ですらあるのに、どういうわけだか、読んでいる私の心の奥底の郷愁じみたものを掻き立ててやまないからだ――フィクションなのならはっきりそうだと言ってくれない限り、つい「おーい、待ってくれ、俺も……」と、後先構わず、全てを投げ捨てて、そんな生活・そんな人生に飛び込んでしまいたくなる程に。

例えば、だ。

放浪の旅に出たいと君が言う配管図面引く手をとめて
もう仕事したくないよと君が言うもう疲れたと甘い瞳で
便箋のするどき縁で指を切るわずかの傷に涙とまらず
冗談ばかり言いたる口がもう何も言えなくなりて雨をみている
石を抱き光届かぬ深海へ沈みゆく心地君を愛して

そうだ、確かに、ここには、何だか「人生の深海」の匂いがする。ピカソの「青の時代」の青のような、或いは、今でもあのままだろうか、新潮文庫のドストエフスキーの著作の全てにかかっていたカバーの色のような、暗い、視界の悪い、でも静かな、時代がどんなに変わってもそこだけは変化のなさそうな、シーラカンスや奇怪な古代魚も細々となら何とか生きられる、その代わり晴れ晴れしい光の洪水など決して訪れない、淋しい、優しい、「市井」の永遠の薄闇……。

或いは、こんな歌。

ああ未だわたしの前に降りしきる火の粉のようなきさらぎの雪
さみしさの糸をひきつつ逝く夏の遠空にふたつ花火のひらく
遠離るテールランプを送りつつ戦慄す君の存在と不在に
甘き膝に顔をうずめてかなしむを天窓の月にあばかれており

火の粉のように赤く輝く雪、空中にあたかも人魂のような「さみしさの糸」を引く花火、「存在」と「不在」の狭間の真空に赤く揺曳しつつ遠ざかるテールランプ、清浄な天上の光輝と罪深い地上の闇との断絶を殊更思い知らせるかのように「天窓」の遥かな高みから差し込む月――。この、朗らかな太陽の光から永遠に見捨てられ、今はただ自らを妖しく、冷たく燃え立たせる他はない、深海のエビや、クラゲやチョウチンアンコウの放つ燐光のような美しさはどうだろう。それは、いわば「生」が「死」のようであり、「死」が「生」のようである「あってない国」「ないようにしかあることが出来ない国」――「黄泉の国」「根之堅州国」の光景だ。そして、其処へのやみ難い、自分でも訳の分からない郷愁に駆られて、須佐之男命は、この世界の秩序を覆しかねない激越さで泣き叫んだのだ――「帰りたい！」と。そう、例えば、次のような、かつての第1歌集『星の夜』における、恐るべき「荒ぶる女神」と化した「われ」のように……。

プログラマー不動産屋医大生次なる相手はフリーター
わが罪を子供のために目つぶりて許すと言いし夫を蔑む
「明日は勝つ」「来週は勝つ」と言う君にうなづくもわれは破滅を望む
強く想えば願いは必ずかなうもの天にむかいて罪を望みき

今、私は「別冊HASU」第1号の「うた待ち茶房　カフェロータス」のページを改めて広げる。そして「ああ、やっぱりいいな……」と思う。「蓮共同代表の脳内」にしか「実在」していない以上、私には、行けども行けどもたどり着けない、あってなきが如き場所ではあっても、例えばこのようにイラストや間取り図を通して、間接的にであれ、その「実在」に触れることが出来るのなら、せめてそれだけでも……。

「そうですか。それなら、さっきの質問、お答えしますが……」と、森さんの声。「『羽』に書かれている出来事、『星の夜』『それから』、そして『アウトロー』に書かれている出来事――これらも、『うた待ち茶房　カフェロータス』と同じです。それらは皆、『歌人・森水晶の脳内』で本当に起こった『実話』なのです。そこで、歌人・森水晶は、本当に自分の全身を賭けてそれらの出来事にぶつかり、それらの出来事を生きました――つまり、それらは『歌人・森水晶の脳内』で、歌人・森水晶によって恣意的に作り上げられた『虚構』ではないのです。この両者の違いは微妙ですが重要です。そこが、これらが『私小説歌集』――単なる『小説集』でも『歌集』でも『私小説』でも『私歌集』でも『小説歌集』でもなく、まさに『私小説歌集』という、一見支離滅裂とも思えるキマイラ的な呼称を冠せられつつ、堂々とその名を己自身に引き受けて揺らがない、その真の立脚点なのです」

「『実話』と言っても、『歌人・森水晶の脳内』ですから、皆様を、直接、その『事件現場』にお連れすることは出来ません。アクセス出来るのは『われ』と『君』だけです。『われ』は時によって男になったり女になったりします。『君』も時々別人に交替します。それでも、あくまで『われ』の基底は同一の『われ』であり続け、『君』も――思えば誠に奇妙な事態ではありますが――あたかも脱皮をする前の蛇と脱皮後の蛇が、一見面目を一新し、若々しい再生を遂げながらも、基底においてはやはり同一の蛇であるように、同一の『君』であり続けます。或いは、何かの事情で、ある芝居においてAという役柄を演じる俳優が例えばBからCに交替になっても、俳優の個性の差による舞台効果の違いは生じるにせよ、大本のAという役柄それ自体に本質的な変化はないのと同じように……」

「けれど、これも『うた待ち茶房　カフェロータス』と同じく、例えば『羽』、或いはその他の本を通して、皆様に、その『実話』の顚末――『非在』のようにしか『実在』出来ず、『実在』はしてもその仕方が限りなく『非在』のような、直接アクセスしようと思っても行っても行ってもたどり着けない場所を『事故現場』として起こった『実話』の顚末を、こうして、間接的にお伝えすることなら出来ます。というより、詩歌とは、そもそもそのような営みの謂ではないでしょうか……」

遍在する「異界」

――小谷博泰『シャングリラの扉』書評

エル・ドラド、ガンダーラ、ニライカナイ、桃花源、蓬莱島、等々「この世のどこかにあるユートピア」への憧れを掻き立てる地名は数多い。「シャングリラ」もその一つだが、ウィキペディアによれば、これは元々はイギリスの作家ジェームズ・ヒルトンの小説『失われた地平線』（1933年）に登場する、チベットの架空の僧院の名前で、そこに住む人々は驚くべき長寿を保つという。

とはいえ、本歌集『シャングリラの扉』の表題となっている12首連作「シャングリラの扉」の舞台は、どうやら人類が機械に支配された悪夢の未来世界だ。

外に今日も放射能雨が降っている寂しき人工生命体の僕
わが卵子に遺伝子操作を施して去る医師団は機械人間
ロボットが実験室で人を飼う間引かれて今日も去りゆくひとり

静かな日常詠の狭間に突然、このような「異世界」が出現して驚く。だが、それは再び朝の寝床の夢のようにかき消え、静かな淡々たる日常詠が続く。

年々にさびしくきれいになってゆく浜辺か海の家も減りたり
海の家の終わるころ来て飲むビール遠くつくつくぼうし鳴きおり

（何だ、とすれば、あれはやっぱり何かの錯覚だったのか。それにしてはいやにリアルだったが……）そう呟いて、再びいつもの「普通の歌集」の読み方に自らをチューニングし直す読者。だが、果たして本当にここは「元々いた世界」か？　例えば、次のような歌はどうだろう。

停留所にありしベンチの今日はなき昼さがりなり山のバス道
ハエトリソウ、ムシトリスミレなど売りて山かげの店ひとを見かけず

なるほど、昨日まであったベンチが今日、何らかの事情で取り払われてしまったという事態も、山かげに食虫植物を並べ売る店があり、そこにたまたま人影のない時間帯があったという状況も、必ずしも決してあり得ないことではない。だが、それでも、やはりどこかが微妙におかしいのは事実であり、「ここは絶対に異界ではない」という確信が持てるわけでも決してない。語り手は、ただ茫然と呟く。

長ズボンの猫など前から来るような気がする暑き西日の道に

蒸すような街にくだって日傘さし揺れながらひとり歩いていたよ

(危なかったな……。だが、いや、もう大丈夫だ)

動悸を抑えつつ、再び気を取り直す読者。だが、その時、「シャングリラ」は再び、見紛いようのない姿で「おいで」と手招きする。

木の下に小さな扉ひらくとき異界の森の星降る夜空
森の樹々をなぎ倒しつつ飛びたって蝶が螺旋を夜空にえがく
巨大なるダニに頭を食われしがすぐに首からはえはじめたり

(こ、ここはどこだ? 誰か、た、助けてくれ……!)

絶叫し、思わず我に返る。だが、目覚めたのは、やはり、最初の世界ではない。

平原にはるかな灯りひとつあり原人たちが焚いている火か
とのさまの伽《とぎ》にと城をあゆみゆくわが妻なれど今宵うつくし

そうだ、かくして私たちは異界から異界へあてどもなくたらい回しされ、いつまでたっても元居た世界には帰れない。或いは、稀にそれに近い場所へとたどり着けたように思えても、やはりどこかが微妙に気を許せないのだ。

アコーディオン弾き行く女道化師に子供らつづく異郷の夕べ
稲刈りもほぼ終りたつ信濃路に夢のごとくにＳＬの来る
淀川を電車はるばる渡るときまるで異界へ行くような音
骸骨が道ばたに立って新しい店と思えば整骨院か

かくて、事ここに到り、私たちは遂にこう自問せざるを得ない。「元居た世界」——それはそもそもどのような世界だったのだろう？　そこには私たちが「ある」と何となく信じ切っていた「当たり前の生活」「確かな、だが些か退屈な日常」など、本当にあったのか？　むしろ、それは、最初からありとあらゆる驚異が、他の全ての「異界」と同じように満ち溢れている、れっきとした「シャングリラ」の一つだったのでないか？　例えば、

二度出会った白人の同じカップルか水引の花も終わるこの村

この「白人のカップル」が、例えば、どこか遠い異次元の世界から私たちの住む「この村」へと迷

い込んだもう一人のジェームズ・ヒルトンとその連れではなかったと、一体誰が言い切れると言うのだろう?

実際、改めて考えてみれば、「今、ここ」だけでなく私たちの「過去」もまた「異界」だ——少なくとも「何の不思議もない」「当たり前の」と何のおののきもなく平然と跨ぎ越せるようなものでは決してない。例えば、

おがみ屋は元仲人で母親にはきずがあったと子の前で言う
足入れ婚から戻されたおふるやと祖母を言う母はまま娘にて
離縁ねがう跡とり娘は絵の蛇や二股大根たなに祭った
曽祖父はおんば日傘で育てられ田畑も家もだまし取られた
紳士録の学歴欄に尋常小一年中退と記されて祖父
顔も見ぬお見合い相手と再婚しその親戚のひとりと浮気
祖父は父であったと思うときふいに眼がしら熱き我なり今も

空間的にも「異界」から「異界」へ。時間的にも「異界」から「異界」へ。私たちは皆、恐らくそのように生きまた死んでゆく——そのことに自覚的であろうとなかろうと。紙幅が尽きた。最後にもう2首。

来世あれば何に生まれる柳まず芽ぶいて今年の春がはじまり

こんどわが輪廻転生する町は月の裏側のようなさびしさ

海底の雪、しずかな雨

――安井高志歌集『サトゥルヌス菓子店』解説

　安井高志君が世を去って1年。丁度桜の季節に、突然思い立ち、当年度のアカデミー作品賞・監督賞等4部門の受賞を果たした映画『シェイプ・オブ・ウォーター』（監督ギレルモ・デル・トロ）を観に行った。政府の秘密機関で働く発話障害のある清掃員の女性・イライザとそこに捕獲され監禁されている謎の半魚人《彼》の恋（？）の物語。ラスト、逃避行の途中で追手の敵役・ストリックランドに撃たれたイライザは、水中で、《彼》の持つ奇跡の力により、声を失う原因となった首の傷を何と鰓に変えられ、二人の半魚人はめでたく結ばれる――。

　前評判も高く、興味をそそられていた映画ではあったが、それにしても、本当はまだその日の仕事のある、しかも洋画を余り観ない妻を強引に口説いてまで、数駅先の劇場へ急いだのは、どういう風の吹き回しだったのだろう。或いは、お彼岸でこちらに来ていた高志君が「面白いですよ」と背中を押したのだろうか。というのは、彼の遺作の中にも、あたかもこの映画と幽明の境を越えて響き合うようなこんな歌が犇めいていているからだ。

　　海底にひかりがさして藍色にいろづくサカナオトコのうろこ

全身に鱗の生えた女その静かな沼の底の輝き
祈りなさいあなたは朝にいるのですよ青いさかなの透明な骨
白い白いハチドリたちが降りつもる　海底にまるで雪みたいに

1、2首目、ここでの「サカナオトコ」「全身に鱗の生えた女」は、異形の者でありながら殆ど「神聖」と言っていい程の静謐さ、そして「美」を纏っている。また、3首目、これは「永遠に明けない夜」とも思えた「地上」での生から奇蹟によって救い出された二人が、浄められ、神の祝福を受ける、その「新生の朝」の光景と言ってもいい――だが、その舞台は、通常連想される「天上」ではなく「水中」であり、生まれ変わったその新たな姿も、白い翼を持つ天使ではなく「透明な骨」を持つ「青いさかな」なのだ。実際、この「聖なる異界」においては「天上」と「水中」に本質的な区別や対立はない。その証拠に、4首目、ここでは「海底」なのに「雪みたい」なものが「降りつもる」――しかもそれは、普通なら「天」へと「飛び立つ」筈の「白い白いハチドリたち」なのだ。

――だが、ここへと至る旅路は、映画のイライザや《彼》同様、誰にとっても苦難の道程だ。例えば、「空」と「海」、「鳥」と「魚」、そして「天使」と「半魚人」が渾然一体となったこの異様な「理想郷」次の歌。

みずうみの底にはしろい馬がいた鱗のはえた子をころす妹

バスタブに糸をたらした女の子　音楽はまだきこえてこない
困ったら「かなしい肺魚」という名をアドレス帳からさがしてください
夜の雨にひとりあるく日　街の灯と内ポケットの金貨一枚

1首目、一読、西東三鬼の「白馬を少女瀆れて下りにけむ」を連想させる。蓋し《彼》は「妹」が「みずうみの底」で「しろい馬」との間にもうけた、通常なら闇から闇に葬られてしまうところを奇跡的に生き延びた異形のメシアなのだ――例えばイエスが「神の子」でありながら地上の人の目には「私生児」であったように。或いは2首目。映画のイライザは《彼》と出会う前は、発話障害があるとは言っても、そのことによって何らかの「負の聖性」を帯びているわけではない――というより、そうしたものの無用な押し付けから監督デル・トロによって繊細に守り抜かれている――本当に普通の一清掃婦だった。例えば、イライザは、バスタブでの自慰が日課だった――あたかも、この歌の「女の子」が通常なら魚がかかる筈もない釣糸を日毎バスタブに虚しく垂らすように。だが、そんな彼女にも――というより、そんな彼女にこそ――ある時遂に「音楽」は鳴り、「バスタブ」は孤独な慰撫の場から《彼》との真の交歓の舞台へと開花を遂げたのだ。3首目、「肺魚」とはつまり「半魚人」だ。彼は、彼だけのイライザを求めてメッセージを発信する――私を「さがしてください」と。そうしたら貴女の「困難」と私の「かなしみ」が、ひょっとしたら、それよりもっといい何か別のものを生み出さないとも限りませんから、と。

彼はイライザに出会えただろうか。それとも、今なお、姿を変えてこの世界のどこかを彷徨い歩いているのだろうか——4首目のように、「夜の雨」に濡れつつ、幸せそうな「街の灯」の中を、一人、心に「金貨」のように輝く優しさと愛とを秘めながら。

結末は分からない。だが、それでも、心を哀しみが濡らす日、人は、窓を打つ雨の音の中に、恐らく自分より更に大きな孤独と哀しみを抱えながら、それでも——いや、それ故にこそ尚更、その痛みにそっと寄り添おうとしている何者かの気配を感じないだろうか。最後に2首。

雨はいつもぼくらをあいしてくれただろうマングローブの林のなかで

耳を塞ぐ夜のはじまり洗濯機よわたしはしずかな雨になりたい

どうして「免罪符」、なぜに「鬼」

――八木博信『ザビエル忌』を読む

八木博信氏より19年ぶりの第2歌集『ザビエル忌』（六花書林）をお送り頂いた。氏は「短歌人」所属で2002年「琥珀」30首により第45回短歌研究新人賞を受賞。「あとがき」に「本集は1999年に上梓した第1歌集『フラミンゴ』から後、2002年までの作品を主に、その期間以前と以後のものも適宜採用してまとめた」とある。つまり、今から16年前の作品を中心に編まれた歌集ということになる。「歌群のカバーするライフスパンは、おおまかに成人期後半になろうか。その頃を中心に、接した人々や鑑賞した諸作品、生起した出来事をきっかけに、虚実入り混じりながら炭酸水の泡のように生まれた歌群である」――これも「あとがき」より。「虚実入り混じりながら炭酸水の泡のように」――そう、当時の先端的な一群の歌人たちの作歌スタンス――或いは「美学」――は、正しくそうだった。とはいえ、例えば、こんな歌。

世界史のテストいま数知れぬ手が解答欄に書く「免罪符」
治療用箱庭のなか忘れられ森への道に輝くピアス
父親に強姦されし君が見る視力検査のランドルト環

「鬼」と書き誤りしまま施錠して四角い闇となる兎小屋

当時一世を風靡していた所謂「ライト・ヴァース」とは、似ているようで何かが違っている。むしろ、私の感触としては、塚本邦雄の「正調」前衛短歌の文体に近い。だが、では、両者を分かつものは、一体何だろう。

例えば、1首目。「世界史のテスト」で「数知れぬ手」に書かせる「解答」は〈短歌の作り手としては〉「いかにも世界史のテストで問われそうな5音の単語」なら何でもいい。だが、なら、何故わざわざ「免罪符」なのか。「昔、教会はこんなに腐敗していたんだ。よい子は真似しちゃ駄目だよ」という教訓のため？――もちろん、そうではない。テストの解答として数知れぬ手に一斉に書かれる語としての「免罪符」は、むしろそうした「地に足の着いた〈意味〉」の実質が不気味に脱色された「浮遊するシニフィアン」として――しかもいつどんな「シニフィエ」と結び付いてどんな恐ろしい「意味作用」を形成するか予想もつかない、いわば「未完の毒性」はそのまま――まずは作品世界内の「試験場」一杯に瀰漫する。そして、次には作品世界内の「試験場の外の全世界」へ、更には「虚実皮膜」のあわいを通り抜けて「読み手」の脳内へと拡散を続け――遂には「読み手」を保菌者として「読み手」の住む「現実の世界」へと、際限なく漂い出てしまう。

或いは、2首目。「箱庭療法」では、クライアントは砂だけの入った箱庭の中に思い思いの人物、動植物、建物等々のミニチュアを並べ、その配置が描くストーリーから自身の抱える問題に出会って行く。だが、ここでの「ピアス」は「箱庭」という「魔法の国」に置き去りにされ、如何にも何事かを象徴していそうな「森」への道――例えば「普遍的無意識」とか「心の闇」とか――の途中で、輝かしいが結局は「治療」としての「自分探し」等々には別段何の役に立つこともなく、いわば「未完の〈意味〉の虚空」に呆然と立ち尽くしている――そう、あたかも1首目の浮遊する「免罪符」のように。

3首目も同じだ。「父親による強姦」という、いわば「世界の見え方」の根本が構造的に壊れてしまう程の体験を通過した「君」の目が、それでも受けねばならない「視力検査」とは何か。また、そこで「君」にもそれ以外の生徒と全く同じように淡々と示され、「輪のどの部分が切れていますか」と淡々と問われる「ランドルト環」とは、一体何なのか。それは、ある程度までは、「君」や「世界」に関わる重大深遠な「意味」を内包する、何かの「象徴」のようにも思える（例えば、必ずどこか一部が切れて完全な輪を描いていない辺り等）。だが反面、そんな重大深遠なものにしては肌触りが余りに軽くつるつるしていて、〈これも例の「免罪符」のように〉何だか「地に足の付いた〈意味〉」の感じがしない。或いは、「これは何の象徴か」と問われても、例えば「〈世界〉の無意味さそれ自体の象徴」とでも答えるしかなさそうな気味悪さ……。

そして4首目。恐らく小学校だろう、「兎」という字が正しく書けず「鬼小屋」になってしまった「兎小屋」。とすれば今、鍵のかかった扉の彼方の、夕暮れて「四角い闇」になってしまったその小屋の中で、赤い眼をしてぼそぼそ人参を食っているあいつは、一体何なのか。「鬼」？　いや、それは勿論「書き誤り」だ。だが、では、やっぱりただの「兎」なのか？——いや、今となっては、そうも言い切れない。「兎」と「鬼」の狭間の不気味な「〈意味〉のトワイライトゾーン」から呼び出される、何かこの「世界」に来てはならない、途轍もなく禍々しい怪物——そう、これこそが「免罪符」「ピアス」「ランドルト環」のいわば「最終形態」ではなかろうか。

永遠の旅、寄り添う痛み
――原ひろし歌集『紫紺の海』解説

一

「先日、自宅の倉庫を整理していたら地元の歌誌『紀伊短歌』『紀州短歌』の古いバックナンバーが大量に出て来た。興味があるなら送るが、どうだ？」――そんなメールが郷里和歌山県和歌山市在住の叔父・原庄造から届いたのは昨年（２０１７年）11月下旬だった。

「もちろん、ありますよ！　ぜひ送って下さい！」

私は直ちに返信した。

数日後、小包が届いた。号数は、

⑴まず、昭和８年（１９３３年）10月１日発行の創刊号から昭和18年（１９４３年）７月号までの約10年分。（うち、欠号は、昭和９年８・９月号、昭和10年９月号、昭和11年５・８・９月号、昭和12年４月号、昭和13年８月号、昭和17年11月号）。昭和８年といえば、日本が国際連盟を脱退し、国の内外が戦争一色に徐々に染め上げられつつあった年。また、昭和18年と言えば日本軍のガダルカナル島撤退、アッツ島玉砕、山本五十六戦死、また海外ではドイツ軍のスターリングラード

攻防戦での敗北、イタリアの降伏等々、枢軸国側の劣勢が既に明白となりつつあった年だ。そんな時代に、それでもなお、このような歌誌が創刊され、10年間にも亘って粘り強く刊行され続けたことは驚きだが、時局を反映して紙質も次第に粗悪化し、頁数も減り、遂には昭和18年5月号に「当局の内意を体し時局の要請に応ずる為」和歌山県下の3短歌誌(「紀伊短歌」「竹垣」「きびと」)が合併、新雑誌を創刊する旨の「通告」が出された。かくて「紀伊短歌」は、同年7月号をもって一旦終刊する。

(2)県下3誌の統合による新歌誌「紀州短歌」昭和18年(1943年)8月1日発行の創刊号から同年12月号まで5冊、及び翌昭和19年(1944年)11月号が1冊。但し、この最後の1冊は同年唯一の号なので、この間の欠号はない。ちなみに、昭和20年刊行の号が1冊もないのは、或いは、物資の窮乏その他により歌誌自体が消滅してしまったのだろうか。

(3)昭和22年(1947年)8月1日発行の「紀伊短歌(再刊)」第1号から昭和23年(1948年)11・12月合併号まで(但し、2・6・9月号は欠けている)、及び昭和36年12月号。このうち、昭和22年の号(再刊第1号~12月号)は何とガリ版。短歌に寄せる「紀伊短歌」同人の飢渇にも似た情熱が伺える。

ちなみに、「紀伊短歌」の編集発行人は白秋門下の歌人・池上秋石。創刊号巻頭の一文「紀伊短歌発刊に就いて」には、こうある。「現今短歌誌は中央地方共無数にある。それを敢てこゝに紀伊短歌を出す。我等の主張する處がなければならない」「我等は地方的な然も微小なる存在である。我等は郷土を同じくするものは集団の必要を認めている。気候風物人情其の他我等に共通の郷土を愛して作歌生活に専念したい」「我等は中央歌壇の何れの支配をもうけてゐない。純然たる紀伊短歌社である。たゞ同人の多数は香蘭社に属してゐる。夫れは白秋先生の芸術に憧れ白秋先生の短歌道に心酔してゐるからである。然し紀伊歌壇の社友同人に甘言を以つて或は好餌をにほはせて香蘭社に加入せしめんとするが如きことは断じてしない。社友同人はみな各人その属する結社にゐて勉強すればいい」。意気軒高たる地方歌壇の「独立宣言」だ。（なお、同じ創刊号の頁の間には、母体結社「香蘭」の創刊15周年を記念する関西大会の案内状も差し挟まれていた。主催は和歌山支社で、大会事務所は「和歌山県加太町池上秋石方」。1日目は歌会と講演会、座談会、2日目には和歌山城、和歌浦、紀三井寺他市内の史跡の遊覧という日程が組まれていて、殆ど今と同じなのが面白い。）

それにしても、何故このようなものが叔父の倉庫にあったのか。それは「紀伊短歌」の初期の中心メンバーの一人だった歌人・原ひろしが、叔父と亡父の父、つまり私（原詩夏至）の祖父に当る人だからだ。

二

ここで簡単に歌人・原ひろしの出自及び「前史」を紹介しておこう。

原ひろし（本名・原浩）は、明治38年（1905年）11月29日、父・原庄次郎と母ひさゑの次男として和歌山県海草郡加太町（現在の和歌山県和歌山市加太）に生まれた。兄弟は他に兄・正司と弟・三郎、四郎。生家は文化3年創業を誇る老舗の土建業「原庄組」で、庄次郎は先代・庄左衛門からその才腕を買われた婿養子。その妻・ひさゑもなかなかの女傑で、或る時、家を訪れた一人の渡世人が、今では昔の映画などでしか見られない「お控えなすって」式の独特の挨拶の口上を述べ始めた所、こちらも正調の仁義を切って堂々と応接したという逸話もある。

明治38年と言えば、丁度日露戦争終結の年。同年生まれの文学者としては他に伊藤整、原民喜等がおり、明治36年生まれで2歳年上の小林多喜二、小野十三郎、草野心平、林芙美子、同39年生まれで1歳年下の伊藤静雄、坂口安吾、40年生まれで2歳年下の中原中也、井上靖等ともほぼ同世代だ。なお、浩は、生後間もなく、片方の目を失明している。後年の彼の、半ば本能的とも言っていい程の「弱者」への寄り添いの姿勢は、或いは、そんな自身の肉体上のハンディキャップにも起因している処があるのかも知れない。

大正14年、早稲田大学理工学部入学。在学中は「早大劇研究会」に所属し、「原久司」名でプロレタリア演劇に熱中（主に舞台装置を担当）。卒業し恩師の建築家・吉田享二の事務所に就職した後もその情熱は変わらず、自宅に「自由舞台」（後に「喜劇舞台」と改名）の看板を掲げ、また抽木滋人と連名で「新演劇研究所」を設立、その幹事を務めるなど活動を継続。後の妻・福田はるともその頃知り合ったようだ。ちなみに、叔父から送って貰った資料の中には当時のチラシ類の写真もあり、それによれば、「第4回自由舞台公演」は「於帝国ホテル演芸場・10月10日午後6時開場・席券99銭」。

演目はグラルトリイヌ作「署長さんはお人好し（1幕）」・高田保作「役者と人生（1幕）」・オウトケイシ作「ヂュノウとペエコツク（3幕）」とある。また、改名後の「第6回喜劇舞台公演」は「5月28・29日夜6時　飛行会館（桜田本郷町）」開催で、演目はエルドマン作「委任状（3幕）」。いずれも「月・日」の記載があって「年」の記載がないのがもどかしいが、幸い後者については「昭和5年5月29日」と日付のある記念写真が残っている。とすれば前者は恐らく昭和3〜4年頃ではなかろうか。

しかし、活気と刺激に満ちた東京での「原久司」の活動は、この辺りが最後だ。同じ昭和5年（1930年）9月には嫡男であった兄・正司が享年僅か30で急逝。翌6年（1931年）はると入籍、長女久美子が生まれるが生後僅か3カ月にて死去。更にその翌年・昭和7年（1932年）2月、今度は父・庄次郎が59歳の男盛りで世を去り、浩は気楽な「地方の資産家の次男坊」から一転、「原庄組」の弱冠27歳の新組長として、新婚の妻を伴い、和歌山への慌しい帰郷を迫られる。

当時、家業は、軍（特に海軍）関係筋からの受注が殺到し、隆盛と繁忙を極めていた。ついこの間まで「革命を起こすのだ」などという台詞の入った芝居を上演して妻はるをびくびくさせていた浩にとって、これはまた何という運命の皮肉だろう。だが、浩の表現活動への欲求はなお止まない。帰郷の翌年・昭和8年（1933年）には創刊間もない「紀伊短歌」に第3号から作品を発表。歌人・原ひろしの誕生だ。この後、ひろしの作歌活動は、昭和19年〜21年の中断を挟みつつ、戦後もなお続く。本歌集には、この間、叔父から送って貰った資料より、ひろしの全短歌とエッセイ2篇に加え、当時の状況を偲ぶよすがとして、ひろしに関する池上氏他同人各位の「紀伊短歌」所載の批評、消息等の一部も収録させて頂いた。遥か時代は隔たってしまったが、著者生前のご厚情に、今、改めて御礼を申し上げたい。

ちなみに、私は祖父・浩の三回忌の日に生まれ、その暗合から、よく「おまえはお祖父ちゃんの生まれ変わりなんだよ」と周囲の大人たちに聞かされて育った（ついでに言えば、本名の「浩輝」も祖父から「浩」の一字を貰ったものだ）。だから、生きて会うことがなかった浩に、それでも、奇妙な親しみと興味を感じていた。だから、その遺した短歌は、言ってみれば、正に「前世の記憶」にも等しい。私は、郷里・和歌山から届いた、既に変色して薄茶色のバックナンバーの束から、「原ひろし」と作者名のある歌を少しずつ拾い読み始めた――最初は、興味本位で。だが、読み進むうちに、私の裡に「ひろしの歌を是非世に出したい――いや、出さねば」という思いが次第に強く募って来た――一つには、もちろん、祖父であり自身の「前世」である歌人・原ひろしの遅まきながらの「追善供養」として。また、一つには、昭和という激動の時代の一断面を原ひろしという一人のかなり特異な立ち位置にいた歌人の作品世界を通して照らし出す「史料」として。そして、最後に、時代を超えてなお不思議な魅力を湛える一つの「文学」として、端的に。

三

ひろしの歌には、大きく言って、二つの顕著な特色がある。その一つは、旅の歌が歌集の大半を占め、かつ、その行先が極めて広範で、ほぼ日本全国、更には朝鮮半島にまで及んでいること。と言っても、その殆どは当時の軍需産業の一角を担っての仕事の旅であり、時には当時の交通事情で1カ月のうちに和歌山・北海道間を2往復するという程の多忙なスケジュールの中での作だが、それにしても、例えば、次のような歌。

潮の岬の燈台はあれと運転手車とめつゝ灯は消しにけり
明日の道もくろみにつゝ心よき酔にいつしか寝てしまひたり
子供づれの若き女を中心に話はづめり船室の朝は
夕雨にぬれしコートは先づ脱ぎて恋《こほ》しかりけり宿の火鉢の

何やら映画「男はつらいよ」の車寅次郎を彷彿とさせる。ひと時殺伐たる家業を離れ、市井の人々と気さくに心を通わせるひろしの、磊落な、だがその奥底に身を揉むような淋しさ・人恋しさを潜めた心底――これはまさしく、西行、芭蕉、牧水、山頭火、そして件の寅次郎等、古より脈々と繋がる「永遠の旅人」たちに固有の「聖痕」だ。或いは、こんな歌。

真暗なる海の彼方に消えともる燈台の灯をしまし見にけり
城壁の跡はも見えず楼門のただぽつねんと建ちて大なり

真夏夜の岬の道の月の冴え歩きたくなりてただに佇めり
畳の上を逼《は》ふ小蟹あり逼ふにまかせ遠いかづちをききて我居り

行きずりの人々との明るい、だが束の間の談笑の輪を離れてふと一人の自分に戻った時、寅次郎の心の目に映る風景も又、例えばこのようなものだったのではなかろうか。

ひろしの歌のもう一つの特徴、それは——これも又「永遠の旅人」たちに共有されている顕著な刻印だが——様々な社会的弱者に向けられる真率な眼差しだ。例えば、こんな歌。

水際の古トタン家の前にして衣みじかき鮮人の子ら
砂利かつぐ女人夫の頬は赤し紺のかすりに風はらませて
大島に通ふ巡航船ならん赤き旗立て客を呼び居り
南海の楽園島といふ島のあはれ女のうつし地獄や
一つ家に一つ飯食み若衆等はこの幾月を妻子にあはず
ひゆうひゆうと潮風吹けば畚《もつこ》つる島の娘の手の赤きかも
ありつきてパンのカケラをしやぶり食ふあかにきたなきその子の手足

かつてプロレタリア演劇に青春の情熱を傾けながら、自分ではどうにもならない時代と運命の歯車の中で今、その「社会的弱者」を最前線で虐げる立場に立つことの多い土建業という家業の総帥として、彼らに向き合わざるを得なかったひろしの胸中には、時に居たたまれぬものがあった筈だ。ちなみに、この傾向は、本書にも収録したエッセイ「あらたま九月号読後感」における、享年34で夭逝した台湾の歌人・陳奇雲への懇切を極めた哀悼の辞からも伺える。ひろしが同文中で引用する平井二郎氏の追悼歌「はげしき気象をつつみて耐へ生きし友の一生を尊く思ふ」「本島人に生れたるゆゑわが友は一生苦しみぬ業のごとくに」「日本人になりきりをりて本島人ゆゑ本島人として一生あつかはれき」――いずれも友・陳奇雲の心の痛み・叫びを真っ芯から受け止めた歌だ。そして、このような歌・このような生涯を前にした時、ひろしはその前に自分も痛みと共に立ち尽くさざるを得ない、そのような魂の持ち主だったのだ。

四

最後に、本歌集には盛り切れなかったひろしの他の側面について、2点、触れておきたい。その一つ目は、戦後まもなく郷里・加太町の町長に就任したらしいひろしの、いわば政治家としての側面だ。例えば、歌集の凡その骨格がまとまった後、国会図書館（それもなぜか「憲政資料室」）で見つかった、叔父から送られたバックナンバーにはなかった「紀伊短歌」昭和24年1月号所収の「町長辞任」と題された次の一連。

友ヶ島この島ひとつに念かけて三年を我は町長なりき
刑務所にこの島とられてたまるかと町民こぞりいきり立ちしか
十人あまり陳情団を組織して東京までも押かけたりし
或時は国立公園にせんとアメリカのリッチ一行を迎へたりしか
雨の中幟おし立て漁船群の歓迎の態いまにしぬばる（リッチ氏来島の日）
なぎ渡る海は秋なり雲もなし今朝は親しくみる友ヶ島

ちなみに「友ヶ島」とは、加太に属する紀淡海峡（友ヶ島水道）上の無人島群の総称で、古くは修験道の道場として知られ、明治維新後、外国艦隊の侵入を防ぐ砲台が設けられた。第2次大戦中も要塞として使用されたが、敗戦後、どうやら同島に刑務所を設置しようとする動きが一時持ち上がったらしい。それに反対する地元の漁民が、当時40歳のまだ若いひろしを町長に押し立て反対運動を繰り広げた経緯が、この連作を通して浮かび上がって来る。結果、刑務所の設置は阻止され、友ヶ島は現在、本当に「瀬戸内海国立公園」の一部となっている。運動は見事実を結んだわけだ。戦後混乱期のささやかだが興味深い一挿話と言えよう。

もう一つは、『紫紺の海』の時期以降、次第に深刻な様相を帯び始める、ひろしの家庭生活の破綻だ。例えば、「紀伊短歌」昭和22年10月号所収の連作「高野山」末尾の次の歌。

いつの日か我弔はれんよすがにと珠数を買ふなり吾妹のために

歌人・ひろしは妻はるのことは端的に「妻」と詠む。とすれば通常「恋人ないし妻」を意味する「吾妹」は、この場合、はる以外の誰かだろう。実際、この「吾妹」に該当すると思われる女性は、存在した。そして、後年、彼女がその二人の子供の認知を巡ってはるの前に姿を現したことで、はるとその子供たち（その中には叔父や、今は亡き私の父・原庄治も当然含まれる）は、その心に生涯消えない傷を負ったのだ。やがてひろしは殆どの時間を「吾妹」の家で過ごすようになり、加太の家には滅多に顔を見せなくなった。叔父によれば、ひろしが漸く妻の許に戻ったのは昭和35年（１９６０年）、当時の病名の所謂「中風」を病み身体の自由が利かなくなってからだという。その2年後の昭和37年6月21日、57歳でひろしは没する。敗戦による家業の大幅な縮小に、この家庭の悲劇と社会的スキャンダルが更なる追い打ちをかけた形の、失意の晩年と言わざるを得ない。だが、その間の経緯は、本歌集とはまた別の物語であり、その執筆の準備は、実はもう始めている。完成は何年後になるか分からないが、ともかく、いつか何らかの形では、『紫紺の海　第二部』として世に出したい。というのも、それは、単なる偶発的な「よくある異性問題の失敗」では片づけられない、この歌集から滲み出るひろしの優しさ、社会的不正への義憤、弱者への寄り添い、坊ちゃん育ちゆえの愛すべき無鉄砲さ、そして敗戦後、当時のある年齢以上の人々の心を知らず知らずのうちに蝕んだと思われる一種の「価値観の空洞化」等々が複雑に絡まり合った挙句の、いわば「運命悲劇」ではなかったか――そう、事情を知り当時の状況に想いを巡らせれば巡らせるほど、私には思えてならないからだ。

最後に、本書の刊行は、叔父・原庄造の資料提供や近親者のみが知る貴重な証言等、かけがえのない全面的な協力があって初めて可能だったことを改めて申し添え、心からの感謝を表したい。また、突然の歌集出版の相談に快く真摯に応じてくれたコールサック社代表鈴木比佐雄氏、短歌担当の座馬寛彦氏、同じく装丁担当の奥川はるみ氏にもひとかたならぬお世話になった。併せて、心からの感謝を申し上げたい。

生きている全てのものを祝いきるまで

――岡田美幸歌集『現代鳥獣戯画』書評

「祖父は大工の職人でした。私の実家は祖父が建てた木造二階建てです」「職人は亡くなっても作品が残る。それは私にとって希望でした。私も生きた証を残したい。本が好きなので自分が著者の本を出版したいと日頃から考えていました。本ならば、言葉が形になって残ると思いました」「祖父が遺した家に自分の本が置いてある。それは時空を超えた合作ではないでしょうか」――「あとがき」より。思えば、「家」も「本」も、元々は「木」だ。「家」は、人が住む。そして（哲学者ハイデガーによれば）「言葉」もまた、そこに「存在」が住まう一種の「家」だとか。「祖父」と「私」、「職人」と「詩人」、「家」と「本」、そして「物」と「言葉」は、こうして――「木」を介して――「時空を超えた合作」を実現する。とすれば、本書『現代鳥獣戯画』巻頭に献辞として掲げられた次の歌は、誠に真摯かつ敬虔だ。

この本を作るにあたり伐採をされた木々らの冥福を祈る

本書において――或いは、本書という――「時空を超えた合作」を媒介しているのは、しかし「木々」

だけではない。例えば、次の歌。

アキレスのいない世界で亀たちは息継ぎをしてゆるゆる沈む
解凍をしたトンカツを食べながら思う凍土の中のマンモス
ロボットのレストラン勤めのエンジニア一応ロボにも「お疲れ様です」
灯台を載せた岬は灯台のない岬より張り切っている

1首目、「亀」は「アキレスのいる世界」では「アキレスは亀に永遠に追いつけない」という理不尽な逆説――だが、にも拘らずそれはその世界の厳然たるルールなのだ――の下、訳も分からず俊足のアキレスに永遠に追いかけられ続けなければならない。だが、別の世界では、「亀」は束の間、重圧を逃れて「ゆるゆる沈む」ことが許される――例えば漫画「聖《セイント》☆おにいさん」における休暇中のイエスとブッダのように。2首目、解凍され食べられる「トンカツ」と今なお人知れず眠っている「凍土の中のマンモス」――それはいわば、キリスト教における十字架上の「子なるキリスト」（それは聖体拝領の度ごとに新たに「解凍」され食べられる）と、それが想起させる不可視の「父なる神」の喩だろうか。とすれば、その両者を媒介し「同じ一つのもの」と気づかせる「聖霊」の働きとは何だろう――或いは、それこそが「詩」というものだろうか。3首目、この「エンジニア」は（表立っては登場しないが恐らく人間である）店長さんと「ロボ」であるウェイター乃至ウェイトレス（とはいえ、そもそも「ロボ」にとって性別とは何だろう?)という異質の世界の住人の間を媒介する「中間管理職」兼「シャーマン」だ。4首目、「灯台」を載せられて明らかに「やる気スイッチ」の入った「岬」——だが、それにしても、その「やる気」で、「岬」は一体何をやろうというのだろう? たまには、それこそ「アキレスのいない世界」の「亀」のようにまったり暮らしている「灯台のない岬」の生き方を羨ましく思うことはないのだろうか。そう言えば、本書には例えばこんな歌も。

雨の中立ちっぱなしの自販機は売切ボタンが充血してる

「木々」「亀」「トンカツ」「エンジニア」「灯台」——これら無数の媒介者が齎す壮大な時空のハーモニー。だが、そこにあるのはもちろん「協和音」だけではない。例えば、次の歌。

差し出した指に蝶々が乗ったのに後でその手の消毒をした
標本が欲しいと言えば夢でなくカタログになる昆虫図鑑
最高に幸せにしてと願ったら具体的にと魔人の注意
楽園を造り癒されよう!というゲームにのめりこんで疲れた

1首目、ここでは「蝶々」は最初は「友達」だったが、次の瞬間には「病原体」だ——例えば学校で仲の良かったクラスメートが、一瞬にして、関わり合いになってはこちらも危ない「いじめ」のターゲットに変わるように。そして、その急変を強いているのは「異質な黴菌は草の根分けても見つけ出し殲滅しなければ」という「消毒」の精神、或いは「洗浄強迫」だ。2首目、「昆虫図鑑」が掻き立てる「夢」と「カタログ」が掻き立てる「購買欲」。両者の違いは紙一重だが、その「一重」に気づくのは実に困難だ――特に、「金にならない夢」を「金になる商品」に加工することを「夢の実現」と定義するこの世界――いわば「アキレス」ならぬ「獏」のいる世界――では。3首目、「具体的」な願いしか受理できない「魔人」に「最高」を願うという倒錯――だが、それなら、何が欲しいのか具体的には分らぬまま、ただ何となく願われた「最高」とは、一体何と比較した「最高」なのだろう。4首目、実際に「楽園」を造ることと「楽園を造り癒されよう!というゲーム」(つまり「商品」の購買と消費)にのめりこむこととの微妙な、しかし決定的な違い。もちろん「本物が無理ならせめてヴァーチャルでも」という思いは切ない。だが、それでも、結局、後に残るのは「疲れ」だけだ。だからこそ、一種の「クール・ダウン」として、例えば、次のような歌もコーラスに加わるのだ。

インベーダーゲームを終えてそれぞれの故郷へ帰る宇宙人たち
インフレをしていく夢が怖くなり豚さんに乗る回転木馬
イベントの宝石探しの砂利に手を差してひんやりしてから探す

1首目、わざわざ「故郷」を離れ、束の間いわば「自分を倒す遊び」である「インベーダーゲーム」に熱中した後、散り散りに帰ってゆく「宇宙人」の心事とは、一体……。2首目、「夢」を見させる装置である「回転木馬」（或いは「回転木馬」のようなこの「世界」そのもの）からは降り（られ）なくても、せめて「豚さん」に乗ることによって守られようとする、ささやかな「正気」。3首目、「イベント」としての「宝石探し」はそれはそれで楽しませて貰うとして、その「メカニズム」には恐らく組み込まれていない「砂利」の無償の「ひんやり」感が、たとえ束の間でも、かくまで貴重な「心のオアシス」と感じられる、この考えてみれば不思議なパラドックス……。

存在するもの全ては「生きている」。例え「ロボ」や「自販機」でも――あたかも「祖父」の造る「家」のように。そしてそれは、如何に苦悩や葛藤があっても、結局、やはり素晴らしいことだ――「アニミズム」とは、畢竟、それに尽きる。その意味で、本書『現代鳥獣戯画』は正に伝・鳥羽僧正作『鳥獣戯画』の現代における輝かしい復活だ。最後に2首。

心臓の底に住みつく透明な音楽として生活はある
祝祭は続いていくよ生きている全てのものを祝い切るまで

第2部　俳句

I

俳論・句集評

「空無」と「挨拶」
——ロラン・バルトと俳句

ロラン・バルトの日本を巡るエッセイ『表徴の帝国』（宗左近訳・ちくま学芸文庫）——この奇妙な書物を、私は、もう随分昔に読みかけ、そのまま放置していた。退屈だったからではない。その逆だ。余りに面白すぎて、却って、段々眩暈を覚え始めたのだ——或いは、もっと言えば、幼い頃さんざん苦しめられた「乗り物酔い」に近い感覚さえ。「旅行は楽しい、それは待ちに待った一大イベントだ。駅弁は美味いし、車窓を流れる景色も驚異的。だが——何だろう、そんな大脳の昂揚感に反比例するようにこみ上げて来る、この内臓のモヤモヤは……」——そんな、「天城越え」みたいな「からだ裏腹」感。

例えば、だ。「煮た米（それが絶対に特殊なものとして区別されるのは、なまの米をあらわす言葉ではない固有な言葉［御飯］によって証明される）、この煮た米は、粘《ねば》ねばしていながら、同時にまた、ばさばさしている。その実体論的な実質は、破片であり、軽い凝固物である。（中略）煮た米は、一幅の絵画のなかに、緊密でつぶつぶした白さ（これはパンの白さとは違う）、もろい白さをおく。やがて食膳の上におこることは、こうである。固められて粘りのある煮た米は、二本の箸の一突きでつきくずされるが、しかし、あたかも、決してばらばらにならない粘着をうみだすためだけに分離がおこなわれるのだ、とでもいうかのように、煮た米は絶対に散り散りになることはない」（「水と破片」）。

或いは又「《天ぷら》の料理店は、そこで用いる油の消耗度に応じて等級づけされる。最上級の店は、新しい油。それはいったん使用されると、もっと等級の下った店に転売される。以下、これに準じる。お客が買うのは食べものでもなく、食べもののすがすがしさでもなくて（まして、店のある場所やサーヴィスの快適さではなくて）、料理をつくる油の処女性なのである」（「すきま」）。万事がこの調子なのだ。

要するに……そう、「詩」とでもいうしかない。しかしそれは、例えば漫画「美味しんぼ」に端を発し、今ではどんなグルメ番組のコメントにも惰性的なまでに定着している、あの雄渾華麗だが素朴な「詩」――「料理が如何に美味いか」を褒めたたえ、聞く者をTV画面の彼方の「食卓＝法悦に満ちた儀式の現場」に擬似的に拉し去り、「食欲＝自分もあの『聖体拝領』に参与したいという聖なる欲望」を亢進させるための一種の「讃美歌」――とは別種の「詩」だ。もっと純粋で異形な……そう、結局「現代詩」とでも言うしかない何かなのだ。それは、確かに美しい。だが、その「美」は「食欲＝聖なる欲望」を増進させるのではなく、むしろ減退させる――と言うより、それを、それこそ日本料理の板前のような見事な包丁捌きであれよあれよと言う間に解体し、「美」の中に「空無化」――つまり「解剖＝解脱」させてしまうのだ。その点、この「美」は、見ようによっては「グロテスク」であり「ナンセンス」である。或いは、そんな「美」「グロテスク」「ナンセンス」の「三位一体」が、当時の私を怖気づかせてしまったのだろうか。しかも、バルトによれば、この奇妙な「解剖され解脱した『欲望』の絢爛たる刺身状の肉片」が、他でもない、私が日々暮らしているこの「日本」もしくはその反転した鏡像だ、というのだから……。
とはいえ、今回、私が久しぶりにこの本に「再チャレンジ」してみようと思ったのは、直接的には所謂「現代詩」ではなく、「俳句」――具体的には「コールサック」89号所収の鈴木光影の評論「宗左近俳句批判論の中心」に同書が引用されていたこと――が契機だ。例えば「完全に読み取りうる叙述を通して、意味の排除を完成すること（西洋芸術のもちえない矛盾。西洋芸術が意味を拒否するばあいには、必ず叙述は了解不可能なものとならざるをえない）、これこそが俳句の仕事である」。これは、恐らく鋭い指摘だ。だが、その「恐らく」をより「確かに」に近づけるためは、やはり前後の脈絡を追わなければ。そして、それにはまず、未読の、俳句を主題的に扱っている諸章（「意味の家宅侵入」「意味の疎外」「偶発事」「こんな」）をともかく精読しなければ……というわけだ。

「これならいつでも苦もなくわたしもつくることができると、たやすく思いこませる特質を、俳句はもっている」――蕪村の句「夕刻、秋、／わたしは思っているひたすら／わたしの両親のことを。（父母のことのみ思ふ秋のくれ）」を引用しつつ、バルトは、先ずはそう語り始める――「俳句は羨望をおこさせる。その簡潔さが完璧さの保証となり、その単純さが深遠さの確認となるような（簡明さこそが芸術の証明だとする古典派的神話、即興にこそ第一の真理があるとするロマン派的神話、この二つの神話のせいで、こういうことになるのだが）さまざまな《印象》を、鉛筆を手にしてそこかしこで書きとめながら生のただなかを散歩したいと夢みなかった西洋の読者がなん人いるであろうか」と。

まずは穏当な出だしだ。別に西洋人でなくとも、こういう想いと憧れに駆られて作句を始める人は昔から今まで後を絶たないし、その中には真に優れた天性の詩人も数多く含まれている——少なくとも、私はそう信じている。

しかし、真の「バルト節」は、この先だ。というのは、俳句のこのような特質は、西洋人（及び善くも悪くも十分西洋化している少なからぬ現代日本人）にとって、屢々、一種の「罠」として作用する、というのが、むしろ彼の置く力点なのだから。例えば、こんなふうに——「西洋の文学でなら、ふつう一篇の詩、一章の詳述、または（短文の領域でなら）彫琢された思念、要するに長時間にわたる修辞的労作を要求されるところに、わずか数語の言葉、一つの映像、一つの情感があるだけである。つまり俳句は、西洋の文学が西洋に拒絶した権利と、西洋の文学が西洋に与えしぶった便利さを、西洋に与えてくれるものであるかにみえる」「俳句は語りかけてくるであろう、あなたがたは軽やかで短くて普通であっていい権利をもっている、あなたがいま見ているもの、いま感じているものを言葉のせまい地平のなかに閉じこめなさい、そして、楽しみなさい、あなたがたはご自身のはっきりした固有財産をあなたがたご自身で（ご自身から出発して）築き上げなさい、あなたがたの文章は、たとえそれがどんなものであろうと、一つの教訓をあらわすでしょうし、一つの象徴をときはなつでしょう、あなたがたは深遠になることでしょう、ほとんど骨も折らずにあなたがたの表現体（エクリチュール）は《充実した》ものとなるでしょう、と」。

だが、曲者なのは「教訓」「象徴」「深遠」「充実」だ。簡便さに任せてそれを深追いすると、行き着く果てに待っているのは、結局、例えば芭蕉の「山路来て何やらゆかしすみれ草」を「山の小径を通ってわたしは出会う、／ああ、えもいわれぬものよ！／菫《すみれ》の花！」と読み解き、かつその「菫」を「《徳の精華》、すなわち仏教の行者」の「象徴」と読み解く、そんな重くれた「袋小路」ではないのか？——そうバルトは指摘するのだ。「山路」が「険しい人生行路」乃至「厳しい仏道修行」の「象徴」であり、「すみれ草」がその果てに出会う「仏」の「象徴」であり、その「すみれ草＝仏」が体現している「何やらゆかしし」さを「深遠」かつ「充実」した「えもいわれぬもの」であると解説する「教訓」——なるほど、ここには「仏教」「禅」の「精髄」が「ぎっしり詰まって」いる（かのように見える）。だが、それは、バルト（及び善くも悪くも十分には西洋化していない少なからぬ現代日本人）にとっては、どこか「バタ臭い仏教」であり「脂っこく胃にもたれる禅」なのだ。というより、第一、この句における「すみれ草」は、そんな仰々しい「意味」の過積載を些かでも志向し希求しているのか？

むしろそれは「何の含意も持たない、たまたま目にしただけの単なるすみれ草」であり、もっと言えば「仮に、何かの偶然の行き違いで、目にしたのが『すみれ草』ではなく『れんげ草』や『ぺんぺん草』だったとしても、それはそれで一向に構わなかったかもしれない、限りなく空無に近い何か」ですらあったのではなかったか——例えば子規の「鶏頭の十四五本もありぬべし」の「鶏頭」、虚子の「流れ行く大根の葉の早さかな」の「大根の葉」等々も、結局の所、そうであるように？　かつ、更に言えば、この「すみれ草」が「『意味』の圧縮ボンベ」ではなく「『空無』しか入っていない箱（＝空箱）」だったとして、それはこの句にとって、一体どんな「瑕疵」だと言うのだろう？　むしろ、あの一見

「深遠」かつ「『意味』ありげ」な「ごてごて仏教」「こてこて禅」の「重くれ」を去り、軽やかに「空無」に溶け去ることこそが実は本来の「仏教」「禅」に近いこと――そのことは、結構、誰の目にも明白ではあるまいか？

「完全に読み取りうる叙述を通して、意味の排除を完成すること」――それを「俳句の仕事」だという時、バルトが言わんとしているのは、恐らくそういうことだ。「『特殊なものは、なにもありはしない』と俳句はいう、禅の精神に少しもそむかずに。出来事は、どんな種類わけのどんな名前ももちえない。その特殊性はたちまち姿を失う。美しい巻毛のように、俳句はおのれ自身の上におのれを巻く。跡づけられたかのように見える水脈《みお》はかき消える。なにものも手に入れられはしない。言葉の宝石は無のために投げられたのである。意味の波も流れもおこりはしない」（「こんな」より）。全く、何という美しい「俳句」への、そして「空無」へのオマージュなのだろう！

話を再び「現代詩」に戻そう。と言っても、ここで取り上げたいのは、童謡詩人としても知られるまど・みちおの「おならは　えらい」という詩だ――「おならは　えらい／／でてきた　とき／きちんと／あいさつ　する／／こんにちは　でもあり／さようなら　でもある／あいさつを…／／せかいじゅうの／どこの　だれにでも／わかる　ことばで…／／えらい／まったく　えらい」（全行）。例えば、ここで、この詩のキーワード「おなら」を、芭蕉の例の「古池や蛙飛び込む水の音」を念頭に、次のように「かえる」と言い換えて見たら、どうなるか――「かえるは　えらい／／とびこんだとき

／きちんと／あいさつ　する／／こんにちは　でもあり／さようなら　でもある／あいさつを…」（以下略）。何も付け加わらない。何も減らない。ここでは、「おなら」と「かえる」は全く等価だ——それもパンパンに膨れ上がった「『意味』のガスボンベ」としてではなく、軽やかな「『空無』の箱」として。「こんにちは（＝出会い）」は、ここでは同時に「さようなら（＝別れ）」だ。「跡づけられたかのように見える水脈」は、しかし、忽ち「かき消え」てしまうのだ。

「なにものも手に入れられはしない」——その通り。だが、その虚空に、一瞬、何かが煌めき、すぐ消える。その「何か」——それこそが「あいさつ」だ。晩年の虚子が「俳句は存問（＝挨拶）の文学」だと言った、その「挨拶」。或いは、後代の虚子の「写生」の批判者たちが「俳句の本質は滑稽と挨拶」という時の「挨拶」も、元を辿れば、結局、同じことだ。

「『見えない世界を照らし出した瞬間の閃光を放って、意味の光が消えてゆくとき』とシェイクスピアは書いている。だが、俳句の閃光はなにものをも明るくしなければ、照らしだしもしない」——そうバルトは語る。これもその通り。だが、「挨拶」は「意味」ではない——これが、恐らく、最も重要な所だ。「おなら」「かえる」「すみれ草」「鶏頭」「大根の葉」——これらが私たちに送り届けてくれるのは、「深遠で充実した『意味』」ではない。むしろ軽やかな、あるかなきかの「『空無』からの挨拶」の光なのだ。

「地獄」と「極楽」――高浜虚子と石牟礼道子

「私はかつて極楽の文学と地獄の文学という事を言って、文学にこの二種類があるがいずれも存立の価値がある、俳句は花鳥諷詠の文学であるから勢い極楽の文学になるという事を言った。如何に窮乏の生活に居ても、如何に病苦に悩んでいても、一たび心を花鳥風月に寄する事によってその生活苦を忘れ病苦を忘れ、たとい一瞬といえども極楽の境に心を置く事が出来る。俳句は極楽の文芸であるという所以である」――虚子の短文「極楽の文学」冒頭の一節。虚子は又続ける――「貧乏人は窮乏を描いた文芸に接する事によってその心を慰むことが出来る。また病人は病苦に喘ぐ事を描いた文芸に接する事によって、その病苦を慰むことが出来る。考え様に依れば人生は陰鬱なものの悲惨なものとも見る事が出来る。その事を描いたものは地獄の文学と言ってよかろう」「私が言う極楽の文学というものは逃避の文学であると解する人があるかもしれぬが、必ずしもそうではない。これによって慰安を得、心の糧を得、以て貧賤と闘い、病苦と闘う勇気を養う事が出来るのである」。

「よろしい、それでは『極楽の文学』が即『逃避の文学』でない事は認めよう。だが、だとしても、この種の『極楽』によって『養う事が出来る』とされる『慰安』『心の糧』『勇気』は、何か余りにも安直な『代用品』に過ぎないのではないか?」――或いは、そう呟く声もあるかも知れない。だが、私見によれば、それは見せかけだ。例えば、虚子は更にこう続ける――「能楽には舞というものが附物である。悲惨な人生を描いたものであっても、その悲惨に終わった主人公が必ず（多く）舞を舞う。何故舞を舞うのかというと、これに依って救われた事を意味するのである。この舞に依って今までの生涯が救われ、極楽世界に安住する事を意味するのである。ただ、中に「隅田川」とか、「綾の鼓」の如きものがあって、これらはどこまでも苦悶憂愁執着が続くのであるが、こういうものは異例である。大概成仏して舞を舞うという事に終る」「能楽は舞い歌い遊ぶ芸術である。即ち極楽の芸術である」。つまり、ここで虚子は「悲惨な人生を描いた」能楽の「悲惨に終わった主人公」が舞う「舞」を、俳句における、自身の提唱する「花鳥諷詠」の等価物――対蹠物ではなく――として捉えているのだ。あの「中世」の底知れぬ「闇」を揺曳する能楽。そしてそれを「極楽の芸術」の好個の典型例とみなす虚子の「極楽」観。私はここに、「近代」――そこには当然所謂「近代芸術」「近代文学」も含まれるが――の「光」が描き出す如何なる「ユートピア」も、その前では何か余りにも安直な「代用品」に見えてしまう「深み」「厚み」「重み」を直感する。実際、「極楽の文学」の補足として書かれた短文「地獄の裏づけ」で、虚子は、より直截にこう言っている――「極楽の文学というのは地獄を背景に持った文学である。地獄の文学というのは極楽を背景に持った文学である」。

「地獄の裏づけ」より、更に引こう――「例えば、人は遂に死なねばならぬ運命にある。これほどたよりない残酷な淋しいことはない。死刑を受けた人がその処刑を受ける時間が目前に迫っていて時計はカチカチと時を刻んでいる、というような場合に、もうその人に一点の希望、一点の慰安を与えるものはあるまい。もしあるとすればそれは極楽という空想であろう。また目の前に現れて来る光というものであろう」「極楽の文学というのは即ちその光というものを描いて、絶望に近い人間になおかつ一点の慰安を与えようとする文学である」。それでは、「地獄」はどうだろうか。虚子は言う――「地獄の文学というのは畢竟、極楽の世界を望見して到底あの世界に達することは出来ない、ただ病苦、貧困、悪魔の跳梁に任していなければならぬ苦しい世界があるのみと感ずるところに出発する。極楽の世界を見ていさえしなければ、自分らの住んでおる世界が唯一のものであってどうする事も出来ないという諦めがあるであろう。それが諦められぬのは一方に極楽の世界があるからである。地獄の文学は極楽の天地を想望すればこそ存在するのである」。そして最後に、己の思い描く「花鳥諷詠」について、こう語る――「極楽の文学というのは地獄を背景にしてあるのである。花鳥風月に遊ぶという事も、俳諧に遊ぶという事も、風月に神を破り花鳥に心を労するということも畢竟憂世を背景にしていうことである。俳諧は世の辛酸を舐むる人のために存在しているものともいえる。花鳥風月は苦痛なる人間生活の上にはじめて有意義に存在しているものである。悠々たる人生を描き、美妙なる花鳥風月の天地を描くのも、すべて地獄を背景として価値がある」「俳句は花鳥風月を吟詠する文学である。即ち極楽の文学である。しかしながらそこには地獄の裏づけがあることを常に忘れてはならぬ」。「地獄」「極楽」の「相補性」「表裏一体性」――いや、或いはむしろ「混淆性」「渾然一体性」。俳諧や能楽だけではない。例えば、今年（2018年）2月、91歳で世を去った作家・石牟礼道子の、故郷・熊本の不知火海で発生した水俣病を描いた大作『苦海浄土』。その第三章「ゆき女きき書」に、患者・坂上ゆきの一人称によって語られる、次のような一節がある――「うちは、こげんか体になってしもうてから、いっそうじいちゃん（夫のこと）がもぞか（いとしい）とばい。見舞にいただくもんなみんな、じいちゃんにやると。うちは口も震ゆるけん、こぼれて食べられんもん。そっでじいちゃんにあげると。じいちゃんに世話になるもね。うちゃ、今のじいちゃんの後入れに嫁に来たとばい、天草から」「嫁に来て三年もたたんうちに、こげん奇病になってしもた。残念か。うちはひとりじゃ前も合わせきらん。手も体も、いつもこげんふるいよるでっしょが。自分の頭がいいつけんとに、ひとりでふるうとじゃもん。それでじいちゃんが、仕様ンなかおなごになったわいちゅうて、着物の前をあわせてくれらす。ぬしゃモモ引き着とれちゅうてモモ引き着せて。そこでうちはいう。／（ほ、ほん、に、じ、じい、ちゃん、しよの、な、か、お、おな、ご、に、なった、な、あ）うちは、もういっぺん、元の体になろうごたるばい。親さまに、働いて食えといただいた体じゃもね。病むちゅうこたなかった。うちゃ、まえは手も足も、どこもかしこも、ぎんぎんしとったよ」「海の上はよかった。ほんに海の上はよかった。うちゃ、どうしてもこうしても、もういっぺん元の体にかえしてもろて、自分で舟漕いで働こうごたる。いまは、うちゃほんに情なか。月のもんも自分で始末しきれん女ごになったもね……」「海の上はほんによかった。じいちゃんが艫櫓《ともろ》ば漕いで、うちが脇櫓ば漕いで。／いまごろはいつもイカ籠やタコ壺やら揚げに行きよった。ボラもなあ、あやつたちもあの魚どもも、タコどももぞか（可愛い）とばい。四月から十月にかけて、シシ島の沖は凪でなあ――。」

　この一節を初めて読んだ時の肺腑を裂かれるような痛切さを、私は終生忘れられそうにない。「ひとりじゃ前も合わせきらん」「月のもんも自分で始末しきれん女ご」になったゆき女が病床で声を、五体を震わせて懐かしむ「海の上」。そしてそこに小さな夫婦舟を浮かべ、「じいちゃんが艫櫓ば漕いで、うちが脇櫓ば漕いで」その日その日の生業を立てる、ささやかな余りにささやかな幸せ——。

だが、水俣病は不治の公害病だ。明朗・健康な一漁婦としてのゆき女の「手も足も、どこもかしこも、ぎんぎんしとった」身体は、もう二度と還って来ることはない。それどころか、ゆき女がそこにこの世界と人生の全ての輝きを託して来た「海」それ自体が、今や彼女からこの世界と人生の全ての輝きを奪い去った、禍々しい「汚染の海」と成り果てているのだ。これ程の「地獄」がどこにあるだろう。

だが、それでも、ゆき女の強張った口から迸り出る失われた「海」へのオマージュは止まらない。「春から夏になれば海の中にもいろいろ花の咲く。うちたちの海はどんなにきれいかりよったな」「海の中にも名所のあっとばい。「茶碗が鼻」に「はだか瀬」に「くろの瀬戸」「ししの島」」「海の水も流れよる。ふじ壺じゃの、いそぎんちゃくじゃの、海松じゃの、水のそろそろと流れてゆく先ざきに、いっぱい花をつけてゆれよるるよ」「ひじきは雪やなぎの花の枝のごとしとる。藻は竹の林のごたる。／海の底の景色も陸《おか》の上とおんなじに、春も秋も夏も冬もあっとばい。うちゃ、きっと海の底には龍宮のあると思うとる。夢んごてうつくしかもね。海に飽くちゅうこた、決してなかりよった」。

これは「花鳥諷詠」だろうか。或いはそうかも知れない——というより、恐らく虚子なら「まさにこれこそが『花鳥諷詠』なのだ」と叫ぶだろう。だが、それでは、これは「逃避」だろうか。そして又、この美しい余りに美しい「海」のヴィジョンの顕現——それが「写生」によるものであれ「〈イデア〉の想起」によるものであれ、或いは「幻視」によるものであれ——によってゆき女が得ているであろう「慰安」「心の糧」「以て貧賤と闘い、病苦と闘う勇気」は、果たして何かの「安直」な「代理物」なのだろうか。私は、この一節をまさしく「地獄を背景に持った極楽の文学」――いや、それとも、ゆき女の想いにより即して言うなら「龍宮の文学」だろうか――の極致と確信する。だが、それはまた同時に、直ちに反転して「極楽（＝龍宮）を背景に持った地獄の文学」とも言い換え得るだろう。何故なら、ここに「夢んごてうつくしか」ものとして描き出されている「龍宮（＝極楽）」の光景は、その神聖なまでの美によって、同時にそれを冒瀆的余りに冒瀆的な仕方で破壊した「ただ病苦、貧困、悪魔の跳梁に任していなければならぬ苦しい世界」のありよう、つまりこの世の「地獄」に対する激烈な断罪になり得ているからだ。

或いは、第4章「天の魚」に登場する、胎児性水俣病の少年・杢太郎（9歳）とその祖父・江津野老人。彼らの狭く貧しい家には幾分変わった神棚兼仏壇があり、こんな「神仏」が祀られている――例えば「九龍権現さま（そのご神体は「六ミリ幅、三センチ長さくらいの楕円形の、厚みのある乳褐色の、雲母でもない、たしかになにかのうろこ」）」『えびすさま』『こんぴらさま』『天照皇大神宮さま』『お稲荷さま』「ご先祖さまのお位牌」「むかし爺さまの網にかかってきて、／それがあんまり人の姿に似ておらいたけん、／自分と子孫のお護りにといただき申してきた沖の石」。そして、その中に、まだ他界したわけでもない杢太郎の母・さち子の写真もある。一体、彼女がなぜ祀られているのか。

実は、さち子は、水俣病に罹患した夫と杢太郎を含む三人の子供たちを老夫婦の家に残して他家に再婚したのだ。「杢よい。お前はききわけのある子じゃっで、ようききわけろ」――酔い語りに、江津野老人は歩くことも喋ることも下の始末をすることすらも出来ない杢太郎少年にこう言い聞かせる。「お前どま、かかさんちゅうもんな持たんとぞ。／お前やのう、九竜権現さんも、こういう病気は知らんちいわいた水俣病ぞ。／このようになって生まれたお前ば置いてはってたかかさんな、かかさんち思うな。母女はもう、よその人ぞ。よその子のかかさんぞ」「神棚にあげたで、かかさんなもう神さんぞ。この世にゃおらっさらん人ぞ。みてみれ、うちの神棚のにぎやかさ」「お前やね、この世にも持っとるばってん、あの世にも、兄貴の、姉女のと、うんと持っとる訳ぞ。この家にこらす前じゃあるが、同じかかさんの腹から生まれた赤子ばっかり。すぐ仏さんにならいた。ここに在らす仏さんな、お前とはきょうだいの衆たちぞ」「しかし杢よい、おまや母女に頼る気の出れば、この先はまあだ地獄ぞ」「杢よい、堪忍《かんにん》せろ。堪忍してくれい」。

一体、これは「宗教」なのだろうか。ここに説かれているのは果たして「極楽」であり「救い」なのだろうか。それは「杢よい、堪忍せろ。堪忍してくれい」と絶叫する老人自身が一番分かっている。しかし、それでは、これは「真の宗教」「真の極楽」「真の救い」の単なる「安直な代用品」なのだろうか。江津野老人――彼も又漁師だ。「板子一枚下は地獄」という、その「地獄」――「水俣の海」という、いや、更には、この「世界」そのものという「地獄」「苦海」――を、壊れかけの小舟で漕ぎ渡る漁師なのだ。彼は言う――「空は唐天竺までにも広がっとるげな。この舟も流されるままにゆけば、南洋までも、ルソンまでも、流されてゆくげなが、唐じゃろと天竺じゃろと流れてゆけばよい。／いまは我が舟一艘の上だけが、極楽世界じゃのい」。

大文字の Cancer の星の下に

――夏石番矢『鬼の細胞　Ogre Cells』を読む

「消化器の病気と糖尿病の治療を受けた病院での、暇な時間に生まれた俳句をパソコンに記録し、スケッチブックにパステルと鉛筆でイラストを描いた。／私の病気は重くもなく、軽くもなかったが、俳句創作とイラスト制作は、私に生きる喜びをもたらしてくれた」――「序文」より。とすれば、本書『鬼の細胞　Ogre Cells』は、前衛俳句の最も正統かつ過激な後継者・夏石番矢氏が彼自身の「病床六尺」から産み落とした「墨汁一滴」「仰臥漫録」であり、一種数奇な巡り合せでなされた近・現代俳句の「原点」「原光景」――つまり「病床」――への回帰の句集とも言い得る。だが、では、その「回帰」の道のりは、どのように歩まれたのだったか。

包丁突きつけられて鬼の細胞発生す　（英訳は省略。以下同じ）

巻頭の1句。これは私に直ちに２００８年（即ち、今から丁度10年前）に刊行された同氏の句集『空飛ぶ法王　Flying Pope』（東京堂出版）の次の巻頭句を思い起こさせた。

天の滝より法王落ちて飛び始む

「実は、どういう経緯でこの「空飛ぶ法王」という人物が、私の俳句のなかに誕生したかは、いまひとつはっきりしない。／わが友人で、ポルトガルの詩人、カジミーロ・ド・ブリトーとメールをやりとりしていて、彼が頻繁に他国へ飛行機で飛び、国際詩祭に参加しているのを、ややからかい気味に、「空飛ぶ詩人」と表現したことははっきりしている。この空飛ぶ詩人と出会ったのが、2001年9月のスロヴェニア。この年の秋から、私は「空飛ぶ法王」を、自作の俳句のなかに登場させた」「9・11後の21世紀は、世界的規模の大変動期だが、これを俳句でとらえるには、「空飛ぶ法王」という、移動する自由な視点が必要だった」――同書「あとがき」より。つまり、ここでの「天の滝」とはいわば倒壊するWTC（= World Trade Center）の喩であり、それまで曲がりなりにも信じられてきた一つの「天（= heaven）」の「崩落（= fall.「秋」「滝」をも意味する）」の喩なのだ。とすれば、仕えるべき「天」を失い、同時にまた自らの存立基盤をも失いつつ、なお墜死に抗って「飛ぶ」道を選んだ（或いは、そうすることを余儀なくされた）「法王」とは、この「大変動期」を生きる「詩人」の運命の形象化以外の何物でもない。そこでは、「詩人」は敢えて「法王」と呼ばれる。何故なら、氏にとって、「詩人」とは、単なる「芸術家」「文化人」等々ではなく、一種の「呪術王」――つまり、その生身の「肉体」そのものに担保された「言葉」によって「天」と「地」を媒介する秩序を樹立し護持する古代「神権者」の正統かつ聖なる末裔だからだ。

「空飛ぶ法王」。そう、「法王」は飛ぶ——あたかも「自分探しの旅」を続ける「ロードムービー」の主人公のように。それは確かに俳句に一つの「移動する自由な視点」を与えた——例えば「空飛ぶ法王スターダストをつまみ食い」「海底の蛸が友だち空飛ぶ法王」等のような。かつまた、湿っぽい既成の権威や風土からの陽気な解放も——例えば「古池を抜け出て空を飛ぶ法王」「空飛ぶ法王咳をしてもひとり」等のような。しかし、同時に忘れてならないのは、そうした「飛行」が単に恣意的に「欲望」されたものではなく、むしろ「9・11後の21世紀」という時代を「俳句でとらえる」ため否応なく「必要」とされたとものだったことだ。それは所謂「グローバリズム」がまだ一つの「理想」「希望」としての幻惑的な輝きを放っていた時代だった——尤も、今ではそれはアウシュビッツの門前の標語「Arbeit macht frei（労働は人を自由にする）」と同様の冒瀆的嘲笑「Freiheit macht frei（自由は人を自由にする）」としか見えないが。「時代」の「必要」に迫られてのこの「転進」乃至「転向」は、当然、一見軽快な「法王」の彷徨に一点の「痛み」の痕跡を残さずには置かない——例えば「うぶすな忘れ祈り忘れて空飛ぶ法王」「飛ぶ法王飛ぶキリストについに遭わず」「もしかして空飛ぶ法王風船か」等のような。その意味で、句集『空飛ぶ法王』の刊行が、「グローバリズム」の神話が一夜で消し飛んだあの2008年秋に端を発するリーマン・ショックの渦中であったことは極めて象徴的だ。

そして、その同じ句集の末尾近くに置かれた、次の句。

法王飛来し踏み潰された蟹は蟹座へ

「空飛ぶ法王」によって——或いは「法王」が「飛ぶ」という道を選んだ（或いは、繰り返すが、そうすることを余儀なくされた）ことによって「踏み潰されたもの」は、ここでは「蟹（＝cancer）」と呼ばれる。そしてそれは、地に於いて無惨に踏み潰されることによって却って天上で「蟹座（＝Cancer）」として華々しく、或いは禍々しく復活する。小文字の「cancer」から大文字の「Cancer」へ。そして、言うまでもなく、「cancer」は又「癌」をも意味する。とすれば、今回の新句集において、かつての「空飛ぶ法王」のように或る危機（「包丁突きつけられて」）と共に産み落とされ、まるで「法王」の軌跡をなぞるように自在に跋扈する「鬼の細胞」とは、いわば「抑圧されたものの回帰」（フロイト）としての「Cancer（＝「大文字の癌」）」に他ならないのではなかろうか。

「氷河のように鬼の細胞成長す」「鬼の細胞水晶玉には映らない」「私が死んでも鬼の細胞増殖す」「取り出した鬼の細胞白かった」——例えばこれらの句に描かれる「鬼の細胞」に、私はあたかも罪深き人類に神の裁きを齎す黙示録中の死の天使のような絶対的「他者性」、及びそれと表裏をなす氷のような無慈悲の美を見出す。しかし又、こうした「鬼の細胞」との格闘は、あたかも天使との格闘を通して「イスラエル（＝勝利者）」の名を得た創世記中のヤコブのような或る変化をも氏に齎す——例えば「鬼の細胞切り捨て白い小花を描く」「薊を描いて鬼の細胞供養する」「枯れ薊あらゆる病気を肯定す」「鬼の細胞も俳句も絵も私の収穫」「晩年への関門だった鬼の細胞」のような。

鬼の細胞微塵もあらず朝の王国
朝の王国散歩の一人として歩く

掉尾の2句。そう、「法王」は遂に己の「王国」を見出したのだ——敬神と静謐と平和に満ちた、かくも見事な「朝の王国」を。

「結界」と「聖なるもの」の彼方へ
——永瀬十悟句集『三日月湖』書評

「忘れられない光景があります。／小学校に入学したばかりの一年生を囲む登校の列、春の陽光の中なのに皆カッパを着てマスクをしています。（中略）二〇一一年三月十一日の東日本大震災と福島第一原子力発電所の事故から一か月後のこと。学校が再開し、放射線の影響を少しでも避けるための対策でした。あれから七年半が経過しました」「原発事故や廃炉の報道は少なくなっていますが、それは平時であれば重大な事象が日常的に続くので話題とならないだけです。復興への着実な歩みとともに、想定外と言われた事故は現在進行中でもあるのです」——「あとがき」より。

カッパとマスク——なるほど、確かに、しないより効果はあるのだろう。だが、それにしても「無害になるには十万年の時を要する」という放射性物質の今なお続く漏出を前に、それは殆どB29による焼夷弾の絨毯爆撃を前にした手縫いの防空頭巾、手掘りの防空壕に等しい「効果」ではないのかと眩暈を感じるのは果たして私だけか。だが、そんな「効果」を信じて（或いは、信じさせられて？それとも、信じたふりをして？）防空頭巾を被り、防空壕を掘った「日常」——実はそれこそが「戦争」の一部に他ならなかった「日常」——は過去に現実に存在した。「非日常」が「日常」に浸透してもはや「非日常」とは感知されなくなった状態——それは、必ずしも「日常」の力によって「非日常」が「乗り越えられた」ことを意味しない。例えば、連日の空襲の報せが「またか」という感慨しか齎さず、道端にごろごろ転がる焼死体が見慣れた一光景に過ぎなくなった「日常」――そこでは「日常」が「非日常」を飲み込んでいるのか、それとも「非日常」が「日常」を飲み込んでいるのか。例えば、次の作。

村はいま虹の輪の中誰も居ず
村ひとつひもろぎとなり黙《もだ》の春

第一章「ひもろぎの村」より。「原発事故により避難を余儀なくされた地は、神聖な場所のように静まり返っていた」と冒頭の詞書にある。「ひもろぎ（神籬）」とは「神道において神社や神棚以外の場所において祭祀を行う場合、臨時に神を迎えるための依り代となるもの」（ウィキペディア）。しめ縄で――或いは1句目のように「虹の輪」によって――囲われ、他から隔離された「結界」は、だが、見方を変えれば、そこに沸騰する制御不能のパワー（それが善神によるものであれ邪神の所業であれ）を遮断し、その外部に広がる「日常」を防衛するために設けられる一種の「立入禁止区域」だ。とすれば、「ひもろぎ」によってそれら「聖なるもの」（それは、繰り返すが、常に善なるもの、清浄なるもの、恵み深いものとは限らない。むしろ、人知・人力による一切の制御を受け付けない圧倒的なものでさえあれば何でもよい）と共に「結界」の内へと隔離されたもの――それは、一面では「結界」

の外の「日常」を守るため切り捨てられ見捨てられた「生贄」「とかげの尻尾」としての「犠牲」であり、また他面では「聖なるものへの捧げもの」として選ばれた、その意味では自らも「聖なるもの」であるところの「犠牲」である。例えば、次の作。

しづかだねだれもゐないね蝌蚪《かと》の国
牛の骨雪より白し雪の中

第二章「三日月湖」より。この汚染の只中に取り残され、汚辱と悲惨の極みにある筈の「蝌蚪の国」「牛の骨」が、にも拘らず侵し難く放っている高貴と尊厳の光は、畢竟、「犠牲」というものが持つこうした根源的両義性に由来するものなのだ。

だが、それにしても――。

三月や今も沖には過去のあり
どこまでも更地どこまでもゆく神輿

第三章「更地の過去」より。1句目、原句「玫瑰や今も沖には未来あり」(中村草田男)の「未来」を敢えて「過去」へと詠み変えさせずには置かない「三月」を、私たちはもう知ってしまった。また

2句目、どこまでも続く荒涼たる「更地」をそれでも「どこまでもゆく」しかない「神輿」の孤影は、かつて「恵方とはこの道をただ進むこと」と詠んだ虚子の幸福と自信に満ちた句境から何と遥かに隔たってしまったことだろう。或いは又、次の句。

縄張に来るなと雉《きじ》がかあんと鳴く
葉の裏は逆さに歩く天道虫
犬の墓流されてゆく秋出水
白鳥の助走の頸《くび》の前へ前へ

第四章「ふくしまの四季」より。「縄張」即ち「結界」内への安直な立入りを激しく拒絶する「雉」、「葉の裏」という条理・不条理の彼方の現実をただ黙々と「逆さに」歩く「天道虫」、己に残された唯一の尊厳ともいえる「墓」さえ易々と流されてしまう「犬」、そしていつ訪れるとも知れない飛翔の時をそれでも信じてひたむきな「助走」を続ける「白鳥」――これらは、もはや、恵みに満ちた「四季」の移ろいの中の一点景としての鳥獣虫魚では既にない。むしろ、こう言ってよければ「人間的、余りに人間的」な「受苦」をこそ生きる動物たちなのだ。

神の留守母子家庭ですけど何か

文明は生贄が要る垂るる蛇
難民の舟に美し過ぎる銀河

最後に、第五章「シャドウボクシング」・第六章「沈む神殿」・第七章「かなしみの星」より。まず1句目、ここでの「神の留守」が喚起するのは日本神話の「出雲神様会議」であるより遥かに「神も仏もないものか」という時のあの「神」だ。それから、2句目。詞書によればこの句の舞台は「マヤ遺跡」であり、そこに「垂るる蛇」は単なる「夏の季語」であるより、むしろ、先述した「聖なるもの」——美醜善悪浄穢の彼岸に君臨する、人間を遥かに圧倒する得体の知れないもの——の生々しく不気味な具現化と言うに近い。そして、己の生成発展の為に飽くなく「生贄」を求め続ける「文明」とは、その意味において、正に「聖なるもの」としての「蛇」なのだ。かくしてマヤという「文明＝蛇」は生まれ、束の間を栄え、最後には滅びた。そして今、また別の「文明＝蛇」を「聖なるもの」と祀る別の「人間」たちの勃興と跳梁……。

だが、それにしても——。

3句目。「銀河」は美しい。だが、それは或る状況下では、人を癒すよりむしろ傷つける。「難民の舟」、それは同時に「ふくしまの舟」だ。そしてそれは又「沖縄」「戦争」「いじめ」「虐待」「差別」等々の「舟」——つまり、それが遂に「人間」の手に負えようが負えまいが、やはり最後は「人間」が「人間」である限り「人間」としての責任において向き合うしかない全ての悲惨と苦悩を乗せた「舟」なのだ。

とても小さい　――照井翠エッセイ集『釜石の風』を読む

俳人・照井翠氏のエッセイ集『釜石の風』（２０１９年、コールサック社）を読み通しながら、引用されている次の１句が心に突き刺さった。

三・一一神はゐないかとても小さい　　翠

「東日本大震災から三度目の三月十一日が巡ってくる。カレンダーや各種ニュースが、春三月の到来を告げる。日増しに暖かくなってきましたね。花が咲き始めましたねと」「しかしここ被災地では、私達は三月を愛さないし、三月もまた私達を愛さない。大地震で家が全半壊したり、大切な家族や友人を津波に呑まれたり、家や全財産を流失したりした私達が、恐るおそる三月に近づこうとすると、三月は凄惨な記憶を蘇らせ、私達の心をずたずたに引き裂く」「悲しみは薄まりはしなかった、心の傷も癒えはしなかった。むしろ、悲しみは質的により深まり、濃くなっていった。悲しみには次のステージが待っていた。逃れることなどできないのだった」――同書所収の一文「三月を愛さない」より。右の句はその末尾に太字で添えられている――あたかも「最後の一撃」のように。ここでは「神はゐないかとても小さい」は明らかに「天道是か非か」という告発の叫びであり、それは「三・一一」

という、無情な岩壁に渾身の力で刻み込まれた鑿跡のような「日付」と決定的に結びついている。何度も読み返した。こみ上げる涙を抑えきれなかった。

だが同時に、そして不思議なことに、右の句は、やはり同書所収の「沈黙と鎮魂」という一文では、全く違った表情を見せる――「私の俳句の先輩が、家族同然に飼っていたペットがなくなり、心底落ち込んでいたが、あなたのこの句に出会って救われたと話してくださった」「〈神はゐないかとても小さい〉というフレーズを心の中で繰り返していると、愛するものを喪った悲しみが徐々に和らぎ、癒されるのだという」と。そして、私は、この「先輩」の素朴な述懐にも深く共感している自分を見出すのだ。そう、私がこの句を何度も読み返しながら抑えることの出来なかった涙――その中には、何か「怒り」や「絶望」だけでは語り尽くせぬ何か、それこそ「和らぎ」「癒し」とでも呼ぶよりほかない何かが、確かに、紛れ込んでいたのだ――恐らく、不覚にも。

これは一体、どういうことだろう。

思うに、書き手――というより、書き手を通して己を語り出そうとしている「声なき何か」――は、初め、「怒り」「悲しみ」「絶望」等々の余り「神はゐない!」「天道は非なり!」と断定（或いは断罪）するべく拳を振り上げたのではなかったか。そして、その時、その拳に取り縋る小さい手――「地震」「津波」はおろか、今振り上げたその当の拳を振り下ろすことすら力ずくでは制止できそうにない、余りに小さな何者かの手の存在に気づいてしまったのではないか――不覚にも。

「そうか、この小さな手が、神なのか……」

一茶寸感

〈寛政期〉

せゝなぎや氷を走る炊《かし》ぎ水

「せゝなぎ」は下水。「炊ぎ水」はいわば生活排水。いずれも「生活」「世俗」の最たるものだが、それが「氷」というどこか「非情」「超俗」のオーラを纏う素材の上を「走る」ことによって、単なる如何にもまったりとした「花鳥風月」の句境を超えた、鋭く緊迫した「詩」が立ち上がっている。しかも、それは――例えば「手術台の上のミシンとこうもり傘」のような――「為にする」二物衝撃とは異なる。「氷」も「炊ぎ水」も審美的な意味での素材であると同時に「氷が張るような寒い朝でも炊事をしている市井の生活者の息遣い」であり、それへの同じ生活者としての共感でもある。ここには「あれか、これか」は存在しない。あるのはただ断固たる「あれも、これも」だけだ。そして、「詩」とは、そもそもがそうした「〈奇跡〉の希求」「ないものねだり」――「名月をとってくれろと泣く子かな」――ではないだろうか。

朧《おぼろ》々ふめば水也まよひ道

先師・二六庵竹阿の友人・茶来が住職を務めると聞く西明寺。だが遥々訪ねてみれば茶来は15年前に死去しており、現住職には不審がられてか一夜の宿りさえ断られてしまう。

（一体、俺は何をやっているんだ……）

自分が生計と自己実現のよすがとして志した筈の俳諧道。だが、それはひょっとしたら地に足のつかない「朧々」の「ふめば水」しかない「まよひ道」だったのかも知れない――もしそうだとしても、既に手遅れだが。そんな、今まで信じていた「世界の関節が外れてしまった」（シェイクスピア『ハムレット』第1幕第5場）ような不安とおぼつかなさ……。

だが、「近代」とは畢竟、人がこうした「不安」を前提として己の「人生」と「世界」に向き合うしかない、そうした時代の謂なのではなかろうか。

追《おは》れ行《ゆく》人［の］うしろや雪明り

追われゆく人――それは、一茶によって見詰められ、思い描かれているのが誰であっても、結局、本質的にはやはり一茶自身だ。恐らく、それが詩歌文芸における「近代」というものなのだろう。

ランボーの所謂「見者」が最後に見るもの、見るべきもの、或いは、見たくなくても見る羽目になるもの――。
それは、結局、地球を1周回った果てに辿り着いた、見えない筈の――そして、見えない方が幸せだったかもしれない筈の――己の後ろ姿なのかもしれない。

〈享和期〉

文七《ぶんしち》が下駄の白さよ春の月

「文七」はここでは文七元結（文七という高級紙で作る白い元結）を作る職人のこととか。粋で優艶な春夜の江戸情緒。一種の「都会詠」「トレンディ俳句」だろうか。

看板《かんばん》の団子《だんご》淋《さび》しき柳哉

柳の下の小さな茶店。看板には団子の絵でも描かれているのか、それとも「だんご」と字が書かれているのだろうか。いずれにせよ、そのどこか「ナニコレ珍百景」的な可笑しみを帯びた佇まいに、いわば西脇順三郎の『旅人かへらず』にも通じる宇宙的な「淋しさ」を嗅ぎ取っている感性は、一面において「俳諧」の王道とも言え、また一面において「近代」の夜明けであるとも言えるだろう。

はいかいの地獄《ぢごく》はそこか閑古《かんこ》鳥

「憂き我を淋しがらせよ閑古鳥」と吟じたのは芭蕉。だがそこにはまだ、そうした「寂寥境」の希求が何らかの「高い精神的境地」――老荘、禅等々――へと通じているそれこそ「奥の細道」なのだという「信仰」の余響が確かに感じ取れる――例えば、中世歌論において「歌道」と「仏道」の一致を如何に証明するかが恐らく究極の課題の一つであったような。だが、この句の場合、俳諧という「冥府魔道」を彷徨することは必ずしも――というより殆ど全く――「救済」「解脱」「極楽往生」等々を意味しない。むしろ逆だ。この点、一茶は或いは芭蕉より蕪村より遥かに根源的かつ決定的に「近代詩人」――例えば、ボードレールのような――であったのかも知れない。

〈文化前期〉

壁土《かべつち》に丸め込《こ》まるゝ菫《すみれ》哉

菫がひどい目に遭う句としては他に「地車におつぴしがれし菫哉」(文化元年)があるが、私にはこちらの方が本質的により悲惨な気がする。というのは、「地車に」の句の場合、轢殺されてぺしゃんこになっても菫はあくまで菫のままであり、その亡骸は外気の中でなお「お天道様」に照らされているが、「壁土」にいわば生きながら埋葬されてしまった菫は、もはや菫とすら識別されないまま、二度と陽の目を見ることはないからだ。

「おっぴしがれし」の剥き出しの暴力――そこにはまだ、どこかしらあけっぴろげのユーモアが紛れ込む隙間がある。

だが、「丸め込まるゝ」の隠微な猫なで声――そこにはただ、甘い言葉で客を破産させ、借金漬け・クスリ漬けにして風俗に売り飛ばすホストのような底なしの怖さがあるばかり。

〈文化後期〉

是がまあつひの栖《すみか》か雪五尺

中句「つひの栖か」には「死所《しにどころ》かよ」の別案があり、一茶は両句を併記した書状を飛脚に持たせて柏原から江戸の俳友・夏目成美のもとに走らせ、批評を乞うている。これに対し、成美は「つひの栖か」を「極上々吉」と絶賛、「死所かよ」を太線で抹消した。その理由に曰く「情がこはくて一ッ風流だから、切落では請とらぬ。雪の中でお念仏でもいつてゐるがいい」と。意訳すれば「気性が荒くて一本槍だから句会受け・玄人受けはしない。雪国だからこそ生まれる仏心というか、そういうものはないのか」とでもなるだろうか。

これに対し、『江戸のエコロジスト一茶』（2010年、角川学芸出版）の著者・マブソン青眼は「死所かよ」こそが「一茶の傑作であり、一茶の本心を伝える秀句だと思います」と反論。「僕は十年前に母国のフランス・パリから、この北信濃の長野市に引っ越して来ました。信州の方言で最初に覚えたのは「こわい」という形容詞です。ここでは「疲れた」に近い意味で、特に雪の多いころに使います。（…）ここの雪は「怖い」ほど「疲れる」のです。ここの雪は人間の命を狙うような恐ろしさがあります」「一茶はこの句を詠んだ時、雪の恐怖、そして死の恐怖をいたく強く覚えたのです。母の死のせいで子供として否定され、その後は父の死のせいで百姓の跡継ぎを否定され、最後は師匠・素丸や俳友の花嬌、双樹などに先立たれ、江戸俳壇の人脈も失ってしまいました」「一茶が生涯残した二万句（実際には四万句以上もあったと推測されています）、それらはすべて死に負けないための猛烈な創作意欲によるものと思われます」。

鋭く痛切な分析だ。だがそれでも――いや、或いはそれ故にこそ――私は一茶自身が「七番日記」に採録した「つひの栖か」により深く心を惹かれる自分を見出す。というのは、一茶が江戸での生活を捨て、故郷・柏原に帰って来たのは、そこがたとえどんな所であれ、「死ぬ」ためではなく「住む（live）」ため、即ち「生きる（live）」ためだからだ――マブソン本人が述べている通り。

「一茶には二つの人生がありました。反骨精神を燃やして生き延びた青年・中年と、穏やかな世界観を生んだ晩年。やはり人間の心には決定的な変化があり得るのです。一茶の場合、五十歳を過ぎて信州の農村に帰郷してから、確実に彼の心には何かが生まれました」。とすれば、掲出句の「つひの栖か」に深々と滲む安堵とも覚悟ともつかぬものこそ、その「何か」の小さな、だが力強く輝かしい産声ではなかったか。

名月や家より出《いで》て家に入《いる》

「暗きより暗き道にぞ入りぬべき遥かに照らせ山の端の月」と詠ったのは和泉式部。もし掲出句がその「本歌取り」なら、その「暗き」こそ「家」だ、ということにもなるのだろう。人間は「家」に生まれて「家」に死ぬ。母胎であると同時に墓でもある「家」。その暗さは「生きる」ということにどうしてもつき纏う——というよりむしろその本質をなす——喜怒哀楽や愛憎、煩悩や執着等々に深く根差している。そして、それ故にこそ振り捨て難く懐かしい。

「生まれ生まれ生まれ生まれて生のはじめに暗く死に死に死に死んで死の終わりに冥し」(空海)。だが、その孤独な旅路を、月だけはいつでも照らしている——時には超然と、時には暖かく、そして時には雲間からこっそりと。

「故郷」という「家」を「死に所」であり「終の栖」と思い定めた一茶。その故郷で仰ぐ美しい満月。もちろん、これからも辛い事、悲しい事はあるだろう——これまでのように。満月も、やがては欠けるものだ。だが、思えばそれも本望というものではないか。ハイデガーによれば「存在」は「家郷」だ。

そして長らく「故郷喪失者」だった一茶は、その「存在＝家郷」を――「生」をも「死」をも抱き留める「居場所」を――今や間違いなく見出しているのだ。

〈文政前期〉

かゞみ開きの餅祝《もちいはひ》して居《す（ゑ）》へたるが、
いまだけぶりの立けるを
最《も》う一度せめて目を明け雑煮膳《ざふにぜん》
陽炎《かげろふ》や目につきまとふわらひ顔
雪ちら〳〵一天に雲なかりけり

1句目。家族揃っての幸福な宴が、一瞬にして取り返しのつかない悲劇へ。詞書の「いまだけぶりの立けるを」が余りに痛切だ。こんな時、「詩」に、「風雅」に、何が出来るだろう。

何も出来ない――それが、恐らく、畏れに満ちた告白であり前提でなければならない。或いは、逆に言えば「そんな時にも詩には当然何かが出来る（例えば、その当事者を本質的に癒すとか、励ますとか、慰めるとか、救うとか等々）。つまり詩とはそれ位偉大な何かであり（例えば、神にも比肩できるほど）、従ってそれに携わる詩人（例えば、この私）もまた、やはり結構偉大な誰かなのだ」と考え始めるところから、詩の堕落は、ひそかに始まっているのではなかろうか。「しかし、わたしはあなたがたに言う。いっさい誓ってはならない。天をさして誓うな。そこは神の御座であるから。また地をさして誓うな。そこは神の足台であるから。（中略）また、自分の頭をさして誓うな。あなたは髪の毛一すじさえ、白くも黒くもすることができない」（マタイ伝）。

しかし、たとえ真実はそうであっても、人は悲しみのあまり地を打って痛哭し、苦しみのどん底から天に叫ぶ——そうすることに何か大きな「力」が備わっていようが、いるまいが。そしてそれが、全く不思議なことに、本来そこにある筈のない「癒しのようなもの」「励ましのようなもの」「慰めのようなもの」「救いのようなもの」を、つかのま現前させるのだ——但し「当然の権能」としてではなく、いわば「逆説」として。或いは、もっと言えば、一種の「恩寵」乃至「奇跡」として——例えば、2句目の、亡き子の「わらひ顔」をその揺らぎの彼方に幾たびも顕たしめる「陽炎」のように。或いは、3句目の、雲なき晴天から舞い降る、ある筈のない「雪」（所謂「風花」）のように。

〈文政後期〉

行《ぎやう》々し大河はしんと流れけり
死下手《しにべた》とそしらば俳(誹)れ夕巨燵《ごたつ》
寒空《さむぞら》のどこでとしよる旅乞食《こじき》

「行々し（ヨシキリ）」の気忙しくけたたましい鳴き声――それは、あたかも目先のちっぽけな利害や愛憎に一喜一憂しながらその日その日を生きている生活者、ひいてはその一員としての一茶自身のようでもあり、それら「小さきもの」たちの喧騒をよそにしんしんと流れゆく「大河」は、俗事の煩いを超越した「大自然の運行」それ自体の比喩とも見える。だが、にも拘らず、1句が湛えているのは、私には、造化の営みの壮大さを前に己の悩みの小ささを悟った安らぎであるより、むしろ誰にも一顧だにされないまま、それでも己のちっぽけな喜怒哀楽を喉も裂けよと歌い続け、叫び続けずにはいられない、一茶自身の、ひいてはこの苦しみ多い世界の生きとし生けるもの全ての「哀しみ」のように思われてならない。

「痩蛙まけるな一茶是に有」――かつて、一茶は、弱い者への熱い共感を籠めて、そう詠った。しかし、それでも、強者は依然として富み栄え、弱者は無念と屈辱の裡に負け続けた。「雀の子そこのけ〳〵御馬が通る」――我が物顔で大道をのし歩く権力者に、胸中に深い憤懣を秘めつつ、そう吐き捨てたこともあった。だが、それでも、馬上の侍は路傍の雀など気にも留めずに馬に鞭をくれ続け、その通行を妨げる者を容赦なく蹴散らし踏み殺し続けた――そう、自分たち「力あるもの」こそが「大河」、即ち「弱肉強食」という「自然」の理法の寵児であり体現者なのだとでも言いたげに。

しかし、それでも、「行々し」は、一茶は、そして生ある全てのものたちは、歌い続ける。叫び続ける。己のちっぽけな生を去来する、ちっぽけな全ての哀歓を。たとえ次々に子を亡くし、やっと得た若妻にも先立たれ、やがては大火で家まで失って、土蔵で不如意の死を迎えようとも。

それは確かに「死下手」かもしれない。居汚く「巨燵」にしがみつくように、執念深くいつまでも生に、「小我」に拘泥し続ける哀れな「荒凡夫」──ああ、そうとも。だが、それが何だ。

「この秋は何で年よる雲に鳥」──かつて芭蕉は詠った。老いの身、老いの心──いわば「老境」という一つの「境涯」そのものが、ここでは雲に、鳥に、秋の天空に縹緲として融け去り、いわば美しい「成仏」を遂げている。

しかし、一茶の心は、あくまで下界にある。救われるべきものが全て救われ、美しいものたちが全て秋空の彼方に消え去った後もなお、荒涼たる「寒空」の下にまるでぼろ屑のように──或いは同じ芭蕉がかつて「猿を聞く人捨子に秋の風いかに」と詠った、その「捨子」のように──取り残された「旅乞食」の明日の身の上にある。それも、永遠の魂の救いの、ではない。この一冬、否この極寒のたった一夜を生き延びるための寝場所の心配だ。そしてそれが、滔々たる「大河」を前になお決して叫び続けることをやめない、小林一茶という不屈の「行々し」の詩魂なのだ。

西東三鬼『夜の桃』寸感

中年や遠くみのれる夜の桃

「汚れつちまつた悲しみに」――中原中也のこの有名なフレーズは、本来この句のような「中年」にこそ相応しい。「絶壁に寒き男女の顔ならぶ」「かくし子の父や蚊の声来り去る」「旱星われを罵るすなはち妻」「月夜の蛾男、女の中通る」――このような生臭くやりきれない数々の「修羅場」を潜り抜け、「男」と「女」の間を横切る、どうしようもない「蛾」のような「、」の存在を骨身に沁みて知ってしまった者が、どうして偽善や自己欺瞞なくして「汚れつちま」う以前の心の有り様に恥ずかしげもなく戻ることが――或いは（たとえ詩句の上だけであろうとも）戻った「ふり」をすることが――出来るだろう。

だが、逆説的に言えば、そのような「砕かれた魂」だけが見ることの出来る幻の「桃」――そんなものも、ひょっとしたらあるのではないのか？　それは「夜」の闇の中の「桃」であり、目には見えない。しかも「遠く」て手に触れることも出来ない。しかし、それでもやはりそれはある。そして、匂やかに「みの」っているのだ。

これは殆ど一つの「宗教詩」だ。何故なら、この句に流れているのは、紛れもなく、一人の生きた人間の、泥だらけの、しかも痛切な「憧れ」であり「祈り」であるからだ。

狂院をめぐりて暗き盆踊

恐らく、入院患者のささやかな慰安のために催された、一夜の、善意の心づくしであったのではあろう。しかし、彼ら・彼女らが真に求めている「何か」、真に必要としている「何か」は、果たして「盆踊」だったのだろうか?――もちろん、そうではない。その「何か」が何なのかは医師も、看護師も、また患者自身も知らない――というより、それが分かっていれば、そもそも最初から必要なかったのだ、こんな場所は。

「その通りだ。だが、それでも、せめてはその代わりに……」

医師は、看護師は、そう言うだろう。もちろん、それも重々分かっているのだ。だが、それにも拘らず、その「せめては」が、それを催した全ての人々のありったけの、なけなしの全ての善意にも拘らず、却って「こんな盆踊ならやらない方がましだ」と叫びたくなるような「暗さ」を纏ってしまうのだとしたら、次に、「その代わりに」、私たちは一体何をどうすればいいのか?

「狂院」――それは、ここでは、この狂った「世界」の喩だ。そしてそこで、誰のためとも、何のためとも分からぬ「盆踊」を踊り続けているのは――或いは踊らされ続けているのは、語り手をも読者をも含む、他ならぬこの「私たち」自身だ。そして、その事に思い当たらず、例えば「この『狂院』という言葉には、そこに収容されている、『私たち』ではない『彼ら・彼女ら』、『私たち』より悲惨で可哀そうな『彼ら・彼女ら』に対する差別的（！）感情が含まれている」と非難する者がいたとしたら――敢えて言わせて貰う、その者は、恐らく、この句に滾る切実な「一体感」――綺麗事でない、のっぴきならない、いわば血反吐を吐くような「一体感」が少しも見えていないのではなかろうか。

大寒や転びて諸手《もろて》つく悲しさ

「転びて諸手つく」とは、即ち、天下の大道・公衆の面前で、不覚にも「四つん這い」になってしまったという事だ。或いは、どこの誰とも知れない大きな力によって、どこの誰とも知れない誰かに――或いは、その訳の分からぬ大きな力の前に、何のためにか分からぬ「土下座」をさせられてしまったという事だ。

　その瞬間、それまで語り手を支えていた「武士は食わねど高楊枝」的な最後の誇り――いや、「誇り」等というご立派なものはそれまでの泥まみれの人生の中でとっくの昔に擦り切れてなくなり、残っているのはその惨めな残骸、いわば単なる「見栄」とか「意地」に類する何かにしか過ぎなかったとしても、そのなけなしの最後の何かが、到頭、嫌な音を立ててへし折れてしまった。そして、そこから、語り手がずうっと堪えに堪え、抑えに抑えて来た「悲しみ」――どこの誰に、何のために向けられたともしれない、訳の分からぬ大きな「悲しみ」が、滔々と流れ出てしまったのだ。

「穀象の群を天より見るごとく」――例えば、そんな句に始まる、同句集所収の、穀象虫の群の生態を執拗に描き続けた一連。「数百と数ふ穀象くらがりへ」「穀象に大小ありてああ急ぐ」「穀象の一匹だにもふりむかず」等々、読み進むうちに、この「穀象」がいわばついこの間まで空襲下の地獄の中を逃げ回り、今は敗戦国民として焼跡をあてどなく彷徨っている、語り手自身を真っ先に含むこの国の民衆そのものであることがぎりぎりと肺腑に沁みて来る。また、だからこそ、一連の終わりの「穀象と生れしものを見つつ愛す」が、単なる「小動物詠」の域を超えた深くて暖かい余韻を残すのだ。

だが、思えば、それも、冒頭の「天より見るごとく」という「ポーズ」――それは一見絵に描いたような「上から目線」だが、実は内実はとっくに失われたその残骸、いわば「自己戯画化された『上から目線』のパロディー」のようなものであり、また、だからこそ嫌味のないしみじみしたペーソスを感じさせるのだが、それにしてもやはりそれが一つの「ポーズ」であることには変わりがない――が辛うじて維持されていたからこそ可能だったもの。ここでは、自ら「諸手」をついてしまった語り手に「天より見るごとく」見ることの出来る対象などどこにもない。あるとすればその惨めな「諸手」だけだ。ここでは語り手は真に1匹の「穀象」であり、「穀象」とは即ち語り手それ自身だ。そして、それゆえ、そこから迸り出る感情は、「愛」ではなく「悲しさ」でしかあり得ないのだ。しかし、何故だろう、それは「愛」より一見悲惨でありながら、にも拘らず「愛」より熱く、やるせなく読む者の胸を打つ「悲しさ」だ――そう、まるでそれが所謂「愛」より更に「愛」らしい何かであるような。

Ⅱ　俳句エッセイ

オイディプスの眼玉 ——鈴木六林男の1句

最近、気鋭の俳人でもあるコールサック社の鈴木光影さんと俳誌「花林花」の句会に通っている。「花林花」は鈴木六林男「花曜」の流れを汲む総員12名（2020年8月現在）のグループで、代表は高澤晶子さん。小規模だが、その分、一人一人の句にゆっくり向き合えるので、大結社とはまた違った魅力がある。六林男の1句を取り上げて、参加者全員が何か一言、解釈や鑑賞、意見や感想を述べ合うコーナーも刺戟的だった。例えば、2016年6月は、生前最後の句集『一九九九年九月』（1999年）所収の、こんな句。

オイディプスの眼玉がここに煮こごれる

世間一般の概念からすれば、随分奇怪な句だ。五・七・五の定型は（初句の1字字余り以外は）ほぼ守られており、季語（煮こごり・冬）もあるのだが、それにしても「オイディプスの眼玉」とは、余りに突飛かつグロテスク過ぎないだろうか。会場から「これはシュールレアリズムの所謂『手術台の上のミシンと蝙蝠傘の出会い』を狙ったものでは？」「私の俳句観では、これは俳句とは認められない」等々の発言が出たのも頷ける（ちなみに、師系の源流に位置する俳人の句にこんな忌憚ない意見が飛び交う闘達さも「花林花」の大きな魅力の一つだ）。

とはいえ、私の見方は、先の二つとは異なる。私は、これを、晩年の六林男が自分の「生きざま」を1句に「煮こご」らせた、重く痛切な「境涯詠」と取る。「オイディプスの眼玉」――それは（「私は父を殺し母を犯した」という）余りと言えば余りに酷たらしい「真実」に耐えかねたオイディプスが自ら抉り取って捨てた「廃物」だ。そして、それは「どこか」でも「あそこ」でもなく、まさに「ここ」に「煮こご」っている――ということは、つまり、この「オイディプスの眼玉」とは、或る耐え難い「真実」の直視によって灼かれ、溶解して「煮こごり」と化してしまった、「ここに」いるこの六林男自身の「眼玉」「人生」――ひいては「存在」そのものではなかったか。

それでは、六林男が見てしまった、その恐ろしい「真実」とは、何か。「戦争」だ。六林男はその俳人としての出発を「戦地詠」から始めた。「われを狙ひし弾が樹幹を削る音」「水あれば飲み敵あれば射ち戦死せり」「遺品あり岩波文庫『阿部一族』」――第1句集『荒天』（1949年）より。だが、これらの句は、「記録文学」として高い評価は受けつつ、次第に戦後の繁栄と記憶の空洞化の中で脇に追いやられた。それでも、六林男は、「戦争」を一生のテーマとし続けた。一度「戦争＝真実」を視てしまった「オイディプスの眼玉」は、それ以外の一切を「視ること」を拒んで「煮こご」るしかなかったのだ。

だが、それでは、これは、「時代」に取り残された男の自嘲の句なのだろうか。いや、そうではない。「オイディプス」は、通常の視力の代わりに、別の視力――「偽りの平和の幻影に惑わされない眼力」を得た。その「眼力」で、六林男は今も「時代」をひたと見据えている。私はそう思う。

似たもの同志

——中村草田男の2句

中村草田男の昭和38年の俳句に、こんな作がある。

赤児こそ似たもの同志夕桜　（句集『大虚鳥』）

一読、思わず口元がほころんだ。「似たもの同志」とは、私の語感では、普通、「同病相憐れむ」——と言っては語弊があるかも知れないが、何か「おまえの気持ちが分かるのは同じ心の傷を持つ俺だけだ」と、「オトナ」の男と「オトナ」の女が酒場の隅で肩を寄せ合う、みたいな、ほの暗くてウェットな言い回しだ。それを、よりにもよって「赤児こそ」とは……。

だが、言われてみれば、新生児室に並ぶ「赤児」たちは、確かに、お互い、よく似ている。但し、それは、彼ら・彼女らが「自分たちだけにしか分からない（＝排他的な）何か」を共有しているからではなく、むしろ全員が無限で無限定な未来に、可能性に「開かれて」いるからだ。

だから、我々「オトナ」も、どうせ「似たもの同志」という言葉を使うなら、今後はそういう「開かれた」意味で使おうよ——思うに、草田男は、そう呼びかけているのだ。だって、我々だって、たとえ人生の時刻は夕暮れでも、心は、依然として「赤児」のままじゃないか。「赤児」の肌のように無垢な桃色に耀きながら夕陽を浴びている、一枚一枚が「赤児」のように「似たもの同志」な、数え切れない桜の花びらたち――それをこそ、我々の栄えある「自画像」としようよ、と……。

ちなみに、草田男は、この年、61歳。全く、何という見事な「夕桜」だろう。その瞳に、声に宿る澄んだ叡智――だが、それは「酸いも甘いも嚙み分けた」老人の叡智というより、むしろ「赤児」のような叡智なのだ。

神の右も左も無しや揚雲雀　（前掲書）

こちらは、翌昭和39年の作。昇天した神の子イエス・キリストが栄光に包まれ、父なる神の右に座す、というのは、聖書の定型的な表現だが、考えてみれば、全宇宙に「遍在」している筈の神に対して、その「右」とは、「左」とは、何だろう？　そもそも、そんな区別など、「神」の概念上、あり得るのか？――草田男は、そう問いかけるわけだ。

折しも今、雲一つない無窮の青空を、1羽の雲雀が真っ直ぐに昇っていく――あたかも地上での使命をなし終えた神の子イエス・キリストのように、或いは我々一人一人の胸に疼いている、善きもの・永遠なるものへの憧れのように。

だが、その場合、雲雀は、果たして「青空」のどこをめがけて翔け昇っているのだろう？「青空の右」？　「青空の左」？　だが、そんなもの、誰がどう区別するのか？

「神の右」「神の左」も同じだ。つまり、両者も「似たもの同志」――それこそ「赤児」のような「似たもの同志」なのだ。

無論、それとて、「右」「左」の区別に、そもそも、なお何らかの「意味」「重要性」があると考えるならの話だが……。

季語点描　雪女郎

――「エロス」の原形質

お化け・幽霊・UFO・宇宙人――この世界の一見決まり切った枠組の向こうにあるものなら、何でも好きだった。その癖、怖がりなのも人一倍で、よくオカルト番組を見ては、その後、寝られなくなって困った。ただ「好き」というより、もっと近々と「あちらの世界」の声を感じていた子供だったのだろう。だが、

雪女郎おそろし父の恋恐ろし　　中村草田男

この句の「おそろし」さは、その頃の私――つまり「恋」とはまだ無縁な、本当の意味での「子供」――の世界のものではない。といって、語り手の「子」より作中の「父」に自分を重ねるような「大人」のそれとも、やや違う。言わば、前者から後者への移行期にある者――つまり例えば「少年」――がふと垣間見た「恋」乃至「性愛」の世界の闇の恐ろしさだ。

例えば、高野素十の「端居してただ居る父の恐ろしき」。この「父」も確かに「恐ろし」い。だが、それは、いわば「端居」していようが何をしていようがその「存在」自体は厳として揺るがない「父」

――或いは「権力」「世界秩序の原理」等々――が、今現在、何を考え何をしようとしているのかさっぱり分からない「恐ろし」さだ。これに対し、「雪女郎」の句では、「父」は、その「恋」によって、いわば「父」ではなくなり、それによって、「家庭」でも何でもいい、その「存在」が背骨を支えている一つの「世界」が、根底から瓦解してしまう。そして、その「不在」の穴から噴出する、黄泉のイザナミの腐乱死体のような、どろどろの「エロス」の原形質……。

雪女郎振りむけば去る振り向かず　　永井東門居

こんな句もある。だが「雪女郎」は、本当に「去る」だろうか。確かに、振り向いても、そこには誰もいない。だが、それは去ったのではなく、単にこちらが見失っただけなのではなかろうか。そして、再び前を向いた時――そこには「雪女郎」が、あの恐ろしい美貌で、こちらをひたと見据えているのではなかろうか。

「プロ」と「職業」
——虚子の一語

虚子の高弟・赤星水竹居の『虚子俳話録』に、印象的な挿話がある。ある年の暮、虚子たち一行が、日比谷公園に吟行に出かけて、鶴の噴水のある池の周りをぶらついていると、どこかの工場の失職者とおぼしき男が虚子のそばに来て、暫く様子を見て立っている。そして、突然虚子に「あなたはどんな気持でこの景色を見ていますか」と質問した、というのだ。「それは、このせちがらい年の暮にのんきに句を作っている我々に対して、多少反感を持った質問であった」——そう水竹居は言う。だが、虚子は、手にした句帳をそのまま、静かに、「私はこれが職業です」——そう答えた。その男は黙って立ち去った……。

ただそれだけの、短い話だ。だが、忘れ難い。それは水竹居本人も同じだったようで、本文の冒頭に「これはちょっと古いことだが、私の頭に始終残っているから書きとめておく」とわざわざ断っている。一体、何故、こんなに忘れ難いのだろう——それも、所謂「芸談」を聴いて「なるほど、名人はやっぱり考えることが凡人とは違うな。偉いものだなあ!」と感嘆して膝を打つ、そんな晴れ晴れしい目出度さではなく、何やらもっと暗く、孤独に、深部に突き刺さる切なさで……。

「職業」——恐らくは、この一語だ。例えば、これを、試みに、今風に「プロ」と言い換えてみるといい――「私はこの道のプロです」と。その時、そこに「このせちがらい年の暮にのんきに句を作っている我々」に反感――それは或る意味当人にとって全く正当かつ真摯な反感だ――を持つ「どこかの工場の失職者」を「黙って立ち去」らせるだけの沈痛な響きが、果たしてあるだろうか。むしろ、男は、更に激しく反感を募らせただけなのではなかろうか。

「俳句を作って金を稼ぎ、生活する」――それを例えば「プロ」と呼ぶ時、気のせいだろうか、私はそこに一種の「ナルシシズム」「上から目線」が揺曳するのを感じる。「私は、そういうクリエイティブな手段で金を稼ぎ、生活するだけの特別な価値ある才能に恵まれている――『どこかの工場の失職者』とは違って」――例えば、そんなふうに。だが、「金を稼ぎ、生活する」ことの「せちがら」さは、本当はどんな「職業」「業界」でも同じだ――畢竟「業」とは「業《ごう》」であり「業《カルマ》」なのだ。

その一事を――そして、その苦さと重さと厳粛さと淋しさを――「業俳・虚子」は、恐らく、淡々と、そして粛々とわが身に担っていた。そこには何の「ナルシシズム」も入り込む余地はなかった――だが、例えば「ある時は仕官懸命の地をうらやみ、一たびは仏離祖室の扉に入らむとせしも、たどりなき風雲に身をせめ、花鳥に情を労じて、しばらく生涯のはかりごととさへなれば、つひに無能無才にしてこの一筋につながる」(「幻住庵記」)と嘆じた時、それは芭蕉も同じではなかったか?

男は、恐らく、それを感得した。そして虚子に、「どこかのお偉い先生」ではなく、自分とは別の戦線で、しかし自分と全く同じように「生きる」ということの苦さと重さと厳粛さと淋しさに堪えている一人の「同志」を見たのではなかったか?

川柳恐怖症

——瀧正治、あるいは父

先日、中野のブックオフで『川柳作家全集　瀧正治』（新葉館出版）という文庫サイズの句集を見つけた。著者の瀧さんとは一面識もない私だが、何となく懐かしくて購入した。川柳は亡き父が生前やっていた。昔は私も残された蔵書からあれこれ拾い読みをした覚えがある。しかし、いつしか足が遠のいた。俳句でも短歌でも詩でも散文でも、割と拘りなくずかずか入っていく私なのに、やっぱり「ここは親父の聖域《サンクチュアリ》」と思うと、不覚にも（？）緊張が走るのだ。

川柳は怖い——まるで会社で辛いことがある度に酔って暴れていた親父のように怖い。

川柳は哀しい——まるでそうやって酔って暴れた果てに寝てしまった親父の寝顔のように哀しい。

例えば、瀧さんの、次のような句。

掬われた足の形を瞳に刻む

きび団子ひとつ血を噴く首いくつ

リストラが終り刺客の首を斬る

落とされた首は自分で片付ける

いずれも「企業社会」という「修羅場」で血を吐くように吐き捨てられた「諧謔」だ。そこでは「捥われた足」は只の慣用句ではなく、いわば死んでも忘れられない一つの「形」を心に刻みつける。牧歌的な桃太郎の「きび団子」は「お供」に代価の「血を噴く首」の数多を要求する。しかも、その代価の最後は、返り血に塗れた当の「刺客」の首。その上、そうして「落とされた首」は結局「自分で片付け」なければならないのだ。

泥舟を泥人形は見捨てない
駅名が一つずつある通過駅
指切りをしても指紋は残さない
骨壺を満たす骨なら持っている

利口者は「泥舟」から逃げ出す。だがそれを「見捨てない」者もいる——即ち、「泥舟」と一緒に見捨てられた哀れな、優しい「泥人形」たちも。全ての「雑草」に名前があるように全ての「通過駅」にも「駅名」はある——尤も、その事実は、急行電車がそれらを黙殺することを一瞬も妨げないのだが。「指切り」——それは「約束」の証だ。だが「約束」をした証拠の「指紋」は決して残してはならない——後々尻尾を摑まれない為に。「骨のある奴」——そう、私もその一人だ。とはいえ、それは、死後「骨壺」を寒々しく「満たす」に過ぎないが。

胸襟を開いて結局はひとり
靴べらを滑り地獄に足が着く

そうだ、そういう「ひとり」「地獄」を、父も又生き、詠み、死んだのだ——その息子が、どうして慄かずにおれようか？

〈孤独〉の造型

——高澤晶子の1句

俳誌「花林花」代表・高澤晶子の近作に、こんな俳句がある。

白鳥の孤独水面に映りおり

現実的——というより、より厳密には「現象的」——には、「水面」に映っているのは、差し当たり「白鳥」それ自身の視覚的映像だ。それをこの作者は敢えて内省的・思索的に「白鳥の孤独」である、と捉える。むろん、「白鳥」自身は鳥類であり、人間的な意味での所謂「自意識」を持たない。というより、そもそも水面に映った影を己のものと認識しているかどうかも分からない。だが、「自意識」の饒舌と無縁な「白鳥」の「内面」——例えばそんなものが仮にあるとして——の「無垢」「純潔」を思えば思う程、その端然たる無言の反射像は、却って、「白鳥」自身にも気づかれていない「孤独」——ということはつまり、本来ならその引き受け手たるべき「白鳥」自身からも疎外されている究極の「孤独」——を、端無くも己の「かたち」の裡に隅々まで体現してしまっているのではなかろうか、と。

ここでは、白鳥の「現身」と「虚像」は、単なる「オリジナル」と「コピー」、「リアル」と「ヴァーチャル」の関係にはない。むしろ、後者こそ、前者の秘められた「本質」が純化され顕現した「イデア」なのだ。しかも、それは恐らく「白鳥」にとっても、またそれまで単に「白鳥」を現象的に眺めているだけだっただろう「第三者」「観察者」にとっても、一種の「不意打ち」であるような意外なイデアー――つまり「〈孤独〉のイデア」だ。童話の魔法の鏡が白雪姫や継母の本質を、当の「オリジナル」「リアル」の自意識や願望とは別の次元から残酷に言い当ててしまうように、「水面」もまた「オリジナル」「リアル」の所謂「セルフイメージ」とは全く無縁に、その予想外な「白鳥の〈真実〉」を勝手に映し出してしまうのだ。

しかも、この「〈孤独〉のイデア」は、先述したように、白鳥自身からも疎外されている、いわば「所有者(=引き取り手)のない孤独」「自乗された孤独」だ。しかし、それはまた、言い換えれば「誰のものでもない孤独」「元の所有者から引き取りを拒否され、そのことによって、だが逆説的に所有者からの自立性・独立性をはしなくも勝ち取ることになった孤独」、そしてまた「自乗されることによって却って普遍化され、そのために逆に孤独から解放された孤独」である、ということでもある。

「孤独」は、それまで「現身」の中でいわば人知れず「生き埋め」にされていた。それが、「虚像」の中へと放逐されることによって却って「かたち」を得、己を取り戻し、あまつさえ「ああ、あそこに〈孤独〉が映っているな」と認知してくれる「理解者」「仲間」を得ることにも成功したわけだ。全く、何という見事な「弁証法」だろう!

しかし、思えば、これはまた、そのまま詩歌文芸ひいては芸術一般における「〈作者〉と〈作品〉

の弁証法」でもあるだろう。「白鳥」と「水面」に映ったその「孤独」の関係――それはまた、同時に高澤とこの句それ自身の関係でもあるのだ。

「春」と「君」、或いはそのどちらでもないもの

――杉山一陽の1句

俳句にとって「自然」とは、又「人間」とは何だろう。それは答えの（或いは答えようの）ない「永遠の問い」かも知れないが、さりとて忘却したり「不問」に付したりしてよい問いという訳でもないだろう。例えば、俳誌「花林花」2019年3月句会に出詠された画家・杉山陽一（俳号・一陽）氏の次の作。

行く春を知らぬ褥や夜明まで

朦朧として一見摑みどころのない句だが、それでも、王朝和歌の世界を下敷きにしていると見れば、その意は汲み取れる。というのは、そこ――つまり「王朝和歌」的な言語空間――では「夜明」「褥」「行く」は一種の縁語関係にあり、この3つが揃えば「ははあん、どうやらこれは後朝の歌（ここでは句）だな」という理解が、いわば阿吽の呼吸で共有されるからだ。「満ち足りた交歓のひとときは過ぎ、今は安らかな寝顔を見せている女。男はその眠りを妨げぬよう、夜明けを待たず、今、立ち去ろうとしている。夜が明け、女が目覚めた時、男はもういないだろう」――例えばそんな「イメージ映像」が、

1句のいわば「下絵」になっているのだろう。

だが、とすれば、この場合、「行く」のは本来なら――つまり、「王朝和歌」的な相聞においては――「君」でなければならない。言い換えれば、「去り行く恋人」乃至「今はもう余香だけを残して立ち去ってしまった恋人」に対する二人称的な、かつ余情を籠めた「呼びかけ」の一語が、1首のクライマックスに置かれなければならない。

なのに、掲出句では、その「君」のあるべき要の場所に「春」が置かれている――言い換えれば、この句における「春」は、「相聞」における二人称「君」と暗黙裡に、だが明らかに照応し合っている。つまり、ここでは季語「行く春」と「行く君」、更にはそこに籠められた「惜春」の情と「後朝」の余情は、正しく「同じコインの裏表」なのだ――実質（＝乃至「深層」）における同一性においても、又、にも拘らず、両者が同時に「表」（＝字面の「表層」）に顕在することの不可能性においても。

とはいえ、私見では、これは、例えば(1)「ここで詠まれているのは、実は、人間的感情の迸りとしての『相聞』そのものであって、『君』が『春』と言い換えられているのは、いわば一種の『韜晦』に過ぎない」というふうにも、或いは逆に(2)「ここで詠まれているのはあくまで人間的な愛憎の彼方に超然と存在する『自然』であり、『春』があたかも『君』の言い換えのようにも読み取り得るということは、いわば一種の『擬人化』――それも、ひょっとしたらややベタな――に過ぎない」というふうにも、偏って――或いは一方を他方に還元するようなかたちで――受け止められるべきではない。むしろ「詩を読む」という営為における双方からの一瞬の解放――あたかも2つのラケットに交互に打ち上げられ、その放物線の頂点で束の間この世の重力を忘れて宙に静止するバトミントンの羽根のような——こそ、この句の魅力の「虚空の光源」ではなかろうか。

「定型」の手前に滴り落ちるもの
――内藤都望の1句

俳誌「花林花」に最近加わった若い句友・内藤都望の作品が気にかかっている。例えば、次の作。

秋雨のあとに漂う土の香り

有季定型――と、まずは言ってもいいのだろう。季語「秋雨」はきちんと入っているし、句跨りもなく、調べも概ねは安らかだ――ただ1ヶ所、結句「土の香り」の1字の字余りを除いては。だが、にも拘らず、この句には優れた自由律俳句――例えば「一日物云はず蝶の影さす」(尾崎放哉)「雪へ雪ふるしづけさにをる」(種田山頭火)「降れば冷たい春が来るという雨」(住宅顕信)等々――に通底する一種独特な忘れ難さがある。それは、例えば安西冬衛の「春」(「てふてふが一匹韃靼海峡を渡つて行つた」)の明晰・意志的な近代性とも明らかに違う、もっと原始的でノスタルジックな、それでいて奇妙に不安な感覚だ。

思うに、やはりこれは最後の字余り(つまり「香り」の「り」)が予想外に――というより、殆ど1句の世界観、ひいては「有季定型」という宇宙観の全てを動揺させる程に――利いているのだ。というのは、例えばこれが仮に「秋雨のあとに漂う畑の香」等々であったら、私は——成程「なかなか上手いものだな」「俳句という詩型の骨法を正しく捉えているな、まだ若いのに」と感心はしたかも知れないが——決して今現に感じているような切迫した胸騒ぎを感じることはなかったと思うからだ。

鋭敏な、剥き出しの感官というものは、恐らく、大なり小なり破壊的なものだ。それは、例えばオーケストラ中の強過ぎる一楽器の一音が、全体としての楽曲の調和を乱してしまうのと同じことだ。或いは、余りに突出した一つのパトス（例えば恋愛感情）が、えてしてその人の（家族・職場・友人関係その他諸々の諸要素で構成されている）全体としての人生の調和を破壊してしまうのと同じことだ。

だから、そうした「危険なデーモン」から「全体」としての「宇宙の調和」を守るため、例えば「自然の運行と人間の関係」を一つの「宇宙論」として纏めた「歳時記」、及びそれを一種の「聖書」とする「典礼の様式」——例えば「有季定型」——が必要となる。それはそれでいい。だが、その「礼拝」に、偶々1匹の蝶が窓から紛れ込んで来た時、信徒の中には、ついその後を追いかけて自分も外に出て行ってしまう者が少数ながらいる。そしてそれは、本人的にはそんな意図はなくても（あればそれはもう自由律「俳句」ではなく1行の「近（現）代詩」だし、自らも誇らかにそう名乗る筈だ）「デーモン」の復活の恐怖に怯える他の大多数の者の目には、許し難い「背教」「異端」に見える——要するに、そういうことではないのか。

5・7・5の枠をほんの少し、だが不敵に見える位無造作に踏み越えた掲出句末尾の「土の香り」。そこには「有季定型」という「教会」の窓越しでも、また何かハイカラな「詩的方法論」という「別の教会」の窓越しでもない、「青天井」の下で触れられた「自然」の戦きに満ちた「鮮度」がないだろうか。

追悼・狩野敏也さん

所属していた結社を離れ、ひとり気ままに作句していた私に「一度遊びに来ませんか」と「花林花」へのお誘いの手紙をくれたのは敏也さんだった。それまで「詩壇の偉い人」として遠くから知っているだけだった敏也さんが「この人、俳句もするんだ……」というだけで忽ち身近に感じられたが、そうは言っても余りに急なお話だ。何となく二の足を踏んでいた。そこへ再びの熱心なお誘い。「こんな私に、二度までも……」と感じ入り、恐縮しつつ句会にお邪魔した。それが今に到る俳縁の始まりだ。どんなに感謝してもし切れない。

「花の種利き手ににぎり寒に逝く」（廣澤一枝）。「いのちなき砂のかなしさよ／さらさらと／握れば指のあひだより落つ」と歌ったのは啄木だが、思えば、敏也さんは、握った手の中で砂をも灰をも忽ち「花の種」に変えてしまう「花咲爺さん」のような人だった。

節分の夜、「鬼は外」と豆を撒く代わりに「枯木に花を咲かせましょう」と灰――否、奇跡の「花の種」を撒きながら、この世を後にした敏也さん。私も貴方のように生きたいです。4句。

節分の夜をかの岸へ飄々と　　詩夏至

うたびとをうたもて送る春夜かな　　詩夏至

春宵の宴見えねど君もゐて　　〃

献杯のこゑ和やかや春燈　　〃

Ⅲ　俳誌「花林花」一句鑑賞

1 北山星

堅い雪そういえばあった憎しみ

北山　星

人は、余りにも深く、また長く、誰かを、もしくは何かを憎み続けていると、そのうち自分の「憎しみ」それ自体をしばしば忘れてしまう。つまり「憎しみ」によって凍てつき光を失った自分の心の状態に——そしてまたそのような心に映る人間の、世界の荒涼たる見えように——慣れ切り、いつの間にかそれを「普通」「当り前」と認知するようになってしまうのだ。

しかし、そんな氷に閉ざされた心の結界——例えば世上「地獄」と呼ばれるような——にも、ある時、何かのきっかけで、ふと「春の兆し」が訪れることがある。但し、それは、善男善女が「かくあらん」「かくあれかし」と想像するような「愛のストレート一本勝ち」ではありえない——少なくとも、基層に容易には融けない積年の「堅雪」を抱えた心の場合には。

「そうか、俺は（私は）こんなにも深く世界を憎んでいたのか——こんなにも手ひどく傷ついていたのか、世界のありように……」。

「北国」——つまり、ここでは「心の北国」——では、「春」は、そんな呟きと共に訪れる。そして、その呟きに続くのは、平和で穏やかな微笑ではなく、まずは雪崩のような「怒号」であり「号泣」だ。

彼は（彼女は）、まずは何年分、何十年分積もりに積もった怒りを、悲しみを、一気に吐き出し尽くすことになるだろう――一体、自分が「春」の訪れを喜んでいるのかその逆なのか、自分でも分からなくなるほどの激しさで。そして、そのような「シュトルム・ウント・ドランク」の後に、漸く、「心の大地」に花が咲き乱れるのだ。梅も桜も桃も一斉に――そう、まるでそれまで余りに長く堰き止められていた「生の喜び」を一気に味わい尽くそうとするように。

2　狩野敏也

酔路《よひじ》には夕陽の重し冬欅《けやき》　　狩野敏也

人間、酔うには何かの理由がある――それも、昼日中からグラスを傾け、短い冬日が暮れる時分にはもうすっかり出来上がって家路を辿っている、そんな飲み方をするには、必ずや、何かの重たい理由が。

もちろん、それは「これこれこうです」と明晰に説明できるような理由とは限らないし、又そうである必要もない。というより、そんな程度の「軽やかな」理由に、夕陽を――暮れゆく「世界」そのものを――底知れない地底に引きずり込んでしまうほどの「重さ」など、そもそもあるだろうか。「あかい夕日につまされて、／酔うて珈琲店《カッフェ》を出は出たが、／どうせわたしはなまけもの／明日の墓場をなんで知ろ。」（北原白秋『東京景物詩』より「あかい夕日に」全行）。恐らく、こんな、理由にならない、こうとでも歌うしか伝えようのない理由こそ、実は一番重たい理由なのだ。

それは「詩人」なら誰でも知っていることだ。そして、こんな口から出まかせのような短詩が、それでも万人の胸に沁みるのは、恐らく、万人が、深い所では皆「詩人」であることの動かぬ証左なのだ。

3 髙澤晶子

遠吠えや上野の森に星冴えて　髙澤晶子

「ぬすつと犬めが、／くさつた波止場の月に吠えてゐる。／たましひが耳をすますと、／陰気くさい声をして、／黄いろい娘たちが合唱してゐる、／合唱してゐる、／波止場のくらい石垣で。／／いつも、／なぜおれはこれなんだ、／犬よ、／青白いふしあはせの犬よ。」――萩原朔太郎「悲しい月夜」（『月に吠える』所収・全行）。ここで「ぬすつと犬」が吠えている「くさつた波止場の月」は、全く「冴えていない――良くも悪くも。例えば、和泉式部の「暗きより暗き道にぞ入りぬべき遥かに照らせ山の端の月」。ここでは、迷いの世界を超越した解脱の境地の象徴である筈の「月」が、にも拘らず、「遥かに照らせ」と擬人化され二人称的に呼びかけられることによって、どこか愛人を掻き口説いているような悩ましいエロチシズムの翳りを帯びて来る。つまり、それは、天上の手の届かない――だが、一茶の「名月を取ってくれろと泣く子かな」に見るように、一面ではあとほんの少しで手が届きそうにも見える——彼方で、あまりに煌々と輝いているが故に、却って衆生の煩悩を掻き立てる或る意味「罪深い」存在とも言えるのだ。

掲出句の「星」は、それに比べれば遥かに清々しい。ここで「遠吠え」しているのは——「上野の森」とあるからには——まずは、夜の動物園の、無数の囚われの動物たちだろう。それとも、かつての凄惨な上野戦争の死者たち——或いはその指揮官・西郷隆盛の忠実な伴だった銅像の犬たち——の声だろうか。彼らは吠える——吠えても吠えても到底吠えきれない痛切な胸裏を。だが、その声は、何故だろう、星々の輝きのその更に彼方にある「闇」へと真っ直ぐに突き抜け、そこで本当の意味での「安らぎ」の中へと静かに「成仏＝寂滅」していくように思われる。「星空」——それは「光」が「幻惑」を生むこともなければ「闇」が「暗黒」を孕むこともない、ただ冴え冴えと輝かな「虚無」なのだ。

4　榎並潤子

手品師の鞄に積もる春の雪　　　榎並潤子

「手品師の鞄」と「サンタクロースの袋」。両者は似ているようでいながら、実は全くの別物だ。例えば、シャミッソー『影をなくした男』の主人公ペーター・シュレミールは、或る日、謎の男との取引に応じ、金貨が無尽蔵に出て来る魔法の袋と引き換えに、己の「影」を売り渡してしまう。そして、私は、サンタクロースとは、実は、このシュレミールではないかと思っている。

実際、サンタクロースには「影」がない。そして、そのことが彼を、一面においては「人間以上」のものとし、他面では「真正の人間であるには、何かが足りない」ものともしている。シュレミールが手に入れた「魔法の袋」――それは、まさしく「サンタクロースの袋」だ。中には無尽蔵の「夢」が詰まっている。但し、それは「プレゼント（＝商品。お金を出せば買えるもの）」という形を取った――或いは、それ以外の形を取り得ない――「夢」であり、要するに「無尽蔵の金貨」と同義だ。

しかし、その「夢＝無尽蔵の金貨」の力で、彼は世界中の人気者となり、神から、イエスから、クリスマスの主役の座を奪い取った。街には至る所「ホワイト・クリスマス」の甘いメロディーが流れ、この簒奪劇を糊塗し隠蔽するかのように、雪が全てを白く埋め尽くす。しかも、その為に彼が支払った代価は、ただ「影」――そんなもの死ぬまで持ち続けていたって一体何になるのか分からない「生存に伴う一種のごみ、ないし産業廃棄物」――に過ぎないのだ。

これは、一見、実に旨味のある取引――というより、殆ど「一石二鳥」――とも思える。

だが、本当にそうなのだろうか？

一方、手品師はどうだろう。彼は、一見、サンタクロースのように――というより、その惨めでちっぽけな「ニセモノ」のように――人々の前で種も仕掛けもある「ニセモノ」の「夢」を売る。そして、その代価として「お金」――それも「無尽蔵の金貨」どころか、しばしば雀の涙ほどの――を受け取る。そう、ばらまくのではなく、逆に受け取るのだ――だって、それが彼の商売なのだから。

手品師の鞄――そこに詰まっているのは、決して「夢」などではない。むしろ「現実」だ。日銭を稼ぐための商売道具、そこに仕込まれた種や仕掛け、もっと簡単に言えば生きていくためにつかなければならない嘘、そうやって酒場から酒場、旅から旅へと渡り歩いてきた時間の堆積、その裏側にまるで汚れのように染みついた、見栄えのしない、平凡な人生の哀歓……。

そう、言い換えれば、それらはまさに彼の「影」だ。ペーター・シュレミールが、つまりサンタクロースが、そんなもの死ぬまで持ち続けていたって一体何になるのか分からない「生存に伴う一種のごみ、ないし産業廃棄物」としていそいそと売り渡してしまった「影」なのだ。そして、それでもそれを手放さず、今も鞄の中に持ち続けていること――そのことが、手品師を、それ以上でも以下でもない正に一人の「人間」たらしめているのだ。

手品師――人は彼をサンタクロースの「ニセモノ」と呼ぶ。だが、少なくとも彼は「夢」のために、言い換えれば「無尽蔵の金貨」なんかのために「影」を、「人間」としての己の人生を売り渡したりなどはしていない。とすれば、本当の所、ニセモノなのは、彼なのか、それともサンタクロースの方なのか？

季節はもう春。ホワイト・クリスマスはもうとうに終わり、サンタクロースは空の彼方に去り、地上には一人、取り残されたように、老いた手品師が、駅のベンチで電車を待っている――だって、彼には魔法の橇などないのだから。そして、足元にそっと置かれた、古い、傷だらけの、重たい鞄……。

電車はなかなか来ない。その代わり、折しも、季節外れの――そう、まさに彼の人生そのもののように季節外れの——雪が降り始めた。あたかも、すっかり遅れてしまった、神の祝福のメッセージのように……。

5 廣澤一枝（田を）

何もかも緑の中に置いて来し　　　　廣澤一枝（田を）

5月の風に波打ちそよぎながら遥かに打ち続く万緑の森。いつしか都会の喧騒を忘れ、青葉若葉の輝きに身も心も開放されていた幸福なひと時。やがて陽が翳り、帰るべき刻限は近づいても、心はまだ、この地を去りたくない——もう少し？　それとも、願いがかなうなら、永遠に？

危険だ。これ以上もたもたしていると、やがて足から大地に根が張り、腕から無数の葉が噴きこぼれ、自分も又、この広大な森を構成する一本の樹に変身してしまう——というより、この森の樹々は、ひょっとして皆、そうしてここから出られなくなってしまった人間たちの変わり果てた姿なのではないだろうか？

（しまった！　急がねば！）

ほうほうの態で結界を逃れ出、振り返るもう闇に沈んだ森。だが、本当に助かったのだろうか？　今ここにいる自分の体は森に入る前より奇妙に軽く、影が薄く、何だか生気を全て吸い取られた残渣か何かのようにも感じられる――或いは、己の死にまだ気付いていない、哀れな幽霊のようにも。（やはり、本当の私は、今もあの森に留まっているのだ――一本の樹として……。とすれば、私は、もう一度、あそこに――森に――帰らなければならない。その樹を探し出し、その葉蔭で、もう一度、失われた本当の私に逢うために……。）

6　福田淑女

紫陽花や運命はみな数奇なり　　福田淑女

真鍋昌平の漫画『闇金ウシジマくん』（全46巻）を先日、TSUTAYAのレンタルで一気読みした。2004年の連載開始から今年（2019年）の完結まで約15年。第56回小学館漫画賞（一般向け部門）受賞作で、TVドラマ化も映画化もされており、人気は以前から知っていたが、画と題材の余りの暗さに、なかなか本気で向き合えないでいたのだ。

実際、ドストエフスキー級の重たい読後だった。10日で5割という暴利の闇金融に群がり、あっという間に破滅の道に向かう多種多様な人々の心の闇、そしてその背後に広がる現代日本、ひいては資本主義社会それ自体の底知れない闇……。だが、にも拘らず、その地獄の底に光とも言えない一筋の光を感じるのは一体何故だろう。それらの闇を（あたかも主人公・牛嶋が借金を取り立てるのと全く同じ冷徹さで）最後の最後まで抉り抜き暴き切る、その覚悟の下に、何か真摯な祈りのようなものが、深く静かに流れているからなのだろうか。

紫陽花は別名「七変化」。青・紫・赤・白・緑等、様々に花色を変化させた末、枯れ萎んだ老残の姿を秋口まで長々と晒している。軽佻浮薄な遍歴の果てにいつしか「ドツボ」に嵌まり、そのまま金輪際そこから抜け出せず、死ぬまでそれぞれの闇の底で蠢き続けるしかない『闇金ウシジマくん』の登場人物たちのような、その運命……。

だが、それでも、私はこの花が好きだ。

紫陽花には雨がよく似合う。暗い空の下、行き交う雨傘の人波に所在なげに花毬を傾ける、その街娼の一団のような物憂い立ち姿……。しかし、人は皆、そんな花にしか打ち明け分かち合う気になれない、一面数奇な、だが一面ありふれた己の「運命」をそれぞれの傘の下に抱えたまま、昨日も今日も明日も、この路傍を行き交い続けているのではなかろうか。

7　鈴木光影

外寝人らへ散り散りの朝が来る　　鈴木光影

その昔「竹馬やいろはにほへとちりぢりに」と詠んだのは久保田万太郎（俳人・小説家）。当時の子供たちの定番の遊びである「竹馬」と、同じく当時の子供たちがひらがな学習のために覚えた「いろは歌」の一節を組み合わせることによって「楽しかった幼年時代」を髣髴とさせ、それがそのまま「ちりぢりに」へと転調することによって、当時の友人たちが今はもうそれぞれ別の人生行路へと旅立ってしまったことを暗示する、高度に技巧的でありながらしんみりと心の底に届く名句だ。

一方、掲出句の「外寝」は、共に闇に燃える火を囲んだキャンプの寝袋の一夜だろうか。それとも、想いを共にする仲間たちと夜通し声をあげ路傍に座り込んだ、熱い政治闘争の光景なのだろうか。いずれにせよ、間もなく夜は明け、人々は心に昂揚の余韻を留めつつも、それぞれの家、それぞれの日常の世界へと否応なく帰ってゆかなければならない――取りあえずは。

だが、それでも、そのたった一夜だけの「外寝」の記憶は、たとえ青春の哀歓が過ぎ去っても、或いは闘争がその後如何なる困難な局面に突き当たろうとも、まさに万太郎にとっての「竹馬」「いろはにほへと」と同様の確かさ、揺るぎなさで、それを共にした一人一人のその後の人生を支え続けていくのではなかろうか。あたかも夜空を一瞬だけ鮮烈に彩り、そのまま儚く消え去ってしまう花火が、それ故にこそ一層美しい「一期一会」の残像を見上げる者の心に刻み込むように。

8　杉山一陽

マティーニも煙草も昔秋の暮　　杉山一陽

その頃、「健康」という価値観はまだ時代の主流を占めてはいなかった。マティーニを湛えたグラスを傾け、紫煙を燻らす大人の男はそれだけで十分「カッコイイ」と見なされたし、若者たちは別に美味いと思わなくても取りあえずその真似をした。そして、もちろん「健康」を害した。

悲惨な時代だったのだろうか。ある意味ではそうだったのかも知れない。だが、別の意味では案外そうでもなかったのかも知れない。いずれにせよ、過ぎ去った時代の記憶というものは、えてして過剰に美化されがちだ。そして、そうした美化された記憶を年代物のウィスキーのように甘美に味わうことが出来るのは、生き延びた者――つまりたまたまその時代の最暗部に飲み込まれずに済んだ者たちだけなのだ。

今や、男は酒も煙草もやめている。やめずに死んでいった者も多く見た。それでも昔のやり方をやめない頑固な、愚かな仲間たちも少しは残っている。思うに、彼らはやめないのではなく、単にやめられないだけなのだろうか。とすれば、「健康」のためすっぱりそれらをやめて見せた男は、彼らより少しは「カッコイイ」のだろうか。いや、それともやっぱり、時代に取り残され着実に「健康」を蝕まれながらも昔のやり方を変えない彼らは「カッコイイ」のだろうか――逆説的にであれ、少なくともやめてしまった男より、少しは。

いずれにせよ、今の男にとって「カッコイイ」か否かは、既に半ばは「どうでもいい」ことだ。しかしそれでは「健康」はどうか。本音を言えばそれだって半ばは「どうでもいいこと」ではなかろうか。全てをセピア色に包む秋の暮。男はポケットをまさぐる。だが、そこには煙草はない。それではどこかで酒でも……いや、それもやめておこう。男は家路につく――「健康」に。その背中が「カッコイイ」のかどうかは、判らない。

9 宮﨑裕

ぽつりと灯《ひ》キッチンに点《つ》き神の留守　　宮﨑　裕

「かみさん」――自分の妻を親しみとある種の気安さを籠めて呼ぶ呼称だ。だが、一説では、その場合の「かみ」とは実は「神」。口やかましい長年の連れ合いを「山の神」――それは古来、己の神域に入る者（それは森林伐採のための樵、狩猟のための猟師、採炭のための鉱夫等、様々だが）に冒せば命を失う程の厳しい禁忌を課す、恐ろしくかつ嫉妬深い女神とされている――に喩えたのがその由来であるとか。「そうそう、まさしくそんな感じ」と膝を打ちたくなる。所謂「恐妻家」はいつの時代にもいるものだ。

「山の神」への圧倒的な畏れ――だが、それは、裏を返せば、「山」に生きる男たちの心に、それでもなお、一つの真っ当な「負い目」の感情が脈々と息づいていることの反映でもある――つまり、それが樹木であれ獣であれ鉱物であれ、自分たちが「山」から持ち帰る所謂「恵み」が、実際には「山」の身体に刃を突き立て、生皮を剝ぎ臓腑を抉るような仕方でいわば「強奪」して来たものなのだという「痛み」の感覚が。

それは確かに、一面においては、人心を陰鬱な迷信で雁字搦めにし、自由な発想と行動を妨げる非合理的な重圧かもしれない。だが、かと言って、その原初的な「申し訳なさ」の感覚が麻痺してしまった時、人間は、いわば痛覚の失われた子供が笑いながら自らの身をナイフで切り刻んで遊ぶような仕方で、実は「自分自身」に他ならない「山川草木」「鳥獣虫魚」ひいては「自然」「地球環境」を陽気に、自由に、そして際限なく、破壊し始めてしまうのではないだろうか。そしてそれが、「神の死」（ニーチェ）によって刻印された「近代」という終わりなき「どんちゃん騒ぎ」の無惨な正体なのではなかろうか。

「かみさん」のいない「キッチン」。それはいわば「山の神」のいない「山」であり、ひいては「神」のいない「世界」だ。最初はいい。「ああ、自由だな……」——そう呟いて、家庭に、山に、世界に生きる（或いは、それらに雁字搦めになっている）男は、ほっと安堵のため息をつく。そして、例えば「健康に悪いから」と日頃は禁じられている2杯目のウィスキーに密かに舌鼓を打つ。その、心に「ぽつりと灯」が点ったようなささやかな（或いは、殆どみじめったらしい）幸せ……。

だが、それとて最初だけだ。男は、次第にそんな「自由」がつまらなくなる。虚しくなる。淋しくなる。そうして、漸く独り床に就く頃には、知らず知らずこう考えているのだ——「かみさん、今頃どうしているんだろう。もう寝たかな」。

そう、男にとって「かみさん」は――つまり「神」は――永遠にいなくなってしまったわけではない。ただ、ちょっとばかり「留守」にしているだけ――というより、そうでなければやっぱり困るのだ。「ああ、早く帰って来ないかな、かみさん……」

男は思わず声に出して呟く。それは、要するにこういうことなのだ――「ああ、主よ、迅《と》く帰り来りませ」。

10 金井銀井

片耳の兎となりて人見上ぐ　　金井銀井

「白きうさぎ雪の山より出でて来て殺されたれば眼を開き居り」（斎藤史）。殺したのは他の野生動物か、それとも猟師だろうか。いずれにせよ、読後、胸をいつまでも去ろうとしないのは、坦々と生き、あっけなく殺され、そしてなお見開かれているその目にさえ、恐らく何の喜怒哀楽も読み取ることが出来ないうさぎの、にも拘らずどこかこちらを怯ませる威圧感――或いは、安易な憐れみや感傷を静かに、だがきっぱりと跳ね返す気品と尊厳だ。これは一体どこから来るのだろう。

死んだうさぎの眼。それはもう何も見ていない筈だ。

だが、果たして本当にそうだろうか？

掲出句、ここに登場する兎は、もちろん、まだ死んではいないだろう。しかし、彼（彼女）も又、他の野生動物か、それとも心無い人間かに片耳をもぎ取られ、痛ましい、だが同時に恐ろしい、いわば「異形の兎」と化している。それは相変わらず小さく、無力で、その瞳からは、片耳を失う前同様、何の喜怒哀楽も読み取れない。しかし、にも拘らず、その視線は、私たちを確かに怯ませ、射すくめる――まるで、片耳をもぎ取った犯人が他ならぬ私たち自身であるように。

11　島袋時子

ダイヤ富士を手に手にスマホ冬テラス　　島袋時子

「田毎の月」――「たくさん並んだ狭い田の一枚一枚に、月が映ること」（三省堂大辞林第三版より）。わけても有名なのが信濃国姨捨山の棚田に映るそれで、芭蕉にも「俤《おもかげ》や姨《おば》ひとりなく月の友」の吟がある。

とはいえ、具体的な地名や実景に過度に縛られる必要はないだろう。和泉式部の有名な「暗きより暗き道にぞ入りぬべき遥かに照らせ山の端の月」にも見られる通り、古来「月」とは濁世の彼方に輝く仏法や悟りの象徴であり、「水面」――即ち移ろいやすい人間の心――に映るその影は、たとえ一時の波立ちによって乱されても、嵐が収まればまた何事もなかったかのようにそこに還って来る。しかし、かと言って、それを（あたかも物質的な財宝のように）摑み取り占有することは出来ない。「月」の面影は、「田毎」つまり全ての人の心の「水面」に等しく、だが、同時に誰にも触れられない仕方で宿されているのだ。

小さな「スマホ」の小さな「画面」毎に写し込まれている小さな「ダイヤ富士」――即ち現代の「田毎の月」。それは個々人の小さな「インスタ」に、小さく「映え」つつ無限に増殖する。だが、真の「ダイヤ富士」――即ち真の「月」（＝真の仏法や悟り）は、その相互にそっくり似通った「インスタ」間の際限ない「合わせ鏡」の中には決して見出すことが出来ない。それは誰の「田」「インスタ」にも面影を宿しつつ、しかもその中の誰の占有（例えば「著作権」のような）にも属さない彼方で輝き続ける何かなのだ。

とはいえ、それは又、人智・人力を寄せ付けぬ絶対的な高みから傲然と衆生に君臨しているわけでも決してない。何故なら、「田毎の月」「スマホ毎のダイヤ富士」は又、同時に、そのような仕方で、まさしく万人の、万人のために万人と共にある「月」であり「ダイヤ富士」なのだから。妙なるかな。

12　石田恭介

たましいに帰る国あり冬銀河　　石田恭介

古代中国では人の「たましい」は精神を司る「魂」と肉体の生命維持を司る「魄」の2種から成り立っていると考えられていた。そして人の死後、前者は天へと、後者は地へと還っていくのだとも。

ここでの「たましい」は、恐らく「魂」の方だ。人はどうして「兎追いしかの山、小鮒釣りしかの川」という意味での、過去、肉体が現実に生まれ育った、土の香りのする故郷だけでなく、まだ行ったことのない空の彼方――例えば「冬銀河」――にも、あたかもそこが己の真の故郷、真の居場所であるかのような「懐かしさ」を覚えるのか。それは、恐らく、後者が未生以前に「魂」がそこに住まい、死後再びそこへと「帰る国」だからだ――あたかも前者が「魄」にとってまさしくそのようなものであるように。

未知なるもの、天上的なるものへの「魂」の郷愁――それは屡々「憧れ」とも呼ばれる。未知のものを既知に、それまで天上的と思われていたものを地上的なものの領野に貪欲に繰り入れ、征服していこうとするアレキサンダーやシンドバッドのような冒険精神とも似ているようでいて少し違う、その敬虔だが何か身を揉むような切なさ。

「ただ憧れを知る者だけが／わたしの苦しみを知る。／ただひとり／すべての喜びから切り離されて、／／わたしは大空の／かなたをながめる。／ああ、わたしを愛し、わたしを知る人は／はるか遠くにいる。／／目はくらみ、／はらわたが燃える。／ただ憧れを知る者だけが／わたしの苦しみを知る」――ゲーテが『ウィルヘルム・マイスターの修業時代』の中で旅芸人の少女ミニヨンに歌わせた歌。ミニヨンは実は貴族の娘だった。しかし、それが明らかになったのは、やはり死後のことだ。

13　岡田美幸

どうせみな愛し合う街夏の虫　　岡田美幸

「外出自粛」と言い「三密回避」と言った所で、恋人たちはどんな障害を乗り越えてでもやっぱり「濃厚接触」し「愛し合う」だろうし、それを妨げ得る力など、遂にどこにもない。だが、その姿を「不謹慎」「愚か」と一刀両断に出来る者など、果たしているだろうか――確かに、この上なく危険ではた迷惑なことは間違いないのだが。だって、イエスも言っているではないか――「あなたたちの中で罪を犯したことのない者が、まず、この女に石を投げなさい」（ヨハネ伝・第8章）。

「飛んで火にいる夏の虫」――よく、悪者が、高笑いしながら、まんまと罠に嵌った時代劇の主役に言う科白だ。つまり、計算高いその敵役には、罠と知りつつ、大事な誰かのため、やむにやまれずあえて危険に飛び込む、その胸中が理解できないのだ。

（なるほど、そうか。なら、私だって……。）

そう思って、改めて見回す身の回り――一緒に「飛んで火に入」ってくれる愚かな、でも素敵な誰かはいないかと。

結果は、勿論「神のみぞ知る」。だが、たとえどちらに転んでも、結局、そう悪くはないだろう。

何故なら、もしそんな誰かが本当にいたなら、その人はたとえ束の間であっても素晴らしく「幸福」になれようし、もしいなければ、その人はきっと「健康」と「長寿」に恵まれようから――それも、「不謹慎」「愚か」と指弾されることもなく、慎み深く、賢く、穏やかに。

14 内藤都望

六月の雨を見ていて泣きそうに

内藤都望

紫陽花、額の花、燕子花や花菖蒲、ラベンダー、クチナシ、ヤマボウシ……。梅雨に重なるせいか、6月に咲く花にはどこか幸薄い「日影」のイメージが揺曳する。と同時に、どんな逆境でも自分の「花」を咲かせることを諦めないひたむきさ、芯の強さのようなものも……。

人間の流す涙の訳は、一口では語り尽くせない――というより、自分でもなぜ泣いているのか、説明できないことが多いのだ。例えば、6月の雨に打たれる花を「可哀そう」と思ったのか、それとも「自分も頑張ろう」と勇気を貰ったのか。或いは、何かの痛みを伴う記憶が、その時ふと心をよぎったのか……。

いずれにせよ、6月の空の下、花は咲き続け、それを「泣きそうに」見ながら、詠者はなお、その場を立ち去りかねている――言葉もなく。

あとがき

「文学理論というものを、ロジカルな表記形式をとった文学作品、と考えるところから始めたい。（中略）とりわけ詩論に関していうなら、それはもともと詩の原理を対象的に述べた文学表現である以上、そこには必ず論者自身によって生きられ、また行為された主体的な時間というものが孕まれていなければならない。（中略）必ずそこには、余剰として残る私たちの経験の生きた流れが介在している」――添田馨『クリティカル・ライン　詩論・批評・超＝批評』（２０１８年、思潮社）より。とすれば、本書所収の拙稿「「歪み」という聖痕《スティグマ》」で言及した、「そもそも言葉では語り得ぬもの」を敢えて言語化すべく格闘する「真正の詩」が必然的に身に帯びざるを得ない「聖痕」としての「歪み」――それは又、それ自体一つの「文学作品」、一つの「詩」としての「詩論」においても、当然、刻印されている筈のものだ。もしそれが真に「格闘」の名に値する炎をその裡に孕んでいるものならば。

　と同時に、添田は又、次のようにも言う――「詩論を批評しなければならない。およそ詩論というものがいかなる思想的骨格をもって現われても、依然、詩という閉域の内部から発せられた声であることを免れないという点で、それは批評に値する。詩の批評というものが、つねに詩の外部から語られる詩の現実を対象にするのとは正反対に、詩論とはいわば詩の内部で語られる〝夢〟の謂いであり続ける本質をもつ。(中略)夢と現実との相補的な身体であることにより、はじめて詩は作品として実体化する。ならば詩論はどうなのか」。「夢」を守り「理想」を育む「眠り＝閉域」としての「詩論」。そしてそうして形作られた「夢」「理想」を、「現実」が聳え「他者」が犇めく活気と喧騒に満ちた「広場」——即ち「外部」——へ飽くなく召喚し続けるものとしての「批評」。この両者が火花を散らして鬩《せめ》ぎ合う時空こそ「鉄火場」に他ならない。

たった一人の顔しか見えないたった一人の「鉄火場」——そんなものはない。本書は文中に登場する全てのテクスト、尊敬すべき古今東西の対話者、そしてその背後に犇めく、最終的にはこの「世界」を共に構成する全ての人々との轟然たる合作だ。この「混沌《カオス》」に「形」を齎すべくご尽力頂いたコールサック社代表・鈴木比佐雄氏に改めて御礼申し上げたい。そして、いつも力強く背中を押して下さる座馬寛彦・鈴木光影両氏にも。最後に2句。

登高の人なほ空を凛然と
鳴り響《とよ》む遠き槌音稲光

2020年9月20日

原　詩夏至

初出一覧

◇第1部　短歌

Ⅰ　短歌時評　作歌・歌壇　▼「歌会」という鉄火場…「コールサック」81号（2015.3）▼手羽先の数、チキンの骨…「コールサック」82号（2015.6）▼「批評」と「詩」、「エスプリ」と「野性」…「コールサック」83号（2015.9）▼「木馬の顔」を見る、ということ…「コールサック」84号（2015.12）▼「寂滅」と「銀銭」、「沈黙」と「批判」…「舟」28号（2016.6）▼「物語」は「定型」の余白に兆している…「コールサック」91号（2017.9）▼「母」と「娘」と「赤い川」…「舟」32号（2018.6）▼月へ行く舟、または「カチン！」の有無…「コールサック」94号（2018.6）▼「なんとかやっている」という「絶望」…「コールサック」96号（2018.12）▼「つめたい春の崖」と「いちごアイス」…「舟」33号（2018.12）▼「男の冬に！」と「ピンクの軍手」…「コールサック」96号（2018.12）▼〈わがまま〉の行方…「舟」34号（2019.6）

Ⅱ　短歌時評　社会・思想哲学　▼「商品」と「産業廃棄物」…「コールサック」85号（2016.3）▼降り積もる雪、降り積もる時間…「コールサック」86号（2016.6）▼増殖するドラえもん…「舟」29号（2016.12）▼二つの逆説、二つの叫び…「コールサック」88号（2016.12）▼「恋とはどんなものかしら」考…「コールサック」89号（2017.3）▼「戦争」と「戦後」…「コールサック」90号（2017.6）▼限りなく平静に近いパニック…「舟」30号（2017.6）▼佐太郎と〈時代〉、佐太郎と〈現代〉…「舟」31号（2017.12）▼偶然西行、偶然定家…「コールサック」92号（2017.12）▼「歪み」という聖痕…「コールサック」93号（2018.3）▼壊れた〈永遠〉、炎上する〈非在〉…「コールサック」95号（2018.9）▼石のまくらとタオルの歯形…「コールサック」97号（2019.3）

Ⅲ　短歌エッセイ　▼かなしみはあすこに…「まろにゑ」25号（2017.5）▼雪は蝶…「コールサック」91号（2017.9）▼輝くばかり…「コールサック」92号（2017.12）▼かかはりはなし、ごとし——本当に?…「まろにゑ」29号（2017.9）▼非在の「われ」…「E+motion2018」（2018.8）▼山ぎわが来る、夜が摑む…「コールサック」93号（2018.3）▼詩歌という「恩寵」…「日本短歌協会会報」40号（2017.11）▼詩歌という「証」…「日本短歌協会会報」42号（2018.11）▼蛙、性、暴力、それから死…「コールサック」95号（2018.9）▼過ぎゆく時、のぼりくる救急車…「コールサック」97号（2019.3）▼〈存在〉をめぐる二つの〈非‐排中律〉…「コールサック」

１０１号（2020.3）▼微分化された〈劇〉…「コールサック」１０２号（2020.6）▼人を燃す悲鳴の如き音…「まろにゑ」58号（2020.3）

Ⅳ　歌集評・解説　▼「ファルス」から「天使」へ…「北冬」17号（2017.3）▼「ますらめ」の品格、原野の孤独…「コールサック」89号（2017.3）▼「実在」と「非在」の狭間から…「蓮」9号（2016.3）▼遍在する「異界」…「白珠」２０１８年4月号▼海底の雪、しずかな雨…『サトゥルヌス菓子店』（安井高志著、コールサック社、2018.6）▼どうして「免罪符」、なぜに「鬼」…「まろにゑ」40号（2018.9）▼永遠の旅、寄り添う痛み…『紫紺の海』（原ひろし著、コールサック社、2018.11）▼生きている全てのものを祝いきるまで…「コールサック」99号（2019.9）

◇第2部　俳句

Ⅰ　俳論・句集評　▼「空無」と「挨拶」…「まろにゑ」23号（2017.3）▼「地獄」と「極楽」…「まろにゑ」36号（2018.5）▼大文字のCancerの星の下に…「吟遊」81号（2019.8）▼「結界」と「聖なるもの」の彼方へ…「コールサック」97号（2019.3）▼とても小さい…「コールサック」99号（2019.9）▼一茶寸感…「年刊花林花」２０２０（2020.1）に加筆▼西東三鬼『夜の桃』寸感…「年刊花林花」２０１９（2019.1）に加筆

Ⅱ　俳句エッセイ　▼オイディプスの眼玉…「コールサック」87号（2016.9）▼似たもの同志…「コールサック」88号（2016.12）▼季語点描　雪女郎…「東京都区現代俳句協会報」１７１号（2017.4）▼「プロ」と「職業」…「コールサック」89号（2017.3）▼川柳恐怖症…「コールサック」90号（2017.6）▼〈孤独〉の造型…「コールサック」94号（2018.6）▼「春」と「君」、或いはそのどちらでもないもの…「コールサック」98号（2019.6）▼「定型」の手前に滴り落ちるもの…「コールサック」１００号（2019.12）

▼追悼・狩野敏也さん…「年刊花林花」２０２０（2020.1）

Ⅲ　俳誌「花林花」一句鑑賞　▼北山星…１４７号（2018.3）▼狩野敏也…１５４号（2018.10）▼高澤晶子…１５７号（2019.1）▼榎並潤子…１７２号（2020.4）▼廣澤一枝…１６２号（2019.6）▼福田淑女…１６４号（2019.8）▼鈴木光影…１６５号（2019.9）▼杉山一陽…１６６号（2019.10）▼宮﨑裕…１６８号（2019.12）▼金井銀井…１６９号（2020.1）▼島袋時子…１７０号（2020.2）▼石田恭介…１７１号（2020.3）▼岡田美幸…１７６号（2020.8）▼内藤都望…１７５号（2020.7）

原詩夏至（はら　しげし）

1964年、東京都生まれ。日本ペンクラブ、日本詩人クラブ、日本現代詩人会、日本詩歌句協会、日本歌人クラブ、現代俳句協会、世界俳句協会各会員。短歌誌「舟」「まろにゑ」、俳句誌「花林花」同人。句集『マルガリータ』（ながらみ書房）・『火の蛇』（土曜美術社出版販売）、歌集『レトロポリス』（コールサック社・第10回日本詩歌句随筆評論大賞（短歌部門）受賞）・『ワルキューレ』（コールサック社）、詩集『波平』（土曜美術社出版販売）・『異界だったり　現実だったり』（勝嶋啓太と共著・コールサック社）、短編小説集『永遠の時間《とき》、地上の時間《とき》』（コールサック社）。

現住所　〒164-0002　東京都中野区上高田1-1-38

石炭袋

鉄火場の批評　――現代定型詩の創作現場から

2020年11月6日初版発行
著者　　　　原　詩夏至
編集・発行者　鈴木比佐雄
発行所　株式会社 コールサック社
〒173-0004
東京都板橋区板橋2-63-4-209号室
電話 03-5944-3258　FAX 03-5944-3238
suzuki@coal-sack.com　http://www.coal-sack.com
郵便振替　00180-4-741802
印刷管理　株式会社 コールサック社　製作部

装丁　松本菜央

ISBN978-4-86435-456-1　C1095　￥1800E